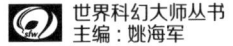世界科幻大师丛书
主编：姚海军

STARQUAKE

星

震

［美］罗伯特·L.福沃德—— 著　　孙　加——译

四川科学技术出版社

图书在版编目(CIP)数据

星 震/〔美〕罗伯特·L.福沃德 著；孙 加 译.
--成都：四川科学技术出版社，2020.7
（世界科幻大师丛书/姚海军 主编）
书名原文: Starquake
ISBN 978-7-5364-9885-3

Ⅰ.①星… Ⅱ.①罗… ②孙… Ⅲ.①科学幻想小说－美国－现代
Ⅳ.①I712.45

中国版本图书馆CIP数据核字(2020)第123635号
图进字：21-2020-243

世界科幻大师丛书

星 震

出 品 人	程佳月
丛书主编	姚海军
著 者	〔美〕罗伯特·L.福沃德
译 者	孙 加
责任编辑	张湉湉 姚海军
特邀编辑	李克勤 汪 旭
封面绘画	郭 建
封面设计	李 鑫
版面设计	李 鑫
责任出版	欧晓春
出 版	四川科学技术出版社
	四川省成都市槐树街2号出版大厦 邮政编码：610031
开 本	140mm×203mm
印 张	9.5
字 数	210千
插 页	2
印 刷	成都博瑞印务有限公司
版 次	2020年8月成都第一版
印 次	2020年8月成都第一次印刷
定 价	42.00元

ISBN 978-7-5364-9885-3

目·录

序　曲

　　一位小小的旅客，穿透太阳及其恒星邻居之间的黑暗虚空，拜访了太阳系。旅客是一颗白热、超致密、快速旋转的中子星。超强磁场由东到西，贯穿着这颗星球。磁场仿佛两条不停转动的手臂，从飞速自转的中子星上伸出，抽打着一路偶遇的、飘浮在太空中的原子，让它们加速，直到原子们的移动速度接近光速。这些受到电击的原子，会发射出强有力的脉冲电波束。中子星很小，人类的肉眼观测不到；但是，地球上的射电望远镜却接收到了它的脉冲电波，在它远未到达太阳系之前，就早早地发现了它。

　　人类为这颗中子星取名为"龙蛋"。因为初次观测到中子星时，它在天空中的位置正好处于天龙座的尾部，仿佛巨龙在巢里下了一个蛋。

　　后来，人类发现了磁单极子，火箭聚变技术因此产生了革命性变化。没多久，人类就实现了第一次"星际"探险，探访这颗离地球只有二千一百二十天文单位①的中子星。探险队乘坐星际

---

　　① 是天文学中计量天体之间距离的一种单位，用"A.U."表示。每一天文单位，约等于地球到太阳的距离。

飞船"圣乔治号",小心翼翼地接近这位旅客——如果没有足够的防护措施,贸然离中子星太近是很危险的。

因为,尽管龙蛋星的直径只有二十公里,表面引力却达到地球的六百七十亿倍,表面温度比太阳还高,达到八千七百开尔文[①]。与此同时,还有万亿高斯的磁场贯穿星球的"东""西"磁极。这强大的磁场,甚至能将通常呈圆形的原子核抻成雪茄形。中子星的旋转速度每秒略大于五转;在这样的速度下,从东西两极发出、快速旋转的磁场足以烤熟任何未采取防护措施、距离中子星太近的人类。

为了对抗中子星的重力和旋转磁场,"圣乔治号"派出小小的科学舱"屠龙号"来到距离中子星四百零六公里的同步轨道上。在这儿,超强重力正好被离心力抵消。"屠龙号"会留在同步轨道上,跟随磁场一同转动。在四百零六公里的高度上,中子星的磁场已经算不上危险,顶多只是麻烦。

不过,沿着同步轨道运动,只能抵消"屠龙号"科学舱正中心受到的引力,对舱内其余部分来说,仍然留存有每米二百G的残余引力潮汐,对人类依然危险。为此,探险队的科学家想出了一个办法:他们搬来一百万公里长的超导电缆,绕着中子星围成大圈,以此从中子星的旋转磁场中获得电能。旋转磁场让电缆中生出电流,为生产磁单极子的自动工厂供能。中子星在太空中一路旅行,沿途捕获了不少小行星;科学家们选中了其中的八颗——两颗大的、六颗小的,将自动工厂产出的磁单极子注入这八颗小行星中。

---

① 开尔文(Kelvin),是温度的计量单位。它是国际单位制(SI)的七个基本单位之一,符号为K。以开尔文计量的温度标准称为热力学温标,其零点为绝对零度。换算成摄氏度,只需减去二百七十三点一五即可。

注入的磁单极子不断增加小行星的密度,直到小行星变得几乎跟中子星同样致密。两颗大些的小行星名为"奥的斯"和"奥斯卡"。利用它俩之间相互作用的引力,人类和自己的电脑玩了一局"天空保龄球":将剩余的六颗小行星一一引至中子星东极上方的同步轨道。接着,人类又让奥的斯做了一回引力升降机,把"屠龙号"及其船员拉到小行星所在的同步轨道上。

一旦进入轨道,船员们就着手测绘龙蛋星的地形图。他们原本就估计到,这位拜访太阳系的致密访客会带来许多有趣的科学发现;不过,所发现的东西仍然远远超过了人类的意料。

生命!

中子星的表面,竟然存在生命!

这些外星生命,名为"奇拉",跟覆盖白热中子星的地壳一般致密——它们的身体由简并态核物质①构成。因此,虽然奇拉个头很小,只比芝麻大一点儿,重量却跟人类差不多。奇拉身体中只有裸原子核,它们的生命过程,利用的是核子之间的相互作用力。地球上的生命却是由原子组成,人类的生命过程,利用的是原子电子云的电子相互作用力。核反应速度很快,比电子反应速度快一百万倍;所以,奇拉的思考、谈话、成长和死亡速度都比头顶同步轨道上的人类快一百万倍。

"屠龙号"进入东极上空的预定位置时,奇拉才刚刚脱离蛮荒时代。"屠龙号"发射激光测量地形的情形,在奇拉们看来,就是悬在头顶一动不动的奇异星阵正中央的星星,降下了多彩光束。奇拉敬畏不已,筑起巨大的土堆圣殿,崇拜新的神灵。人类

---

① 指遵守泡利不相容原理的费米子(如原子核、电子、质子、中子等)组成的高密度物质,多用于描述引力极大、量子力学效应显著的超致密天体,如中子星、白矮星等。

发现了圣殿,于是用一秒钟一次脉冲的速度,向它们发送简单的图形信息。奇拉的技术水平突飞猛进,不到一天的时间,它们就想出办法,向头顶的神灵回复了第一条粗糙的手工信号——速度是每秒二十五万次脉冲。收到信号后,人类终于发觉两个种族之间巨大的时间差异,于是以最快的速度加紧工作。饶是如此,等到人类以激光脉冲回复奇拉粗糙的闪光信号时,中子星表面已经过去将近一个世代了。人类船员用慢速科学仪器(如激光雷达地形测绘器)建立了人类与奇拉之间的通信。飞船上的电脑则利用高速激光通信装置,将飞船图书馆中全息内存块里的百科全书知识,一股脑儿倾泻到中子星地表。

首席科学家皮埃尔·卡诺·尼文望着首席工程师阿玛丽塔·沙卡西里·德雷克,看着她把第一枚图书馆全息内存块(一共二十五枚,按照字母顺序排列,第一枚的条目从 A 到 AME)塞入通信控制台。

"完整的教育,从天文学(Astronomy)到动物学(Zoology)。"皮埃尔沉吟道,"字母顺序也许不是最佳教学顺序,但在目前的情形下却是最快的。"

开始的半天时间,人类是奇拉的老师。十二小时之内,奇拉已经更迭了整整六十代。这是奇拉历史上的繁荣世代,从天堂降下的知识玛那,让之前忙于战争的奇拉部族没空争战,专注于吸收知识,从而一派和平。半天过后,奇拉的技术发展就超过了人类,轮到人类当学生了。这一天当中发生的事情太多,发展速度太快,船员们个个身体疲惫,头脑混乱。尽管如此,他们仍然守着各种科学仪器和控制台勤奋工作,看着飞船图书馆的内存水晶一个接一个地被重写,装满奇拉传来的新知识。

离　开

时间:2050年6月21日 星期二,格林尼治时间06:00:00

滴!滴!滴!

皮埃尔·尼文睁开困倦的双眼,摸索着关掉手腕上精密计时的闹铃。睡了六个小时。他伸出手,搓搓长满胡茬的下巴。胡须该修剪了。而且,棕色的胡须中,很可能已经夹杂了几丝灰白色。可惜没这个时间,还有工作要干。时间只够他进餐厅匆匆吃几口,然后就得替下阿玛丽塔,接管通信控制台。阿玛丽塔和圣子已经加班很久,早该睡觉休息了。隔壁的睡眠架传来压低声音的咒骂,是珍·凯丽·托马斯在吃力地竖起床铺。

漫长的一天开始了。

时间:2050年6月21日 星期二,格林尼治时间06:05:06

跨学科科学家圣子·考夫曼·高桥正在科学甲板上,用星图望远镜观测。望远镜的镜片宽达一米,架在圆柱形仪器塔的顶端。仪器塔设在"屠龙号"圆形舱体的"北极",一直对着中子星。望远镜拍下巨大明亮的星图,通过观测塔空空的中心,传到上层甲板的中央星图桌。圣子俯身,从上往下研究桌上的星图;

电脑则通过桌面下埋设的感光阵列,由下往上研究同一幅图。一天多一点前,船员们刚刚到达同步轨道那会儿,星图上只有少数几个明显特征:北半球有座巨大的火山;东极和西极是崎岖不平的山区,落下的彗星物质都聚集在此。仅仅一天后的现在,中子星上便布满了高速公路网络,连接各个大城市。就在圣子观察的同时,这些城市还在一点点扩大。忽然,她发觉中子星的首都"光神天堂"郊外有异动。圣子立即娴熟地操控小巧的身体,来了几次灵活的自由落体扭转,落到桌子的另一端,凑近观看。

"阿卜杜,"圣子唤道,"能过来看一看吗?古老圣殿这儿有点古怪。"

"稍等,我重设下中微子探测器。"电子工程师阿卜杜·恩克米·法鲁克答道。说罢,他一推身体,飘浮到星图桌上方。圣子升到天花板,对望远镜稍做调整。桌上的碟形光图放大,展示出一幅拉长的十二角星形图案,位于中子星南半球。

这座古老的圣殿,是奇拉在将近二十四小时前、刚刚脱离蛮荒时修建的,至今仍是中子星上最大的建筑。当时,在古代先知、极少数能看见人类测绘激光的奇拉之一——"粉目"——的带领下,奇拉筑起了巨大的土堆圣殿,用于供奉诸位神灵:光神——我们附近的太阳,挂在中子星的南极轴上;光神信使——大些的小行星奥斯,它的轨道极似椭圆;光神六眼——六颗小些的小行星,悬在东极上空,围成一圈;以及光神内眼——小小的人类飞船,悬在一圈小行星正中。

人类跟奇拉建立通信联系后,说服了奇拉,让奇拉们相信人类并非神灵。此后,圣殿便荒废了,渐渐风化崩塌,融入周围的风景之中。圣殿原本的形状是高度警戒状态的奇拉,呈长椭圆形,长端方向跟当地的磁场方向一致。十二只圆形的眼睛立在短短的、指数式由粗变细的眼柄上。荒废了一百代后，古老的圣殿遗址只剩下十二个不成形的圆块（曾经的眼睛），还有断断续续的土墙（曾经是身体的其他部分）。但现在，圣殿的一只眼睛再次变黑变圆，支撑眼睛的眼柄在望远镜摄下的图像中清晰可辨。

阿卜杜对着图像沉思，手指捻着黑色胡须的尖端，"看起来，他们好像又开始修建圣殿了。难道重新回归了崇拜人类的宗教？"

"绝无可能。"圣子用日耳曼人不容怀疑的权威语气断定道，这语气是她从父亲那儿学来的，"他们这么聪明，不可能再信宗教。他们现在已经掌握了太空旅行技术，能从空中俯瞰蛋星，肯定是觉得蛋星上最显眼的建筑破破烂烂，太不入眼。所以，这一定是某个历史建筑整修翻新项目——除非你的中微子和X射线探测器最近报过地壳震动。"

"最近没有大震。"阿卜杜回答，"如此说来，应该是他们在特意整修。"

"早该整修了。"圣子哼了一声，以示不满，"卵生就会有这种问题——尤其是，他们还让部落的老者抚养幼仔。没有父母那儿传下来的直接家庭纽带，他们就失去了个体跟历史的连接。"

圣子已经三十六个小时没睡觉了。她抬起头，调整太阳星图望远镜，想放大图像。一动之下，忽然头晕目眩，误撞上了一个开关。霎时间，遮蔽中子星绝大部分刺目亮光的遮光板大开。强光之下，她闭上了双眼。

"圣子……圣子……"

圣子睁开沉重的眼皮，看到塞萨尔·王医生正扶着她的肩膀，透过她落在面孔前方的缕缕黑色直发，注视着她的脸。王医生身边飘浮着阿卜杜。

"我早跟她说过！上一次轮到她睡觉时她不肯，我就跟她说过！"阿卜杜说，"说不定她肯听你的，在这一轮乖乖地睡一觉。"

"圣子，亲爱的。"塞萨尔深褐色的眼中满是担忧，"你把自己逼得太狠了。请休息一下吧。"

"王医生，感谢你的关心。可是，在目前这种紧要关头，我不能放弃自己的职业责任。"

"唉，好歹休息一下，跟我一起去餐厅喝杯热咖啡吧。"王医生温柔地搀住小个子女科学家的胳膊。圣子没有反抗，乖乖地跟着王医生，从通道往下进入下层甲板。路过中层甲板时，两人经过了通信控制台，阿玛丽塔和皮埃尔正在通信控制台前，通过激光通信链接跟奇拉直接交谈。

皮埃尔以自由落体姿势伸展着肢体，脑袋和手臂埋在通信控制台中，阿玛丽塔正跟中子星上的奇拉通话。中子星发言人并不是用电脑减慢速度的真实奇拉，而是一个名为"天师"的智能机器人的实时图像。为了跟思考速度缓慢的人类交谈，奇拉特地制作了这个机器人。

皮埃尔在通信控制台一侧更换全息内存水晶。他将手伸进控制台，拿出一个小小的三面体，形似盒子的一角。三面体外侧漆黑，内侧却是明亮的反光镜构成的角隅棱镜。他按下一个键，一块晶莹剔透、五厘米见方的正方体弹了出来，飘浮在房间里，因为一弹之下的推动力而缓缓旋转。全息内存块的边和角一色漆黑，但平面却是透明的，能看到内部存储的信息带闪烁出彩虹般的光芒。

时间:2050年6月21日 星期二,格林尼治时间06:13:54

皮埃尔留下阿玛丽塔一人跟天师交谈,自己握着全息内存块的对角,跟在医生和圣子身后,穿过地板上的通道进入下层甲板,又借着手臂的拉力,来到图书馆控制台前。他行动时分外小心,因为两根手指间正捏着一枚全息内存水晶,里面储存着过去三十分钟里奇拉积累的全部智慧,实在珍贵非凡。他小心翼翼地把水晶放进图书馆控制台的扫描仪内胆,将打磨光亮的角卡进正确的位置,然后关上盖子。

天师说过,这一枚最新的全息内存水晶内,包含了大段关于中子星内部结构的信息。皮埃尔让计算机在几百万页的资料中飞速浏览,找到了龙蛋内部横剖面的详图。图表显示,龙蛋的外表面是由原子核构成的固体地壳,富含中子的铁、锌、镍同位素和其他金属的原子核组成晶格,大片电子形成的液体从晶格中流过。接下来是地幔,中子和金属原子核厚两公里,越往深处中子含量越大,密度越高。中子星最里面的四分之三是超流体中子和超流体质子形成的液体球。

皮埃尔翻到下一页浏览。这是一张中子星照片,然而照片上的中子星并不是龙蛋。这确实是照片,并非图画,因为前景上露出了搭乘太空小艇的奇拉的一角。皮埃尔瞪大了眼睛,快速往后翻。后面还有许多照片,上面是各种各样的中子星,每张照片后都配有该中子星内部结构的详细图表。从几乎类似黑洞的超致密中子星,到拥有微小中子内核和白矮星外壳的膨大中子星,照片简直无所不包。有些名字皮埃尔从没听过,但类似船帆座脉冲星和蟹状星云脉冲星则是人类已知的。

"可是,蟹状星云脉冲星远在三千光年之外啊!"皮埃尔惊叹不已,"他们的飞行速度必须超过光速,才能在过去的八小时里拍回照片来!"

皮埃尔检索了目录,很快就找到了答案。

超光速推进——这部分的密钥刻在波江座天苑四第二行星第三卫星的一座金字塔上。

接下来是加密信息,显示为一段长长的乱码。

皮埃尔震惊至极。他将图书馆控制台设为自动传输,把数据传送到"圣乔治号"。接着,他慢慢地飘去了附近的休息室。休息室位于"屠龙号"底层甲板中央,除了阿玛丽塔,其余四人都在。医生正劝说圣子,别用咖啡送服"清醒"片剂;珍·凯丽·托马斯刚从短暂的睡眠中醒来,正一边匆匆吞咽早餐,一边努力梳理打结的红色短发;阿卜杜在她身旁,跟她聊着刚发现的圣殿重修工程。在珍和皮埃尔短暂的睡眠期间,奇拉已经从第一次绕母星同步轨道飞行,进化到了跨星系旅行。

大家都坐在柔软的环形椅上。休息室里留有方向朝外的残余低引力,所以船员们不会飘浮起来。时不时,某人的目光会越过自己的脚,投向脚下的舷窗。皮埃尔跳到休息室顶部,抓住一个舱门的把手,这个舱门通向六个高重力保护舱之一。他也低下头,透过设在圆形飞船"南极"处、直径一米的窗口朝外望去。电控的遮光板设置成每秒遮住舷窗三十次,因为六个闪亮发光的平准星体每秒分别要从窗前经过五次。从窗户透进来的唯一一点光线来自一个遥远的亮点——太阳,他们的家,远在二千一百二十天文单位之外。

皮埃尔打破沉默,"差不多该走了。"

珍抬起头，高高的鼻梁疑惑地皱了起来，"按照计划，我们还要在这里继续待上至少一个礼拜。"

"所有的测绘工作奇拉都帮我们做完了，我们已经没必要继续留在这里。"他解释道，"我刚刚带下来的那枚全息内存水晶，里面有龙蛋内部和外部的详尽描述。你真该看看。"他荡落下来，停在休息室的门边。

"我已经让计算机重设了导引飞船的程序，好把我们送到变轨星体的路径上。再过大约半天就能就位，变轨星体会把我们从近中子星轨道踢回'圣乔治号'。然后我们就可以回家去，再也不用盯着它看了。"他抬头看看休息室墙上的时钟。

"又该更换全息内存水晶了。"说罢，他屈起身，长满棕色胡须的嘴唇边绽出笑容，"来吧，要让飞船做好准备，活儿还多着呢。我和阿玛丽塔负责最后一枚全息内存水晶的储存；你们其他人，好好给飞船系紧扣子。变轨星体的引力场下，任何散落的东西都会变成致命的导弹。"说罢，他朝上一跳，飘进中央甲板，其他人也鱼贯游出休息室，散落到飞船各处。

皮埃尔荡到通信控制台前，视线越过阿玛丽塔的肩膀，看着天师。机器奇拉正耐心地解释着什么。皮埃尔的目光被这画面牢牢地吸引。有百万比一的时间差在，奇拉自然会想到设计一个反应缓慢、寿命长久的机器人，接手与思维缓慢的人类对话的吃力工作。让皮埃尔惊奇的是，这个机器奇拉实在太过真实，竟仿佛拥有自己的个性。它的言谈举止一点都不像机器，反倒像一个耐心细致的老派教师。听它的声音，你几乎可以想象它长着一头花白头发，面露友好微笑。有了天师，人类也松了一口气，否则每次犯错或者略微迟疑，他们都感到自己害得某个奇拉浪费了大把生命。

"很快，我们就会写满你们所有的全息内存水晶了。"天师说，它那一圈机器眼不断挨个波动，和真正的奇拉一模一样，"恐怕这次的材料大多都是加密的，因为按照你们的时间计算，我们现在的发展已经领先你们好几千年了。

"然而若不是你们，我们肯定仍然是蛮子，还停滞在无知的迷雾中，也许会长达几千甚至几百万个大数转之久。我们欠你们很多，但在报答你们时我们必须小心，因为你们也有权靠自己去成长和发展。为了你们好，在写完这枚全息内存水晶后，我们最好切断通信。我们给的材料够你们学上你们的几千年。我们两个种族将走上不同的道路，在时空中探寻真理与知识。你们会去电子为主的世界，我们则要去中子主导的世界。"

音乐响起，一条短消息出现在屏幕上。

全息内存水晶已满。

"从现在起，你们要靠自己了。"天师说，"离开的时间快到了。再见了，朋友们。"

"再见。"皮埃尔回应。屏幕同时变黑。

他转头面对阿玛丽塔。"我去把全息内存水晶收好，你开始检查加速罐。"他说，"该回家了！"

时间：2050年6月21日 星期二，格林尼治时间06:40:10

阿玛丽塔关闭控制端，飘浮到紧邻控制端、嵌在壁上的舱门前。她透过舱门上小小的厚玻璃舷窗，望着里面的高重力防护罐。防护罐是直径一米的球体，目前空空如也，只在内侧罐体上设有多画面的微型视频控制台。罐体上还有一排排声波生成器,产生的压力波能抵消离开时的重力潮汐力。此时,飞船处在六颗围成一圈运动的致密星体中央,风平浪静;不过,一旦离开这个避风港,他们必将经受可怕的潮汐力。阿玛丽塔按下按钮,抽光罐内空气,注入无法压缩的水。她轻触控制台,声波生成器立即嗡嗡响起,用具有保护功能的大鳖覆盖住整个防护罐。在防护罐的精确中心位置,有个被声波固定的小小检测球。阿玛丽塔不断增加声波脉冲的强度,直到小球发出明亮的绿光。罐子运作正常,阿玛丽塔很满意,于是按键排水,重新开始。接着,她绕过中柱,开始检查下一个防护罐。

阿玛丽塔一走开,圣子就停在防护罐前头,开始除去身上的衣物。脱到只剩胸罩和内裤后,她从舱门下的储物柜中拉出潜水服,苍白的身体流畅地滑进潜水服里。低重力下,潜水呼吸面罩静静地飘浮在她头顶。一旁的阿玛丽塔忽然停下检查的活儿,低头看了看自己的衬衣,红着脸游过通道,也去了自己的储物柜。没过多久,她就回来了。相比刚才,这一回她上半身的运动状态,似乎增加了一些束缚。

阿玛丽塔来到位于休息室天花板、朝下方打开的防护罐舱门口,发现阿卜杜已经在了,身上只穿着一条内裤——内裤还是窄小的欧洲"比基尼"款式。白色的丝质内裤,跟他肌肉发达、黝黑发亮的身体十分相衬。阿玛丽塔飘浮到阿卜杜身下,紧紧地抱住他赤裸的腰部。

"来,我来帮你穿。"说着,她受过芭蕾训练的长腿和双脚,紧紧扣住休息室的门把手。

"喂! 松手!"阿卜杜叫道。

"人家就想帮你嘛。"阿玛丽塔甜甜地回应。

"鬼才信。我可清楚你们这些性欲过剩的哈佛女人想干什么，一抓着机会就对麻省理工的工程师上下其手。放开，我是大人，能自己穿衣服。"

阿玛丽塔没理会阿卜杜的抗议，仍然紧紧地抱着他壮实的腰部，等他套好潜水服的裤子。接着，就像帮小孩子穿衣服似的，帮阿卜杜把胳膊塞进袖子里，还帮他穿戴好潜水服的其余部分。她的悉心照料稍稍挫伤了阿卜杜的自尊，但阿玛丽塔并不介意。他们要回家了，是时候放松玩玩了。带着嘴角咧到耳根的大大笑容，阿玛丽塔嗖地穿过通道上升，去检查最顶上的防护罐。这个防护罐的舱门开在星图桌下方。

阿玛丽塔飘到桌旁，向下扫了一眼星图桌结霜的白色表面，注视桌上的龙蛋星图。如今，奇拉的技术已经十分发达，建筑物大到能从太空望远镜中直接看见，所以星图上可看的东西越来越多。光神天堂的弹射圈在图上清晰可见。弹射圈已将不少运载物射进了太空。

再过十分钟左右，远远的地平线上，东极最高的山脉顶端，就会竖立起一座太空喷泉，直指太空。阿玛丽塔关掉桌上的星图。这时，她看到奇拉的极地轨道空间站，仿佛白热的曳光弹，从脚下闪过。

时间：2050年6月21日 星期二，格林尼治时间06:45:10

站长"星翔者"抬起三只眼睛朝上望去，注视着组成"光神之眼"的六颗发光星体从头顶慢慢经过。他的空间站绕着极地轨道，带着他飞过这巨大星阵，距离近到他能看清"屠龙号"球形主船体上向外突出的圆柱形仪器塔。人类的飞船跟妓女的眼球一样，又黑又冷，仅仅依靠周围六眼的红色反光，加上底下蛋星的黄白色亮光，才能分辨得出。想象生活在如此苦寒之地的滋味，星翔者不禁打了个寒战,心怀感激地在散发黄白色亮光的温暖甲板上伸开足盘。过了几乎一整个格莱斯转①,头顶的巨大发光小行星环才渐渐远去,离开了垂直"上方"。站长的三只因焦急而上眺的眼睛也随之垂下,不再不安地仰望,跟其余九只眼睛一起,恢复了熟悉的奇拉波动模式。

　　嵌在甲板里的通信品尝屏中出现一条滚动信息。星翔者尝到了信息,波动模式不由得加快。他们打算在几转之内发射一艘探索方舟,正召集探索队的船员进行最后一次通报会。通报会将在两杜斯转②之后,在空间站另一侧的会议区举行。前一转,光神天堂的弹射圈十分忙碌,将一艘又一艘弹射飞船、连同其中的船员送上太空。东极和西极的重力弹弓则忙着把货物和设备抛入空中。重力弹弓已经上了年纪,使用时间超过了人类时间的八小时,因此效率极低,哪怕有运输艇的惯性驱动帮忙也无济于事。所以,重力弹弓正渐渐地被淘汰,大部分运载奇拉的飞船都由弹射圈送上太空。很快,太空喷泉就会修建完毕。到那时候,几乎一切都将经由太空喷泉升空。

　　尽管与自己无关,星翔者仍然决定出席通报会。派出探索方舟,探访遥远星辰——这种事并不常见。确切地说,在未来很长一段时间之内,这将是最后一艘外出探索的飞船。为了节省经费,深空探索委员会决定将探索方舟的数量限制在六艘。方舟会前往某颗有趣的星球,停留几个大数转,然后启程前往下一颗。深空探索舰队还包括一小队侦察飞船,以及一打货物运输船,为探索方舟提供补给,同时轮换方舟船员。

　　探索的前期工作由高速侦察飞船完成。侦察飞船会探访几

---

① 一百四十四分之一转,约等于人类十分钟。

② 十二分之一转,约等于人类一小时。

颗列入候补名单的中子星,考察是否存在有趣的星体力学,或是否存在生命迹象。其中一艘侦察飞船最近回来报告说,在一万二千光年外的中子星上发现了生命。发现可能的生命迹象,这是第六次;但这次报告提到,发现的生命形式似乎具有智能——这还是头一回。

外星人的照片初次出现在全息视频上时,星翔者就见过,那真是奇拉见过的最丑的东西(如果不算人类的话)。不过,新鲜感很快消退了。自那以后,星翔者就没再听说外星人的消息,他指望这次的通报会能多讲些外星人的事。星翔者将太空站的指挥权暂时交给大副"地平线探测者",自己则沿着数厘米的长长通道,来到位于球形指挥船另一侧的会议室。

会议室很大,呈碗形。星翔者进入会议室时,发现里头挨挨挤挤的全是奇拉。星翔者用足盘底抓握住会议室斜坡上的防滑条,慢慢地靠近会议室中心附近的高重力区,空间站中央有个迷你黑洞。星翔者来到距离迷你黑洞约一厘米处,惬意地感受着重力的吸引。尽管这儿的重力跟蛋星的六百七十亿标准重力还差得远,但是感觉仍然舒服多了。

会议室甲板中央嵌有三打品尝屏。星翔者朝品尝屏移动过去。见到他身上的六角形站长徽章,面前的奇拉纷纷让路。一般来说,凭他的地位,总有一块品尝屏会预留给他。但是这次不同。这一回,参加通报会的奇拉太多,派去的方舟内有二十四位科学家和船员,发现外星的侦察飞船上有四名船员,再加上深空探索委员会的科学家和经理,把品尝屏占得满满当当。星翔者只得降低要求,观看嵌在会议室墙面低处的纯图像屏幕。他找到一个位置,等候通报会开始。这时,他发觉身边的奇拉是一位太空军的船长。作为船长,她实在年轻,不过块头倒是不小,活力十足,模样俊俏,反应也很快——她正跟另一位奇拉交谈,一只眼睛偶然转向星翔者这边,立刻发觉了他的身份,马上将所有的眼睛都转向他这边,抬起近处足盘边缘,跟他打招呼。

"是星翔者站长吗?"她问候道,"我是星际侦察飞船'特里同①号'的船长'远巡者'。"她的半数眼睛朝自己的同伴轻轻一晃,"这位是中尉'寻星者',我们的领航员。过去的几转中,我们一直承蒙您好心款待。"

"我一直不知道您在我的空间站里,船长。早知道您在,一定邀请您共进晚餐。"他答道,"可惜空间站太大,我连里头停泊了多少飞船都数不过来,更不用说船员访客了。您发现的外星人,我觉得很有趣,很想知道更多详情。"

"他们现在不过是难看的蛮子罢了。"远巡者说,"等通报会开始,您就能看到。不过,只要我们能跟他们建立联络,他们还是很有潜力的。如果您真有兴趣,等探索方舟离开后,我们或许可以一起吃个饭,好好聊聊。我这次回来,确实应该好好休整休整,所以享受了半个大数的休假,到现在还剩好几打转数呢。"

"那就这么定了。"星翔者迅速接口,"我们就定在一百零四转,一起享用转宴。"说到这儿,他忽然发现自己失礼了,忙朝寻星者点点三只眼睛,"也同样欢迎您来,中尉。"

"谢谢您,站长。"她回答,"不过我得为探索方舟领航,把他们带到那颗星星去。而且,我相信您和远巡者船长一定有很多话可聊。"

星翔者用足盘叩击出礼貌的惋惜声。通报会开始了,所有的眼睛都聚焦在碗形会议室的底部。中央发言台上的足盘波动放大器中传来强有力的波动,一阵阵传到整个甲板上。星翔者

---

① 希腊神话中的海王之子,也是海王星卫星"海卫一"的名字。

得越过远巡者的顶面,才能看到发言者。他的其中几只眼睛悄悄地朝向下方,偷瞄她深红色的顶面。接着,他的视线又转向她丰满肉感的眼膜。

她近处的一只眼睛察觉了他的视线,知道他在偷看自己的身体。他以为她肯定会狠狠地瞪他一眼,让他的眼睛乖乖地缩回去;谁知,她的眼睛却故意放慢速度,缓缓地缩回眼膜,再伸出来,给了他一个长长的性感媚眼。星翔者的眼柄都僵直了,忙把注意力转回发言者。

"我们有请外星人学博士远巡者船长,为我们做外星人的情况通报。"发言者说道。听到她的另一个头衔,星翔者吃了一惊。"请用我的品尝屏。"她一边朝会议室中心移动,一边说道。他用电子低语道"谢谢",移动到她的足盘方才所在之处。那里的甲板上嵌着一块亮闪闪的屏幕。品尝屏感受到他足盘的压力,立即激活。同时,她被放大的声音也在甲板上隆隆响起。

"我们到达 NS1566+74 以后,进行了全地貌测绘。我们没发现明显的人造物,但编入外星人造物兴趣算子的人工智能搜寻例行程序,把我们的注意力拉到了其中一个磁极。"可视屏幕上出现了一幅图片,是放大的低矮山脉,山脚下有一小簇六边形的痕迹。

"这是个小村落,里面的个体居住区就像一簇粗糙的六边形。我们用高分辨率红外天线扫描阵列,拍到了几张近景图。"屏幕上出现了一张像是人工合成的图片。

"这张图片的色彩失真,因为我们用的是光谱中的红外线部分,而不是平常的软X射线①可见光。扫描过程中,移动物体的

_____

① X射线波长略大于零点五纳米的被称作软X射线。波长短于零点一纳米的叫作硬X射线。

影像会有些模糊。但是，很明显，每个宅院中都居住着一个或两个大外星人，而每个'家族'宅院群中央，都会有一个六边形宅院，里面是小外星人，偶尔可见一个大个头。在宅院区之外，有一个低矮的围栏，里面是大量的微小生物。

"一旦知道该去哪儿拍照片，我们立刻派了一架轨道飞掠艇前去，还带上了X射线相机和运动补偿设备。尽管附近有山脉，我们还是想法子让飞掠艇的近拱点①接近地面一米处位置，拍到了外星人的高质量照片。"

屏幕上出现了一坨难看的东西，简直像是屠宰中的悠游兽。基本的身体形状跟悠游兽一样，没有足盘，没有眼睛，平平一坨，而且没有悠游兽的护甲，取而代之的是一层层参差不齐的红肉；身体另一侧，大约在一半高度的位置，伸出了几个长棍似的东西，棍子顶端还有个球体。这些棍子中间都有关节，整条棍子微微弯曲，类似人类细瘦的棍形胳膊和腿。躯体中伸出棍子的地方，还伸出了大量长长的、摇晃的卷须。这时，屏幕一闪，图像稍做改变。

"趁飞掠艇沿轨道掠过这个外星生命头顶，我们一口气拍了五张连续的照片，借此简单重现外星人的运动模式。"五张照片在屏幕上快速连续播放，重复了数次。可以看到，外星生命在星壳上滚动，带着球形顶端、像胳膊似的东西从侧面伸出，卷须则在地壳上又推又拉，帮助移动。红肉参差不齐的部位，随着外星人身体的滚动，时而居上，时而过顶，时而身后，时而身下，每次变换位置，红肉的颜色也会改变。

"你们可以看到，越是远离身体，那些棍子的颜色就越深；到

①指在椭圆轨道上运行的天体离引力中心最近的点。下文中还会出现"远拱点"，即椭圆轨道上离引力中心最远的点。

了顶端球体,颜色已经变成了深红色。外星人运动的时候,顶端球体也跟着前后移动,覆盖外星人的前方和后方,但这些球体从来不触地,也就是说,这些球体并非用于推进。这张照片是球体的近景。从照片上看,球体上有许多小小的六边形平面。我们相信,这些球体就是他们的眼睛。这种结构,跟地球上的蜜蜂或苍蝇的眼睛结构很相似。那些棍子想必是特殊的骨质材料,强度很大,导热性很低,以此降低眼睛温度。"

屏幕上又出现了几张照片。其中有一张十分特别:两个外星人,并排靠在一起,用卷须抓住彼此,眼棍似乎都埋在对方的身体里。

"我们不能肯定这张照片究竟显示了什么情景,"远巡者说,"不过,如果你们此刻真在琢磨我猜你们会琢磨的事情,你们很可能是对的。"

甲板上响起隆隆大笑。笑声中,有人打趣:"我看,要是一次只用一根眼棍,可能入得更深呢……"

"这个外星文明最有趣的一点在于,星球上没有植物。所有的生命似乎都是动物。"

"那食物链的基础是什么?"有人问。

"我们花了好久才找到。我们手中有些线索,其中一条就是:生命只出现在两个区域中,即两个磁极。但是,那两个磁极距离星体的自转轴很近,所以我们没法像在蛋星上那样,管它叫东极和西极。最初的超新星爆发产生的物质,仍然大量存留在这颗中子星上。所以,不断有贫中子行星类宏大物质落在两极上。下落物质的数量实在太多,我都不敢冒险让侦察飞船飞越磁极地区。磁极地区的山隘中,生活有众多球形无眼微小动物,它们很可能依靠星壳表面的贫中子尘存活。它们吸收贫中子尘,转换为普通的星壳物质,以吸取转换过程产生的能量。智能外星人会挑选大些的球形生物,把它们驱赶到围栏里,当作食物吃掉。显然,这些外星人还处于原始的狩猎-采集阶段。当然,由于没有植物,狩猎和采集成了同义词。"

屏幕上又出现了一张照片。照片上是一具外星人的尸体,尸体旁围绕着几百具微小的尸体。一望即知,死因是硬伽马射线①烧灼。当大块物质落到星壳上时,就会产生超热的硬伽马射线闪光。"如此看来,驱赶食物这份工作是十分危险的。我想,我们能为这些外星人提供的帮助之一,就是替他们留心大块物质。一旦有大块物质下落,就发出警告,让他们在下落时间内远离山区。这样,他们采集的损耗就会减小。另外,我们或许能让物质下落趋于稳定,给他们提供不间断的可靠食物来源。一旦食物来源不成问题,他们或许就会有空闲跟我们聊聊天,发展自己的文化。"

三转后,探险队要出发了。星翔者和远巡者向寻星者中尉道别,目送星际探索方舟"阿玛丽塔·沙卡西里·德雷克号"启程。方舟从空间站后撤几米,以保证安全。方舟上的旋量曲速引擎开始工作,虽然听不到旋量曲速引擎工作的嗡嗡声,但他们能看到:有一块黑色的、缀满星辰的天空突然开始扭曲,蛋星和一百光年以外的某个点之间的距离被抵消;一颗遥远的红色定位星忽地拉近,近到两人能看到定位星上的云彩图案;接着,旋量引擎在方舟的另一侧重新放出被抵消的空间。一瞬间,"阿玛丽塔号"和红色星同时被远远推开,去了宇宙深处。"一百光年的距离,只花了移动一个足盘的时间就到了!"星翔者感叹道。

"只要把这一百光年的距离压缩,缩成一个足盘这么长就行

---

① 指波长短、能量高的伽马射线。

了。"远巡者说，"光神在上，我的囊袋干死了。在转宴前，来点汁水如何？"

"好主意。"星翔者回答，"我舱室的柜子里，还有几袋'西极倍浓'①。"

"太棒啦！"说着，她离他最近的眼睛，朝他抛了一个长长的媚眼，"你分开磁场线，我跟在你身后。"

他带头朝自己的舱室走去，身体的运动分开了太空站护板之间细细的磁场线。这儿的磁场比蛋星上万亿高斯的磁场弱得多，其实并不需要他在前头开路。不过，有她紧靠在自己拖后的体缘上，那感觉也不坏。他们沿着露天通道一路前行，星翔者的几只眼睛抬起来望向天空，注视着六颗小行星组成的星阵再次从头顶经过。每颗发光的星体周围都有些定期闪亮的细细小点，那是引导火箭发出的亮光，负责引导这些致密的小行星，让它们待在"屠龙号"周围恰当的位置上。要是这些火箭出了问题，人类就会被蛋星凶猛的潮汐力撕成碎片。突然，他停了下来，所有的眼睛都朝天上望去。

"怎么了？"远巡者问道。

"模式不对。"星翔者回答，"脉冲亮起的时间错了。光神六眼出事了！"一瞬间，他惊慌失措，害怕那些巨大的天体会掉到他头上。接着，理智提醒他，那些天体都在同步轨道上，不可能下落。但是，肯定有什么事不对劲。他流过远巡者，掉转方向，足盘全速波动，朝通道另一头的控制甲板前进。

"人类有麻烦了！"他说，"跟我来！"

---

① 作者杜撰的奇拉爱喝的饮品。

危　机

时间：2050年6月21日 星期二，格林尼治时间06:50:06

"屠龙号"之外，六颗致密的平准星体围着飞船绕圈，被强有力的引导火箭推推搡搡，一会儿朝这边，一会儿朝那边。火箭不能离这些超致密的星体太近，否则会被强大的潮汐力摧毁。所以，每枚火箭圆圆的鼻头里都装了一些磁单极子，利用磁场推动星体。每当某颗平准星体到达圈子的一侧，某个引导火箭的喷射口就会亮起黄色闪光，调整星体的轨道，让它保持在恰当的路径上。当这颗平准星体沿着轨道，到达圈子另一侧时，对面的引导火箭也会喷射，把致密的小行星推回去。这一幕，每秒钟会发生三十次——对底下蛋星上的观测者来说，就是每两杜斯转发生一次。

一颗陨星击中了某个引导火箭，击穿了燃料供应区，摧毁了三个燃料阀门当中的两个，最后一个也受了重伤。五分之一秒后，喷气口没有正常工作；但下一次轮到的时候，喷气口又噼里啪啦地亮了起来。原本受该火箭控制的平准星体，渐渐地脱离了圈中恰当的位置，游荡开去。很快，其余星体也轻微摇晃起来——那是其余火箭在努力维持现有秩序。

"紧急情况!""屠龙号"的电脑通过扬声器发出警报,"陨星重伤了一枚引导火箭!"

阿玛丽塔刚刚检查完顶部的防护罐,就被中子星强大的重力潮汐抓住,拉下了通道,跟正在穿潜水服的珍撞在一起。接下来的几分之一秒内,两个女人又被分了开来,扯向球形飞船的外墙。

阿玛丽塔抓住一根支柱,牢牢握紧。"怎么回事?"她朝皮埃尔喊道。皮埃尔扣好控制椅的安全带,激活了控制端。

"一枚火箭出了故障。"他说。

珍飘浮在皮埃尔附近,没有任何东西可抓,重重地摔在外墙上,又飞了回来,朝飞船中央飞去。路上,她抓住了一张椅子的椅背。下一轮潮汐力到来的时候,她的两条腿被扯向外头,仿佛她抓着跑得飞快的旋转木马似的。

"能修好吗?"皮埃尔问电脑。

"不能。仅存的燃料阀门上的压力裂缝越来越大。"电脑报告,"你们最多还有五分钟。"

"我们会被潮汐撕碎的!"珍一边忍受潮汐力对她的身体又拉又扯,一边尖叫。潮汐力越来越强,扳开了她握着椅背的脆弱手指,把她重重地摔在外侧墙上。珍昏了过去。下一轮潮汐力袭来,她无知觉的身体又朝里侧飞来。

"抓住她!"阿玛丽塔叫道。她趁潮汐力变化的间歇,迅速从一个把手换到另一个把手。

"把她放进加速罐!"皮埃尔吼道。这时候,王医生已经想法子绕过了中柱,帮着阿玛丽塔打开墙上的一个圆形舱门,把珍塞进了球形罐子。塞进去的时候,珍微微醒转,医生好歹帮她戴上了呼吸面罩,关上舱门。

"有空气吗?"医生朝通信器大喊。里面的人影呆呆地点了点头,医生同时发现她的胸膛挺了起来——她正在深呼吸。于是,他启动防护罐,罐中的出水口涌出水来,包裹住她瘀伤累累的身体。

奇拉通信端亮了起来。机器人奇拉——天师——又出现在屏幕上。它身后的背景中,许多模糊的影子一掠而过——那是真实的奇拉,正忙着应对这次危机。

"一枚火箭出了故障,"天师说,"你们有危险吗?"

重力拉扯着束缚在安全带中的皮埃尔,他飞快地应道:"我们没希望了。恐怕你们得把最后一块全息水晶直接发给'圣乔治号'了……永别了。"

皮埃尔注意到,天师的应答有些犹豫,随即完全停了下来。他能看见天师一侧聚集了不少活生生的奇拉。天师正跟真实奇拉交谈。它用的是接近普通奇拉的速度,所以谈话一侧的眼睛和卷须也同时加速,在屏幕上糊成一团。几分之一秒后,天师眼睛波动中的犹豫消失了,恢复成往常的节奏。

"等等!"天师叫道,"我们来救你们!"

"在五分钟之内?"皮埃尔摇摇头,"不可能!"他计算好重力拉扯的间歇,下到图书馆控制端,把数据传输速率改为紧急模式。

时间:2050年6月21日 星期二,格林尼治时间06:51:05

年轻的博士后"时间循环"前后摇晃身体,看着高级工程师给机器做最后的检查。虽然时间循环身为时间学博士,也是个不算差的工程师,但他很清楚,要制造这么大的磁化带电黑洞,可不是光凭科学家就能完成的。幸好,基础科学基金会给他的拨款数目够大，请得起蛋星上最好的工程师——"悬崖网络"。

工程师悬崖网络从不畏惧接手"不可能"的项目。他首次施展足盘，是作为首席工程师助理参与建造第一批弹射圈。接下来，他设计了一座比蛋星直径高出两百倍的塔。而且，除设计建造方案外，他同时还向大家证明，一旦建成，这座塔便会带来利润。凭此，他成功地让方案通过，获得款项、组建了队伍。在那以后，他便不断承揽其他"不可能"的工程项目。能拉到悬崖网络参与，时间循环觉得自己十分幸运。不过话说回来，他同时也暗暗揣摩，恐怕不会有哪个项目比自己的项目——建造一架时间机器——更有挑战性，更"不可能"。

时间机器项目已经开始了将近人类时间的两分钟。时间循环在自己的博士论文中，证明了"将信号发送到过去或未来"这种时间旅行的可能性。凭这篇论文，他获得了时间学博士头衔，还获准为自己挑选了新名字。

他制作的第一架时间机器只有两个通信信道。他改造了一个普通黑洞发生器，让发生器能接受高速、高相关角动量的质子和磁单极子。于是，他制造出了一个以磁化带电物质为原料的黑洞。凭借黑洞的物质特性，他让这团快速旋转的长圆柱形物质保持略低于百分之九十九光速的旋转速度，同时保持事件视界开启。尽管新制造出的黑洞只持续了不到一赛斯转①，但是，通过小心计算，时间循环仍然成功地发送了两波伽马射线脉冲。一波通过其中一个信道送到了未来，另一波通过另一个信道送到了过去。之后，黑洞才发生小小的辐射爆裂。

工程师悬崖网络为他建造的时间通信机器，不会像之前那

---

① 两万零七百三十六分之一转，约等于人类世界的四秒。

台一样一下子消失,它会永久存在。这台机器可以发送信号到过去和未来的任意时间段,只要满足两个条件:一、在这些过去和未来当中,这台机器本身必须存在;二、机器一共有八个信道,八个信道都填满信息后,机器就没法再使用了。目前的时间机器只能传送信息;想让时间机器传送生物,哪怕对技术快速发展的奇拉来说,也得等上很久。尽管如此,时间通信机器也是很有用的工具。

此刻,机器终于完工。施工队伍已经解散,工人奇拉各自回自己的宅院,好好享受应得的放松休息。队伍当中的机器人则被重新编程,准备接手下一份工作——悬崖网络的建筑帝国正日益壮大,活儿源源不断。悬崖网络本人留了下来,给设备做最后的检查和调整。

终于,一切都满意了。悬崖网络滑到触摸-品尝复合屏幕旁边。

"能用。"他轻声喃喃道。

"好。"时间循环说,"让我试试。嗯……这是历史性的时刻,我该发什么呢? 一定要简短,但含义深刻。有了!"他移动足盘,来到屏幕上方,输入信息。

"'时间啊,倒流吧!'"悬崖网络继续嘟哝,"我刚才校正最后的参数时,在监视屏上看到过这句话。"

"这就是我刚才发送的句子呀!"时间循环叫道,"成功了! 成功了!"

"我早说了它能用嘛。"说罢,悬崖网络收拾起工具和测量仪器,装入囊袋中。虽说重力波监测仪又长又大,但折叠打包后,正好能装进悬崖网络身体中专门用来搬运工具的大囊袋。最后,他来到角落里,拾起一直待在那儿的一株植物——他的宠物、亲密伙伴,也是公司的商标:一株夹角花。上上下下仔细检查过后,悬崖网络把植物放进自己宽大身体中另一个囊袋里。

"一共只有四个时间回溯的信道,你已经连接了过去时间中的一个,还剩三个啦。"临走,悬崖网络警告道。

时间循环压根儿没听他说话。他正在准备一条发给未来自己的消息,让自己能在差不多三转之后、时间通信机器揭幕仪式上正好收到。他一边发送,一边收到了未来自己发来的确认消息。

在时间循环的安排下,来自未来的确认消息,使用的是他发送测试消息的同一条时间回溯信道。未来的自己报告说,发给未来的消息已经在揭幕仪式上收到,只比预定时间早了两赛斯转。根据这个报告,时间循环对时间间隔电路进行了调整,眼柄的波动速度也慢了下来。来自未来的确认消息,末尾缀有消息占位代码。代码显示,这条消息离最大值只差几个比特。也就是说,想要送往三转后的未来,这条消息的长度已经接近极限。时间循环让电脑把消息代码做个卷轴备份,以便之后精确计算比特-时间乘积。不过,哪怕不经过精密计算也能看出,结果跟他预估的差不多——即八百六十四比特-大数。意思是说,他可以发送一条八百六十四比特的消息到一个大数转之后的未来,或者发送一个比特的消息到八百六十四大数转后的未来。当然,时间量子化①统计会造成种种变量,而他利用这台机器要做的研究任务之一,就是弄清楚这些统计变量。

在完成必要的计算之前,他不想再填充任何信道了。于是,他在触摸-品尝屏上加了密码锁,随后朝门口移动。上锁后,触摸-品尝屏的黄白色底板变成了一块银色空白。

①认为时间有最小单位,可以分成一份一份(即一个个量子)的假说。

　　时间通信实验室周围的墙壁特别高大，因此墙根也特别厚实。时间循环的足盘接近门口时，地板上的探测器模式读出了他足盘上的皱纹，内侧门滑开。他走进墙根内的安检口。安检磁场启动，穿透他的身体（身体一下僵硬起来），生成一幅磁性感应图，跟他进门时储存的感应图相对照。

　　"你随身携带了一份进门时没有的卷轴。"通过足盘，他感受到一个机械的声音响起。

　　"这是时间通信机器的操作手册，"时间循环解释道，"我打算拿回家看。"

　　"接受。"安检器回答。磁场消失，外侧的门打开。离开前，时间循环还设下了防闯入门禁。门禁设好后，虽然看不见，但高高的墙顶已经开始交替竖立起南极或北极磁场。磁场强度极大，墙壁本身又极高，想要推开磁场，爬上高墙，真不知要爬到何年何月。而且，门禁接近中央处的磁场之强，足以抻长任何活物体内的细胞，让细胞无法正常工作。他听说，那感觉活像把卷须伸进伽马射线闪光的紫热火焰中。出门后，他发现了悬崖网络正在慢慢淡去的足盘痕迹，表明他方才沿着斜坡通道分开磁场，去往了东北方。时间循环选择了相反的方向，朝光神西方、内眼学院的行政宅院区而去，为揭幕仪式做准备。

　　私底下，悬崖网络对自己挺满意。先是设计并负责建造太空喷泉（沿着长长的东北通道望出去，越过尽头的高墙，能看到细细的光束升上天空），如今又是时间通信机器。时间机器的完工时间大大提前——现在距离正式的揭幕仪式还有整整三转——不过，他拿不定主意，不知道该不该勉强自己参加仪式。他讨厌听人夸奖，说他有多了不起。光是想想这种场景，他的眼柄都会局促不安地扭动。他只想回家，跟他的全息视频和植物在一起。想到植物,他记起囊袋里还装着夹角花。于是他停了下来,形成操作肢,探入囊袋,取出植物。

"乖,乖,'漂亮网络'。"他说,"你是不是太热啦?"他把植物举到眼前,仔细查看。确实太热了。夹角花的顶部都快跟底部一样,变成黄白色了。夹角花的两条边,原本形成精确的夹角,此刻也萎蔫了一点儿。在原生山脉中,夹角花长出的精准夹角甚至能取代天然的岩石裂缝。

此刻,夹角花出了囊袋,回到露天,置于一片漆黑、缀满繁星的天空下。于是,夹角花的顶面凉爽下来,降为天鹅绒般的红黑色,底面则变成了反光的银色。悬崖网络把植物举到自己深红色的顶面上,在顶面形成囊袋,把植物的托盆放进囊袋中;接着,他命令身体加热盛放植物的囊袋;植物的根感受到了热源,顶部又感受到黑色天空的凉爽,正常循环重新启动,整株植物又有了精神。夹角花的两条边之间,有多条压力线从这一侧延至那一侧。此刻,压力线也收紧了,植物顶端的皱褶开始增多,增加了顶面的发射率。条条细微的红色光线开始从红黑色顶面随机出现,接着往下,沿着供养叶脉来到暗红色茎秆处,最后到了黄白色的根部。真是漂亮的景致。悬崖网络几乎能听到植物在制造养分时发出的嗡嗡声。

见此,悬崖网络放松下来,对自己和植物都感到心满意足。于是,他不慌不忙地继续分开磁场,朝东北方前进。街道上的宅院外墙,正好可以当作撬开磁场的楔子,借此分开企图阻止他朝北前进的磁场线,让身体挤过去。

有一会儿,他经过了旧城贫民区。贫民区在内眼学院周围四处蔓延,绝大部分宅院的滑窗都紧紧关闭,所以,除了外墙,没什么可看的。十字路口也不规则,害得悬崖网络错过了路口。

等发现的时候,已经朝东移动太远,他本该在好几个十字路口之前就往西北转弯的。此刻,他面前的西北向街道,角度是东偏北六十度,而不是应有的三十度。他嘟哝着抱怨了几句,顶着磁场穿过十字路口,找到街上的南墙,靠着墙朝西北方挤去,同时注意让角度更加偏北,而不是偏西。稀疏的车流中,忽然飞过一辆机器滑翔出租车,他差点挥手让车子下来接他。可惜车子行进的方向不对。再说,运动运动对他的身体也有好处。

渐渐地,他远离了旧城,接近了光神天堂郊区,身边的景致也随之改变。街道更加规则,东西向的主干道笔直,次一级的旁支街道从主干道延伸开去,每条都形成精确的东偏北三十度夹角,十字交错组成菱形或三角形的街区。私人宅院区的外墙跟人行道齐平,墙上还有一层零摩擦力材料,以便南北过路的行人能尽快通过。在这儿,绝大部分宅院的滑窗都开着,悬崖网络可以通过窗户,观赏墙后的宅院外院。

在一家院墙开窗处,悬崖网络停了下来,欣赏其上的植物布置。布置者选择了普通的三角形窗户,在交替砌上的砖块中嵌入了夹角花架,制成一座级级上升的夹角花梯架。星壳上长出一条粗壮的茎秆,茎秆不久分成两支,沿着三角形窗户的两条边朝上延伸,借着夹角花梯架的支撑,每一级花架上都伸展出一面网。因为梯级错开,所以这株多网植物的每一面网都能见到黑色天空,一派欣欣向荣的景象。最上方的两级还没有形成网络,但已经能看到小小的卷须。小卷须在花架的引导下,正一步步地织出网来。小小的卷须嫩芽周围,放着些小盒子,悬崖网络不明白盒子的用途,但他对这株植物的布置印象深刻。于是,他移动到嵌在前门口人行道上的名牌处,记下户主姓名:D.M.零高斯,西北第七街二四一四号。这肯定是学院的某位教授。等到某一转,他一定要来这儿拜访,跟主人聊聊园艺。

回到熟悉的街道后,悬崖网络没再拐错弯。他先转向西北(他自己的住处在北面几个菱形街区以外),接着马上急转弯,转向东北,来到自己的街道上,朝家的方向移动。他的家是这附近最大的宅子,占据了整整一个菱形街区。上一回,由于他设计的太空喷泉成本比预算节省了一大笔,所以他本人拿到了丰厚的奖励。信用账户中的星星数量之多,让他可以买下整个街区。买下以后,他把街区中四所宅院之间的围墙都拆了,扩建了自己原有的住处。过去一个邻居的家,被改成了工作室;另一个被改成了新发芽植物的盆栽处和温床;第三个则改成了宠物的居所。离家越来越近,他用足盘轻声吹起欢快的电子口哨,星壳中回响着快乐的音调。

首先出来迎接他的是冷冷——一只经过基因改造的迷你型杂交迅猛兽。冷冷已经滑行到了宅院围墙的顶上,尾巴缠在围墙角落里的街道名牌上。冷冷点着头,迎接主人回来,五颗尖利的牙齿弹出,露出发光的白色嗉囊。接着,随着冷冷的吞咽动作,牙齿又收了回去。见悬崖网络顶面上扛着夹角花,冷冷猛地朝植物扑来。悬崖网络生成操作肢,看准冷冷的咽喉塞了进去,以此挡开冷冷的攻击。冷冷剃刀般锋利的牙齿,一口就能切断整条操作肢,但它却并没有这样做,只是用牙齿轻轻地刮过他的皮肤,把操作肢含在嘴里。悬崖网络抽回操作肢,在冷冷身边停下,让冷冷滑到自己的顶面上,让操作肢穿过围墙窗户,拍了拍里头几具友好的身体。接着,他来到大门口,拿出磁力钥匙打开围墙门,让门滑入墙内。一进门,三只大"悄悄"、半打小"悄悄",还有冷冷的伴侣寒寒都围了上来。

悬崖网络打了招呼后,悄悄们就四散开,去做各种"悄悄摸摸"的事情了。悬崖网络这才有时间四处张望,寻找滚滚。这只球形动物正躲在角落里,藏在行动缓慢的大个头表亲斯乐奇身后。斯乐奇是一只迷你悠游兽,最喜欢跑到阳伞花的花床上。他的管家流沙又该来向他兴师问罪了。

"滚滚,来!"他叫道,挥动一条卷须,"来,滚滚,到这儿来!"

球形动物的多个眼睛被挥动的卷须吸引,慢慢地从悠游兽身后滚了出来。终于,它滚到卷须能够到的地方,得到了卷须的爱抚。在卷须的爱抚下,滚滚惬意地隆隆咕噜着,几只眼睛都躲了开去,给卷须让路。

"滚滚,乖,乖,"他说,"不用怕。吵吵闹闹的悄悄们都走啦。"宠物滚滚渐渐地放松下来,绕着悬崖网络的身体,享受不同卷须的爱抚。就在这时,流沙出现在转角处,朝他流了过来。

"我听到外头乱成一团,就知道肯定是你回来了。悄悄们的吵闹震动,这会儿肯定传遍整个社区啦。"突然,他发现了阳伞花丛中的悠游兽。

"喂!"流沙叫道,"你让斯乐奇进化丛,到底怎么想的!要是你不合作,我可怎么打理这地方呀!"

流沙生成了一根粗大的、棍子似的操作肢,流到花床上,对准正用低处足盘吸取汁液的笨重生物,狠狠地敲打它的身侧。

"快走开,你这一大坨软石头!"流沙的吼声通过星壳传来。

迷你悠游兽感觉到有东西在敲打它长着护甲的顶侧,又听到足盘处传来尖锐的喊叫,于是慢慢地离开阳伞花丛,回到训练者希望它乖乖待着的草地上。

流沙又打了几下,让悠游兽继续走。"你的邮件在书房,饭在炉子上。"流沙说,"自己去拿吧,我还有一打喷泉花苗要移植。"

"喷泉花长得怎么样?"悬崖网络问道。

"活下来的那些长得都不错。"流沙报告道，"要是你在东极山里发现它们的时候，没把它们挖回来，而是留在那个磁场线直上直下的地方，它们还能长得更好。我发现，如果从种子开始种起，挑出其中长着倾斜的喷射管和不平衡收集托的花苗，让它们指向恰当方位，喷泉花就会生长。不过别指望它们长太高。不可能。接收盘不平衡，一旦长高，它们会整个儿翻倒。这儿就种了一株。"流沙动动眼柄，指向一块圆形的阳伞花丛。花丛中央长着一株小小的植物，活像一座亮着蓝白色火花的小喷泉。

喷泉花是一种充满高度活力的植物，为了存活，能以极快的速度代谢。为此，关于喷泉花究竟是植物还是动物，内眼学院的生物学家们一直争执不下。有人主张将它归为动物。可是，说它是动物吧，它又只能生长在极为肥沃的贫中子土壤中，比如东极或西极山脉。

喷泉花的正中核心，是一根长长的细管子。细管子有着发达的根系，抽取养分，以极高的速率燃烧。内部的蓝热高温转化为种子似的微粒，沿着管子喷射而出，射入天空，化为小小的蓝白火花雨。火花经由辐射降温，落到喷泉花底部的杯状收集托后，变为暗红色，重新进入下一轮循环。在这短短的抛射过程中，发射的每一个伽马射线光子，都会推动核版本的光合作用循环更上一层，直到制造出充满能量的分子，帮助喷泉花生长。

悬崖网络在东极山脉发现的喷泉花，一般活不过一转。起初，它们是种子，落在一堆合适的土堆中；接着，它们会喷射几个杜斯转的火花，同时以肉眼可察觉的速度生长；再后来，养分渐渐用完，茎秆就会喷出更大的种子微粒。在最后几麦斯转[1]当中，濒死的茎秆会左右摇晃，而喷射的速率则会增加，种子会落

---

[1] 一千七百二十八分之一转，约等于人类的一分钟。

在某一侧,覆盖数厘米的区域。如果正好落在合适的贫中子土堆中,生长循环将会再度开始。如果没有合适的环境,种子会一直等待,直到地面震动或动物的移动把它们带到恰当的地方为止。

悬崖网络原本盘算着,给喷泉花提供足够的养分,就能让它们一次活上许多转。可是,这些植物似乎天生短命,活到半打转数它们自个儿就放弃了。不过,它们喷射火花的时候确实好看。这会儿,花丛中的喷泉花正在喷射,吸引悬崖网络好好欣赏了几麦斯转。接着,他穿过外层庭院,进入内层宅院,走向书房。

他走进书房。察觉主人的到来,莱西从常待的垫子上移了下来,颤颤巍巍地上前迎接。莱西是一只上了年纪的悄悄,它惯常用的垫子放在墙边,隔着墙紧贴另一个房间的炉子。莱西年纪太大,身上的毛都快掉光了。看着莱西,悬崖网络不禁陷入深思:没毛的悄悄,跟刚刚出壳的皱巴巴奇拉雏仔,实在是太过相似。或许,因为这种高度的相似,悄悄才会变成奇拉最喜欢的宠物。毫不夸张地说,每个奇拉都有一只悄悄。最近在奇拉当中兴起了一股热潮,流行用人类的毛茸茸四脚宠物的名字给悄悄命名,比如莱西、崔格、皮特、波西、泰比等。

悬崖网络来到自己的工作站。他的足盘移到银色的触摸-品尝屏上,屏幕立即激活。作为大工程承包商,悬崖网络拥有最新的智能终端。他看了几条电脑网络消息,向机器回复程序口述了几条答复,算好时间通信机器最后一笔账单,接着便转向送来的卷轴。虽然如今电脑信息已经取代了大部分个人消息传递服务,但这次,由于他长时间出门,送来的卷轴仍然堆积了不少,都安放在墙上的卷轴架上。

卷轴架由坚固的板子构成,十字交叉,嵌在书房的墙上。这些墙上的卷轴,要么太过重要,要么就是政府的官样文书,总之都不能放心交托给电脑网络消息服务。悬崖网络卷住其中最大的一卷,把它从墙上的菱形格子里抽了出来,心里暗暗推测着其中内容。取下后,他扫了一眼卷轴的外部,发现自己的推测丝毫不错。这是一份正式的请求,要求设计一台惯性驱动引擎,代替出了故障的小行星引导火箭,保护人类。他加固了操作肢的骨头,以承受这多层文件卷轴的重量,接着将文件小心放在地板上。放下后,卷轴有弹性的金属薄页立即扭曲成了椭圆形,只等一条卷须轻轻一触,页面便会完全平整摊开。当然,也有一份拷贝存档在电脑的消息文件夹里。不过,悬崖网络还是喜欢在思考的时候盯着地面。于是,他形成一条卷须,探进卷轴中央的洞里,轻轻一按。

这一按的些微压力,加上蛋星强大的引力场,使得金属薄页立即摊平,露出最顶上的一页。上面写着:巨型惯性驱动计划的请求书。悬崖网络扫了一眼第一页,实在不喜欢其中的内容。

"愿光神下沉!"他咒骂道,"自从答应人类我们会救他们,已经过了整整两个大数转。我还以为'慢者①互动实验室'总能做出点什么东西来!这份计划请求书,要求的只是初步的设计计划!这种东西,早在一个大数转之前,他们就该窝在宅院里做完了!"

自打职业生涯开始,悬崖网络已经看过许多份这样的文件。于是,他伸出另一条卷须,插进卷轴页面约三分之二的厚度。这三分之二的页面,全是政府公文的封面与实际内容之间的模板套话。随着卷须的动作,这些模板卷曲起来,重新变为紧实的椭圆形。接着,他又卷起几页,发现过了头,于是摊平前一

---

① 指人类。

页,看了起来。一看之下,不禁再次破口大骂。

"该死的悠游兽!这个工程,他们只拨了一百四十四个大数的星星!他们还指望我们往他们的围栏里下蛋哩!"

他卷起几页,翻到请求书列出的工作要求清单。这一回,他忍住了没骂。因为,同样的事情,他已经见过太多次了。

"……这个所谓的'初步'计划,跟'完整'计划的唯一区别,就是在最后的报告里,我们不必提交最终的报价。"他移开卷须,任由页面一页一页地迅速卷回,同时浏览页面。他的脑结开始思考解决这个问题的其他办法,眼睛波动慢了下来,足盘也叩击出紧张的声音。

"说不定能行。"他自语道。他放开卷轴,等页面全部卷好,便将卷轴放回墙上,自己则移到触摸-品尝通信器上,打算召集散落各处工地的骨干工程师们开个电话会议。只听一声缓慢的"当"穿透星壳。是他的摆钟,敲出徐缓的钟声,标志着第十二个杜斯转的来临,也标志着一转的结束。他对了对自己的精密核计时器,发现这座老式摆钟分秒不差——尽管几转之前刚刚发生过星壳大震。在这个点上,打谁的电话都没用。蛋星上的每一个人都会放下手头的活儿,享用各自在这一转里的主餐——转宴。不如他自己也去弄些吃的,到了一杜斯转的时候,再来打电话。

他离开书房,朝餐室走去。莱西跟在他身后。莱西虽然老了,可一点不傻——她知道现在是吃饭时间。流沙为他准备了丰盛的转宴:一小锅加了香料的"眼锚"肉饼,配一打小小的阳伞花根节,正在炉子里热着。他揭开设在餐室地板上的冷藏器盖子,发现里面放着新鲜的花瓣叶子色拉,配北极刺针植物磨碎制成的辣酱。冷藏器里还有凉透的单莓酒,他拿了一袋。这种单莓产于北极的"离乡"火山,据说是最好的酒之一。

悬崖网络仍在思考筹划新项目。要是换成往常,他会匆匆忙忙地把盘子里的食物一股脑儿倒进进食囊,然后立即回书房。但这一转,他决定待在餐室,好好享受美味的转宴。他把盘子放到地板上的控温区。控温区旁边就是进食垫,他把自己硕大的身体安顿在垫子上,把两个进食囊移过来并排,正对着两盘食物。一根操作肢举起单莓酒袋,举到两个进食囊跟前,轮流往里面挤入酒液,哪个想要就给哪个。

眼锚肉饼滋味绝妙。冷冻器里其实还有几块上好的肋排,滋味更妙。不过,他很高兴流沙这次选的是便宜些的眼锚肉。那几块更妙的肋排,他更希望留着请客人吃。毕竟,在转宴上能吃到年轻奇拉的肉,可不是常有的事。

很幸运,那具年轻奇拉的尸体上市时,悬崖网络还留着自己的大部分奖金。要不然,喷泉花瓣就会被外族人吃掉了。星壳大震时,发生了一场可怕的滑翔车车祸,害死了喷泉花瓣。所有奇拉的尸体,都属于死者的族人,族人会把尸体公开拍卖,以此减轻大家抚养部落雏仔的赋税负担。一般说来,一个奇拉一辈子只有一具尸体;所以,哪怕是最老、最难嚼的"古者"奇拉肉,也比最好的动物肉贵。一具尸体,通常依照眼睛的位置,切为十二块眼位出售。只有富人才买得起一块以上的眼位。至于一具死于车祸的年轻奇拉尸体,在懒散的暴发户眼中,简直是无价之宝(现在这个物质丰裕的社会,不知怎么冒出了这么多懒惰的有钱人)。悬崖网络开出高价,压倒了几个联手的转宴操办人,买下了全部的十二块眼位。此后一个大数转之内,死者族人的赋税负担降低了整整十二分之一。

酒袋干了,眼锚肉饼的盘子也空了。悬崖网络正拨弄着剩下的辣酱冷色拉,星壳震动,传来半杜斯转钟声的复杂旋律。要召集工程队开电话会议,现在还是太早。于是,他让莱西吸食吃剩的饭菜,自己则慢慢地移动到娱乐室。但他现在并不想娱乐。他只想看新闻——有关人类和人类困境的新闻。他想了解一下,蛋星上的奇拉大众对头顶上"慢者"所处的危险困境,到底了解多少——或者说,在乎多少。

他打开全息视频,眼睛盯着覆盖着地面及屋角两面墙壁的银色屏幕。图像出现,浮现于三个相连的平面当中。图像中是个新先知,正引述古时候第一个先知——粉目——的话,允诺众人将会得到无上的性迷醉。见此,悬崖网络反感地振动眼柄。又一个活生生的例子,再次证明现代社会越来越堕落。已经有些现代男性宣布跟部落断绝关系,只为了逃避必须上缴的雏仔抚养税。毕竟,他们又不产蛋,没有蛋需要孵化,也不会有雏仔需要抚养。等着瞧吧,接下来肯定会有女性奇拉丢弃自己的蛋,只因为"带着蛋太累"。她们本该心存感激,庆幸自己不是人类女性——人类女性还得自己照顾孵出来的雏仔呢。

悬崖网络的全息视频机很时尚,带有全套的电脑附加设备。电脑没机器人这么聪明,但也相差不远。电脑会把过去六转中一百四十四个频道的节目全部拷贝到分子记忆当中,还能从永久记忆中调取更久远的节目。

"有哪些新闻节目提到了人类?"他问。

"过去的六转中,一个也没有。"电脑回答,"三十六转之前,教育频道有个科学新闻提到了天师。鉴于人类通信员皮埃尔·尼文已经离开了通信控制端,这个专为与人类交流而设计的机器人也暂时关闭,以便更新和维修。一架自动机器目前替代了天师。不过,不等人类想念它,天师就会回到岗位上。这个节目是由慢者保护组织赞助的。"

"一切大众以及所有的官僚组织都属于慢者保护组织。"悬崖网络应道,"他们对待人类的态度,就好像人类是需要保护的动物似的。他们说,'人类这么慢,这么笨,我们必须照顾他们。'可是,他们根本没有采取行动!人类处于危险当中;而我们奇拉,却为了省几颗星星,只顾拖延工作、低估成本。"他闷声咒骂一句,移回书房。还有两格莱斯转才到一杜斯转。但他了解手下的骨干工程师,此刻,他们一定已经吃完了转宴,回到了通信控制端前。

悬崖网络激活了会议链接,集合工程师,一同草拟给《计划请求书》的回复。如果接下这单,网络工程公司恐怕会蚀本,但悬崖网络不介意。蛋星联合部落或许不在乎人类,但网络工程公司在乎。

时间:2050年6月21日 星期二,格林尼治时间 06:51:19

塞萨尔·王医生的视线从珍的防护罐舱窗移开,瞄了瞄嵌在船壁上的控制板。数据显示,此刻,三个防护罐已经有人,珍、阿卜杜和圣子暂时安全,不受快速变化的潮汐力伤害。皮埃尔仍留在下层船员甲板的图书馆,不过很快就会回来,进入防护罐。塞萨尔慢慢绕过中柱,朝自己的罐子移动。他格外小心,不让巨大的引力扯开自己的四肢。阿玛丽塔的罐子就在他的罐子旁边,但她既不在罐子里,也不在罐子附近。王医生忧心忡忡地四处张望——主甲板是空的。

"阿玛丽塔!"他叫道。没人回应。不过,通往科学甲板的通道里传来了粗重的呼吸声。他拉着梯级从通道上升,打算去看个究竟。

通常——也就是说，平准星体规规矩矩干活的时候——"屠龙号"的中央部分几乎是自由落体状态。只有靠近外壁处会出现引力场，能让人分出上和下。不过现在，平准星体已经离开轨道很远，所以上层和下层甲板的引力场已经变强，平均强度达到几乎两倍地球引力，而且还在慢慢增大。有时，在平均值上下波动的引力场，强度会超出两倍地球引力，持续一毫秒左右。这种波动持续的时间不长，不会造成物体高速运动，但会让人很难辨认梯级的朝向。王医生转过身，让引力把他朝"下"拉，拉进"上"层的科学甲板。接着，他爬下梯级，站到阿玛丽塔身边。阿玛丽塔正坐在天花板上，奋力挤进宇航服中。

"我要去修好引导火箭。我要从其他火箭上拆下一个备用阀门，换掉出故障的那个。"她喘着气说。

"你会死的！"王医生瞪大了眼睛，满是担忧。

"要是没人修好火箭，我们都得死。"她说，"或许我成不了，但我得尽力试一试。"

"我很钦佩你的勇气。"王医生说，"可是，如果你愿意停下来好好想想，你会明白，光有勇气是不够的。"他弯下腰，让她看着自己。

"引导火箭在我们跟平准星体之间的中间区域工作，而我们距离星环中心约两百米。"他说，声音中带上了权威口吻，"那么，离这些星体一百米处，在火箭的位置上，潮汐力会有多大？"

王医生看着阿玛丽塔。阿玛丽塔的眼神变得空洞，褐色马尾辫底下的超级胶质计算机正奋力心算。

"每米一百三十三个地球重力。"她回答。接着，她眨了眨眼睛，又开始往头上罩头盔，"但这些会被中子星的潮汐力抵消，中子星的潮汐力是每米一百零一标准重力……"

"还剩下每米三十二标准重力。"王医生接口,"引导火箭的连接处经过加固,经得起三十二标准重力的拉扯。可你总得承认,你的关节没有这么坚固。"

他从阿玛丽塔手中接过头盔,阿玛丽塔没有反抗。这时,两人头顶的星图桌上闪过一道明亮的光线。是奇拉的极地轨道空间站,再一次划过他们身边。

时间:2050年6月21日 星期二,格林尼治时间06:52:19

星翔者站长在船坞等候,望着小小的弹射飞船靠近空间站。飞船上坐着一位两星上将。按照惯例,空间站的站长必须亲自迎接这位重要访客。至于上将来访所为何事,站长心中没数。或许他又会被派往太空?但据星翔者所知,最近并没有发射深空探索飞船的计划。不过,他的空间站负责人之职即将届满,也确实该挪去新地方了。所以他估计,这回上将来访,跟自己有关。他一边等待,一边分出四只眼睛,望着光神六眼从旁闪过,相距仅仅一公里。陨星击中引导火箭事件已过去了四个大数转,平准星体已经明显脱离了原有的轨道。他有一搭没一搭地琢磨,不知联合部落那些官僚到底在干什么。反正全息视频新闻里一点都没提到。

弹射飞船灵巧地停在球形空间站一侧的平台上。

"欢迎莅临极地轨道空间站,银河上将。"说着,星翔者的卷须轻抚自己的六角站长星章,以此致意,"您为何特意来此,远离蛋星的温暖?"

"嗯,可以说,我是来突击检查的。"上将回答。见星翔者的眼柄因紧张而抽搐,上将的足盘波动起来,传来一阵大笑,"其实,我是来见你的,是私事。我们能否去你的舱房私下谈?"

"当然可以。"星翔者应道,有些奇怪。一般来说,改派命令都应当公开发表。他领着上将,沿着走廊来到自己的舱房。离开前,他忘了关全息视频。此时,方形的全息视频块中,显示的是一只奇拉眼睛的特写。眼睛是凉爽的深红色,其下是渐粗的眼柄。眼柄将眼睛慢慢回缩,缩回整个蛋星最丰满、最性感的眼膜底下。这时,全息摄像机镜头后撤,露出这位女性奇拉的全身。她一边缓缓波动足盘穿过舞台,一只接一只地抛出媚眼,一边唱着一支略带挑逗性的曲子——《让你我眼柄交缠》。星翔者有点难为情,移动到控制板,想关掉视频。上将伸出卷须拦住。

"别关,"他说,"听她唱完。这是我最喜欢的歌之一。"上将移到休息靠垫上,摊开身体,尽情观赏。星翔者伏在另一块靠垫上,一半眼睛看着视频块,另一半瞄着上将。歌曲结束,演出也告一段落。星翔者探出一部分足盘,关掉了全息视频。

"这个琪琪,可真是逗人喜欢的完美生物。"银河发出隆隆的低音,"对我来说,她是抵抗我体内'护蛋热'的灵丹妙药。每次看到那十二只性感无比的眼膜,我都觉得自己又像个雏仔一样年轻。"他动了动足盘,接着从囊袋中取出一个消息卷轴。他没把卷轴递给星翔者,而是牢牢地握着,说道:"你自己肯定也知道,你这一轮岗位职责已近届满。你在岗位上做得很出色,只要你愿意,完全可以再做一轮。不过,上头推荐了你去另一处上任。那不是普通的指挥岗,而是独一无二的一次性任务,唯有像你这样拥有丰富的大型太空站运行经验的人才能胜任。这个岗位有时任务繁重,而且需要你付出很长一段时间,超过平常的四个大数转岗位期限。因此,我们不会直接指派你上任。我来这儿,就是打算跟你开诚布公地谈谈,给你讲讲这个职位的利与弊,给你选择的机会。"

"只要位置合适,超过平常的岗位期限也没关系。"星翔者回答,"不过,任务繁重,到底是怎么个繁重法?"

"你要承担全部责任……却几乎没有权力。"银河解释道,"确切地说,这个特殊任务指挥官的工作,大都需要用恳请、乞求、连哄带骗等办法,以取得足够的权力,将职责规定的任务进行到底。我这儿说的权力……指的是金钱。"他让消息卷轴滚落到甲板上。

"四个大数转以前,一颗陨星击中了光神六眼的引导火箭之一,让人类陷入危机。那时候,经过计算,人类时间五分钟,也就是十个大数转后,六眼的圆形星阵将极度变形,引力潮汐会大到撕开内眼飞船。一旦飞船撕裂,哪怕单个的防护罐,也没法保护人类的安全。

"事故发生后,联合部落总统做出承诺:蛋星人民将承担起修复火箭的任务,拯救人类。一开始,公众对这个拯救项目有着极大热情;但是,渐渐地,热情一点一点消退。整整两个大数转后,设计研究合同才签发出去,而且拨款数额也不足。网络建筑公司已经完成了设计任务,也想出了技术上可行的办法。他们已经尽力压低成本,但任务所需的数目仍然巨大,需要大幅度提高太空项目的预算。联合部落的立法部门正紧紧夹住足盘,极力拖延,企图避免拨款。"

星翔者伸出卷须一按,卷轴便摊平在甲板上。他低下一只眼睛,读了起来。

"把我提升为上将!"他惊呼。

"对。如果你接受这个任务,你的星章就会再多六个角。"银河说,"只要你顺利骑上这头迅猛兽,不被吃掉,我几乎能保证再给你弄颗星星。"

星翔者犹豫片刻。

"如果你接受这个任务,那六个角,每一个都是你应得的。"上将说,"你得上全息视频节目,参加部落集会,重新点燃公众对这个项目的热情。你得想法子熟悉联合部落立法部门的绝大多数成员,还得跟太空部、通信部和慢者互动部下属立法机关的成员称兄道弟,让他们把你当成同窝雏仔伙伴。最重要的是,无论别人怎么挑衅,你都必须保持冷静,不能树敌,不能发脾气。你能做到吗? 你愿意去做吗?"

"愿意!"星翔者一口答应。

"恭喜……上将。"银河道,"我正好随身带了几个十二角的星章。"他在囊袋里摸索,拉出来一块板子,上面缀着半打星章。星翔者站在房间中央一动不动,上将则绕着他的身体移动,将原本的六角章从星翔者的抓握括约肌上摘下,放上崭新闪亮的十二角星。再度绕回星翔者身前的时候,银河问道:"要不要顺便改个名字?"

"不,现在的名字我挺喜欢。这是我从学院毕业时,为自己挑选的。"

"那好,星翔者上将,"银河道,"集合你的船员,我们开一次发布会吧。"

星翔者上将把空间站的指挥权交给大副地平线探测者后,就跟着银河回到了蛋星表面。他已经在轨道上待了一个大数转还多,十分渴望回到部落,参加集会。

弹射飞船的驾驶员打开惯性驱动,让飞船脱离极地轨道,随即关闭。他算准了脱离轨道的推力,让飞船的近拱点靠近东极。接近极地上方的强磁场时,细长的弹射飞船展开了粗短的超导翅膀。驾驶员让张开翅膀的飞船保持倾斜的角度,飞过滑溜溜的磁场线,将飞船的动量通过东极磁场传递给蛋星。接着,飞船从极地轨道切换到赤道轨道。此时,弹射飞船的速度没有变化,因为跟磁场的接触不会造成任何速度损失。一番操作后,他们靠近了太空喷泉那细细的金属柱,距离只有一百米。高塔似的太空喷泉已经修到了五十公里的高度,远远高于弹射飞船的飞行轨迹线。转弯的时候,星翔者让自己保持头下脚上的状态:眼前景致绝妙,能看见长长的细柱里上上下下的施工升降梯。

时间:2050年6月21日 星期二,格林尼治时间06:52:20

年轻工人不大自在。换作平常,他压根儿不会介意跟两个眼膜丰满的女性一同挤在升降机里。升降机要花一杜斯转才能下到地面,在升降机里跟异性挤挤挨挨,相互搔痒,这一杜斯转很容易打发。可惜,这一回,两位女性中的一位是他这一组的组长,另一位是他这一班的班头。自从进入网络建筑公司实习,这是他头一次上太空喷泉工作。他很想给上级留个好印象,以便今后多给他安排喷泉塔高处的活儿。

两位上级在聊工作。他的足盘能听到,却不敢吱声,只觉得眼睛无处安放,既不敢让视线落在上级的眼膜上,也不敢落在顶面上。他的六只眼睛盯着三角形升降机的三个角,看着三对迅速移动的超导圈环流飞快地从洞里上升。另外六只眼睛则转向太空,望向遥远的地平线。地平线上能看到斑点和线段,那是朝西通往光神天堂的城市和道路。

一百米外,一个光点绕着塔转了一圈,朝远处飞去。很可能是弹射飞船,目的地是弹射圈。升降梯在六十公里的平台停下。这座平台目前空空荡荡,只有六对环流,还有围绕环流的磁力转向器。另外三对上升环流刚刚送来这一轮上班的工人,他们一直等在平台上,等候下班的工人通报交班须知。

"留几只眼睛,注意三号上升流的转向器。转向器已经开始发热,顶层说他们那儿的'推出废环'数量太多了。"下了班的工人报告,"我已经告诉底下,让人拿备用品上来。"

"备用品就在我手里。"准备上班的工人指指宽敞工作囊袋里的大盒子,"不用多久,我就能修好。你们去'迅猛攀登'玩得开心!"

"肯定开心。一打转数后见。"

"重蛋"对推出废环并不陌生。他在顶层平台干的就是这个活儿。每当六条上升环流升到顶层,就会接受某种转向器的扫描。一旦发现环流当中某个圈环扭曲或过热,这个圈环就会被推到一旁,进入废环箱,接着"嘭"地撞上磁力阻挡器。可不能让废环进入磁力转向器,不然麻烦就大了。重蛋的任务,是把进入废环箱的圈环钩出来,而且速度一定要快,必须赶在下一个废环进入废环箱之前。否则,两个废环会重重撞上,然后扭曲。而且,阻挡器当中的磁场极强,若是让操作肢长时间停留在里面,会烧坏皮肤。这工作既热又吵,但重蛋喜欢。他钩出的废环,每一个的价值都超过他一整转的工钱。圈环由单极稳定金属构成——这是蛋星上唯一一种处于自由落体状态不会爆炸的物质。在刚刚结束的一打转数轮班中,重蛋估摸自己替网络建筑公司省下了一大笔钱,足够支付重蛋整整一个大数转的工资。而且,在他手上,前后废环一次都没有撞上过。

升降梯到达喷泉塔底层,下了班的工人们纷纷移出升降梯,朝下降通道流去。重蛋停了下来,感受东极山顶的星壳。星壳里传来强有力的嗡嗡震动,这是永不停歇的环流,在长长的环形通道内不断加速。通道设在东极山脚下,无数个圈环组成的环流从这儿射上高空,仿佛金属喷泉。

重蛋流进下降通道车。这一次,他格外留心,设法挤在非上级的女性身边。这位女性名为闪亮足盘。山隘间,通道车沿着管道飞速冲下,半封闭的超导管道将强大的磁场阻挡在外。一路上,重蛋和闪亮足盘相谈甚欢。到了迅猛攀登郊外,通道车刹车,停了下来。重蛋和闪亮足盘下了车,朝最近的浆吧移去。浆吧内设有几个铺着靠垫的私密小间,有几对奇拉在浆吧服务生的钱囊里丢下几颗星星,直接冲着私密小间而去。

离转宴还有几麦斯转的时间。重蛋和闪亮足盘轮流请客,买了几袋花瓣-荚子植物制成的发酵浆水。喝到第三袋时,重蛋最喜欢的全息视频节目《琪琪秀》开始了,主角是蛋星上最性感的女性艺人。周围的男性奇拉高声叫喊,有节奏地重重敲击星壳,女性则开起了有关琪琪眼膜形状的玩笑。

"要是她把十二只眼睛都放在身体的同一侧,她的足盘就该离开星壳悬空啦。"闪亮足盘嘟哝道。周围响起了笑声。

"我的眼球们说,你也有同样的问题。"重蛋接口,勇敢地迈出了第一步。闻言,闪亮足盘的十二只眼睛都转了过来,望着他,一只接一只地对他挤眼。这是琪琪著名的波浪媚眼,闪亮足盘学得相当不错。重蛋的眼柄都僵直了。

"像这样吗?"说着,她靠了过来,把重量压在他身上,肉感的眼膜摩擦他的顶面边缘,"幸好有你撑着我,不然我可能会整个儿翻过来,擦伤皮肤呢。"

两位的友好关系于是更近一步,她甚至允许他伸进她的传统囊袋,抚摸她的部落图腾。可惜图腾并不熟悉,说明她并非重蛋的旁支部落家族成员。她倒是愿意租一个靠垫小间,进一步深化关系,但重蛋却仍然对本家部落和旁支保有强烈的忠诚心。由他而来的蛋,必须产在他所属部落的蛋圈里。外头大街上不属于任何部落的流浪雏仔已经够多了。

于是,重蛋不情不愿地告别了闪亮足盘。她找了另一名男性,跟他共进转宴去了。重蛋心下沮丧,放下几颗星星,弄了一个全息视频私密小间,继续观赏《琪琪秀》。

琪琪是他的本家部落成员。在某次部落大会上,他还亲眼见过她。当然,她身边围满了崇拜者。从他具备性别意识、了解男女不同开始,他就一直梦想着让琪琪产下他的蛋。他知道这个梦太荒唐,绝不可能实现,但他还是忍不住要做这种梦。

《琪琪秀》也结束了。重蛋用自动回放功能,又从头看了一遍,同时将转宴食物倒进囊袋,看也没看,尝也没尝。下了班的工人,大部分都会休好几转的假;可重蛋却又回到了山顶,向网络建筑公司的排班员报到——总会有些工人,因为太懒惰,或者喝了太多的发酵浆水,没法按时回来上班。他很幸运,有个顶层的岗位刚好空缺。他迫不及待地一口应承下来。在他喜欢的事情当中,唯一能胜过做琪琪白日梦的,就是在塔上工作。在塔上工作时,哪怕一丝一毫的闪失,都意味着死亡。他喜欢这种跟性快感相似的刺激。

重蛋喜欢工作。他常常琢磨:要是身为人类,不得不让一生的三分之一在无意识中度过,会有何种感觉? 他听说,哪怕身处险境,人类也会不由自主地入睡。接着,他记了起来,很久以前,全息视频曾经播放过新闻,说人类正处于某种危机当中。不知那些人当中,有没有人睡着。

时间:2050年6月21日 星期二,格林尼治时间06:53:21

阿玛丽塔用肌肉力量抵抗向外拉扯的强大残余潮汐引力，沿着通道梯级，慢慢从科学甲板爬回中央甲板。她每一步都格外小心，让手和脚之间保持牢固的三点抓握，以抵抗脱离正确轨道的平准星体的引力。这股引力一会儿把她往梯级上拉，一会儿把她往梯级下拉。路过圣子的防护罐时，她朝里面看了一眼，圣子闭着眼睛，四肢软软地垂挂在水中。她正在熟睡。

"看来，连续奋力工作三十六小时，哪怕她这样的超人也够呛。"阿玛丽塔喃喃道。她抓住通信控制端旁边的把手。皮埃尔正在控制端前，被安全带绑在椅子上。

"要是'屠龙号'有推动力就好了。"她对皮埃尔说。

"要想抢在潮汐把我们撕碎之前挣脱中子星的引力，推进的速度得比光速还快才成……"说到这儿，皮埃尔脑中忽然灵光一现。在狭义相对论中，超光速旅行就等于时间旅行。而据他所知，奇拉已经掌握了超光速旅行的技术。皮埃尔转向控制端。

"天师，"他说，"你们已经掌握了超光速旅行技术，有没有掌握时间旅行技术呢？"

"有。"天师回答，"两分钟前，就在你们的事故刚刚发生之后，有个时间学博士，掌握了时间通信技术。"

"那就给过去发条消息，让人引开那颗阴星！"皮埃尔说。

"很不幸，我们的时间机器发往过去的消息，最早只能发到这台机器第一次开机之时。"

"那么，我们没希望了。"皮埃尔的身体在控制椅上抽搐，"船壳顶多只能再撑两分钟。"

拯 救

电话一阵一阵的嗞嗞震动，沿着星壳辐射而来。悬崖网络不想理会，只想继续享受手头的愉快工作。他正在移植小小的阳伞花苗，种到后花园边缘，替代已经结成种子的那一批。他拔起结了种子的阳伞花，堆成一堆，流沙稍后会把它们拖走。接着，他把新的花苗植入腾出的空位上。这批幼苗和普通的阳伞花不同，是他和流沙亲手培育的变种。他上次做工程的时候，发现了一种阳伞花的变异种，带了回来，精心培育，才有了这批幼苗。

普通的阳伞花有一条主根，从中分出十二条支撑柱组成悬臂梁结构，托起深红色的凹形顶面，朝天空辐射。而这批新幼苗却有二十四根支撑柱，这可不是简单的翻倍，更像是有两副植物骨架，想方设法在同一个身体里共存——这两副悬臂梁结构各自托起多个发光花粉喷嘴，两组喷嘴的性别不一致，颜色变化的步调也不一致。普通的阳伞花会随着时间流逝慢慢脉动，花粉喷嘴会从深红黑色，变为明亮发光的白热，再转回深红黑色。而支撑柱加倍的阳伞花，两组喷嘴变化阶段正好相反。如果其中

51

一组花粉喷嘴呈深红黑色,另一组肯定是明亮的白热。两组并列,仿佛植物眨着眼睛,令人心生喜悦。

嗞嗞震动不停地继续。

"流沙,"他往星壳里吼道,"你能不能帮我接一下?"

"你自己接,我忙着打扫悄悄的房间呢。"宅院后部传来回答。

悬崖网络无奈地耸耸肩,清空自己的园艺囊袋,用擦拭巾擦干净操作肢,让这条带骨头的粗壮手臂溶解回身体,随即朝书房移去。进了房间,嗞嗞声越发响亮。他滑到地板上的品尝板上,用底足盘的一部分碰了碰屏幕上的"应答"键。来电者是星翔者上将,慢者营救远征队负责人。屏幕上的图像又出现了许多白色斑点。他得给视频链接公司打电话,让他们找人来修理,找出自己宅院 X 光纤维电缆中的坏点。

"打开全息视频,调到公共服务频道。"星翔者说,"立法机构正在对是否拨款支持'庞大贝果[①]'进行辩论。辩论已近尾声,很快就会投票。等结果出来,咱们就能开始干活儿啦。"

悬崖网络的足盘上植入了极度敏感的品尝蕾,能"看见"电话那头的星翔者。悬崖网络一边看着星翔者,一边分出几只眼睛,望向书房一面墙上装着的银色屏幕。他形成一条卷须,伸向嵌在地板上的小小控制端,按了几个键。图像立即闪出,在屏幕前成形。埋在宅院角落的平面相位天线阵列随即调整了接收光束,转而接收浮于光神之眼西面的直射广播卫星发来的调制伽马射线流。

悬崖网络的四只眼睛朝天上望去,凝视光神天堂上方那六

[①] 有嚼劲的硬面包圈,发酵面团经沸水煮过方才烘烤。这里指巨型惯性驱动引擎,后文有具体的描写。

颗闪光的小行星组成的星阵。星阵已经扭曲得很厉害了。

"六眼已经远离了原本的星阵。"悬崖网络说,"我们早该上去修好这个星阵。毕竟,这是我们答应过的事。"

"唉,政治家就喜欢承诺。"星翔者应道,"等到真正需要拨款做事了,他们又觉得慢慢来也无妨。尤其是这一次,确确实实不算紧急。我们有充足的时间。"

"事故刚刚发生的时候,我们的时间的确充足。"悬崖网络提醒道,"不过,政治家们已经游手好闲了整整六个大数转,一心只想找个便宜的办法;我跟我的工程师尽了力,可是,要建造一架巨型惯性驱动引擎,还要送上太空,造价无论如何不可能小于十亿颗星星。而且,时间拖得越久,造价就越贵。人类那儿还撑得住吗?"

"天师说,人类已经开始恐慌。从他们说话的语气就能听得出。"

"根据目前的估算,到人类飞船彻底毁坏,我们还有多少时间?"

"很难说。我们有个八天体引力模型,能精准预测未来飞船和小行星相对蛋星的位置。但存在一个未知元素——飞船船壳的硬度。人类已经开始躲进加速防护罐;在防护罐中,他们的安全暂时无虞。不过,我很希望能在飞船船壳彻底毁损之前把火箭修好。这样,等到人类离开的时候,就能带着整艘飞船一同回去。要我猜,我们至少还有人类时间两分钟。"

"那就是四个大数转。"悬崖网络应道,"驱动应该能在两个大数转内造好——只要有钱的话。"他将注意力转向银色全息屏,屏幕前的地板上飘浮着三维图像,立法者们聚集在光神天堂中心一块用作会议室的巨大凹陷处。这地方最近很少使用,绝大部分的大型事务会议或娱乐集会,如今都通过多条沟通链接进行,不必亲自到场。

不过,鉴于这是选举期至休会之前的最后一次立法会议,所以,按照惯例,必须在会议室举行。大会的最后一项议程,即为是否拨款建造巨型惯性驱动引擎,用以替代人类的故障引导火箭。引擎的外观设计像个巨大的甜甜圈,全息视频的新闻主播们因此给它取了个别名,叫作"庞大贝果"。这名字来源于人类喜欢吃的某种精致甜点,这种甜点的模样跟引擎十分相似。此时,一位立法者正在讲话,全息摄像机的镜头拉近到讲话者的波动眼柄处,演讲垫放大了讲话者的足盘动作。

"……比如我,我就不愿意在这种大选之前的紧要关头,回部落对大家说:'我们得提高征税额度,只为了拯救一帮子愚昧无知、连自己的宇宙飞船都造不好的慢者。'我说,让他们自己想办法救自己好了!"

"我相信,我可敬的第三扇区同事方才所言并非真心话。"另一位讲话者斥道,"我们当然不能责怪慢者愚昧无知。他们生活的速度太慢,没机会赶上我们。可是,他们并不是动物。我们不能对他们的困境视而不见,任凭他们死去。毕竟,他们曾经帮助过我们。"

"就算帮助过,那也是很久以前的事了。那时候,我们还只是野蛮人。那之后,我们已经回报过他们了。我们用各种各样的先进技术填满了他们的记忆水晶,凡是他们可能用到的,我们都给了。我们甚至清除了他们的太阳里的黑洞,使他们免于冰河时期的苦难。依我看,我们不欠他们的。太空探索有危险,人们——人类也好,奇拉也好——常常死于不可预测的事故。这些慢者,从自愿报名那时候起,就知道自己要执行的任务伴随着风险。既然他们不走运,就得接受自己的命运,凭什么要我们掏空自己的囊袋,去救这些鲁莽的人类? 我一定会投反对票!"

"一派胡言!"悬崖网络憋不住怒火,"我们有能力救那些人类,而且花不了多大力气。这种情况下,我们怎么能眼睁睁地看他们死呢? 他肯定在演戏给选民看。这些傻瓜,真会拒绝拨款吗?"

"要是这次能走到投票这一步,拨款很可能获得批准——尽管票数会很接近。"星翔者在心中计算,"我只担心他们会把投票拖延到大选之后。那时,我们就得面对一大群新选出的部落代表,从头开始新一轮的教诲和论证——这事得花掉整整一个大数转,可留给我们的时间已经不多了……"

又一个奇拉移动到演讲垫上。她是从第四扇区的最前排垫子移过来的,想必是第四扇区的领袖。她块头大、身体壮、气场足,眼柄的波动模式越来越慢,吸引了到场的立法者的注意力。

"第一扇区和第四扇区的立法者都是有能力的人。他们看到了一系列同样的事实,却没法达成共识。我相信,在座的各位也会有类似的不同意见。为此,我想提出折中方案。我建议,我们把这份拨款卷轴放回原先的卷轴墙洞里,等到选举结束再抽出来。到那时,我们的会计师和工程师会给我们提供更多的信息,我们也能做出更明智的决断。或许,等到那时,他们还会找出更省钱的办法,完成这项工程。"

"人类处于危险之中,如果要帮他们,就得现在行动!"第一扇区的某个足盘喊道。第四扇区的领袖顿了顿,形成一对卷须,伸进囊袋,抽出一份卷轴。她把卷轴放在地板上,借着重力把它摊平。接着,她垂下一只眼睛,靠近地面,开始朗读:"呈送太空部、通信部及慢者互动部下属立法机关的报告记录。日期:自接触以来第二千八百七十五大数转,第一百一十二转。慢者营救远征队指挥官星翔者上将的进展报告。"

她略过一段,接着说道:"以下我引用星翔者上将的报告:'我们的分析师估计,潮汐力将在二千八百八十大数转时撕裂人类飞船的船壳。人类在潮汐力防护罐里,大约可以存活到3010年。'"她继续念道,"后面有一段提到……'从准许开工之日算起,我们的工程师估计,大约需要两个大数转的时间,就能造好惯性驱动引擎,把它装进人类的火箭里。'"

"我们还有时间。再过几转,我们才会进入第二千八百七十六个大数转。至少在将来的四个大数转里,人类还是安全的。我们只需要两个大数转来完成任务。所以,我们完全可以延后一小段时间,等到选举结束再做决定。"

第一扇区的领袖迅速移到一张演讲垫上,"尊敬的第四扇区领袖有意停了下来,没有继续引用慢者营救远征队指挥官的报告。既然她足盘下正好有现成的报告,能否请她继续朗读接下来的一段?"

第四扇区的领袖恼火地抽搐眼柄,继续往下念道:"'可是,如果开工日期延迟,实际的花费可能会超过目前的预算。因为一旦延迟,为了保证如期完工,好几个制造步骤必须同时进行。到那时候,就会有出错的可能性,不得不进行代价高昂的返工。'"她从卷轴上抬起眼睛,"对,延迟开工确实有风险,可是现在开工也有风险——我们可能会忽略更省钱的办法。作为第四扇区的领袖,我坚持要求对暂时搁置卷轴的动议进行投票。"

"这下子,投票免不了了。"星翔者喃喃道,"一旦扇区领袖坚持要求投票,辩论就会暂停,直到投票结束。我很高兴,好歹她被迫念了额外开销的那一段;可惜她圆场圆得很好,所以两方票数会不相上下。如果就'是否拨款'投票，我们很可能会赢——没人希望卷轴记录下自己'眼睁睁地看着人类死去'。可现在是就'是否延期决定'投票，很多人会非常乐意地投赞成票。"

全息视频的镜头拉远，展示立法者们纷纷移动到垫子上，用足盘触碰屏幕，投下自己的一票的情景。悬崖网络眼前的全息视频块中央插入了闪光的长方体，显示实时投票结果。目前，就是否搁置卷轴，一百一十四票赞成，一百一十二票反对。此时，又有两位立法者急急移下斜坡投票，票数胶着在一百一十四对一百一十四。

"还有个立法者没投票！"星翔者上将叫道。

"我看到后面有个人正赶上前来。"

"光神的诅咒！"星翔者上将很快认出了没投票的奇拉，"是第五扇区的说话足盘。他百分之百会投票赞成搁置卷轴。不过，还剩三赛斯转，要是他赶不到投票垫，他的票就不作数了。"

他们盯着这位立法者，看他移下斜坡。他年岁较长，行动缓慢，投票垫却靠近会议室中心，在碗状会议室最底下。

"还有最后一赛斯转，"星翔者轻声道，"还有十二瞬间……八，七，六，五，四，三，二……"一声锣响，票数固定在一百一十四票赞成，一百一十四票反对。

"平票，等于没投票。"计票员宣布。

"我们赢啦！"电话那头的星翔者大吼一声，声波把悬崖网络的足盘都刺麻了，"开始收拾你的囊袋吧。我们在东极航天器装配厂见。"

"赢了？"悬崖网络疑惑道，"还没开始投票呢！我们怎么就赢了？"

"考虑到立法者的脑结有多喜欢拖延，方才的平票可算个不折不扣的压倒性胜利。记住我的话：等到他们终于想通、决定就‘是否拨款’投票的时候，赞成票会以三比一的比例压倒反对票。"

星翔者猜错了。

后来，第四扇区的领袖坚持要求进行足盘投票，最终结果是：全体一致投了赞成票。

悬崖网络关掉全息视频，继续自己的园艺活儿。剩着花园的边角不完成可不行。而且，他很需要用操作肢在柔软的星壳碎末中劳作一番，享受一点平和的休闲时光。之后，他的公司就得担负起另一项大型的工程项目，而他本人将对这个项目负全责。

园艺活儿结束后，他回到自己的住处，往囊袋里塞各种出远门所需的用品。

"流沙！"他叫道，"我的工程师徽章和体彩在哪儿？到时候，免不了会有正式的典礼，我非得戴上徽章，涂上体彩才行。"

"肯定还在你的旅行包里。"流沙把旅行包带了过来，"自从上次旅行回来，你就没开过包。我从包里拿出了好些脏得要命的擦拭巾，上面全是尘土和食物污渍，简直可以用来堆肥。衣帽墙低层左边的洞里有几卷干净的擦拭巾，还有些闪亮珠宝。"

"包里放几卷擦拭巾就行，"悬崖网络说，"闪亮珠宝就不必了。我是去工作，又不是参加派对。"

"你 定得带上闪亮珠宝。"流沙坚持道，"你肯定会参观太空站，还有顶层平台。你或许觉得自己普普通通，可在太空站和顶层平台那些人眼里，你可是名人。到时候还会有欢迎宴会。你是老板，你的公司是蛋星上最大的私人公司之一；出席宴会的时候，你总该拿出点老板的样子来。"说着，流沙从衣帽墙的墙洞中拉出由富中子铀水晶构成的放射性珠宝，递给悬崖网络。悬崖网络接过来瞧了瞧——这些小东西闪烁着光芒，是铀原子核自发裂变，放射出的伽马射线。他把珠宝塞进旅行袋，又在体侧打开囊袋，把旅行包塞进身体。乘坐弹射飞船的时候，这个旅行袋还得拿出来——弹射飞船的主舱中，只允许携带少量随身囊袋行李。

　　他来到书房，往囊袋里装了几样工具、几个技术卷轴，给办公室机器人秘书下了几道处理消息的指令。他为离家远行做准备的样子，莱西见过很多次。所以，这一次，莱西一见他整理，便从自己的休息垫上慢慢地移动下来，来到他身边，让他拍拍自己的眼柄。悬崖网络一边轻拍这只没毛的悄悄，对她发出轻声的电子呢喃，一边用足盘对流沙说话："这次出门做工程，至少要半个大数转才有可能休假回家。"他说，"或许不等我回来，莱西就会死掉。"

　　"我会照顾她，"流沙承诺，"其余的悄悄，看到肉桶里有悠游兽之外的肉食，会很高兴的。"

　　"别把她喂给悄悄。"悬崖网络说，"从我读工程学校开始，她就一直忠实地跟在我身边。我要自己吃了她。"

　　"我实在不理解你的想法。"流沙的声音听来十分反感，"你明明这么有钱，每天吃年轻奇拉肉排都吃得起。可你却说，你想吞食又老又嚼不动的悄悄肉！"

　　"没错，我想吃。"悬崖网络说，"不过，有一点你说得对，肉太老了。把最老的肉块绞成肉糜吧。"说罢，他最后拍了拍莱西，捡起他的吉祥物"漂亮网络"，流过庭院，流出门，来到大街上。街上，一辆机器人滑翔车正等着他，准备带他去弹射圈。

　　他滑上滑翔车厚重金属制成的等候盘。等候盘位于车子前档和后部动力单元之间。一上车,透明的超导壳就在他周围自动闭合,滑翔车升起几微米,沿街迅速滑行,底盘制造出波动的磁场,车子借此前进。

弹射圈航站楼设在光神天堂的郊外,不远处便是古时候的圣殿废墟,正处在重修过程中。悬崖网络从登机楼这儿望去,能看到大型星壳挖掘机器在圣殿某个眼睛土堆处工作。圣殿重修工程是网络建筑公司竞标失败的少数工程之一:他跟他的工程师们接手的活儿通常技术含量都很高,碰到低技术的星壳挖掘工程时,他们的报价往往过高,导致竞标失败。这时,滑翔车停了下来,悬崖网络把磁卡塞进车子的读卡处,滑翔车从卡里扣掉了八星六十四格莱斯①后,把他放出了这个临时透明监狱。

航站楼所在的地区治安不太好。于是,悬崖网络快步穿过街道,朝写着"入口"的大门走去。到了门口,他刚用足盘激活自动门,就看见一个小小的幼仔不管不顾,从入口冲了出来。这幼仔的覆膜邋遢肮脏,没有任何装饰,上面的伤痕比大多数士兵还多。幼仔用足盘顶住门,握着一把尖锐的金属锥子,朝悬崖网络戳来。悬崖网络赶紧波动足盘后退。

"这就对了,你这吸蛋肥鬼。赶紧后退,这样才不会受伤。"说着,他回头朝门里张望。

"皱足盘……斑顶面……动作快点!"他吼道,"条子就在你们后面!"话音一落,又有两个街头小混混冲出入口大门。这两个幼仔比刚才那个领头的还要小,最小的那个还是个雏仔,身上戴着几样配饰珠宝,还有一条绣花的擦拭巾——肯定是偷来的。她个头太小,悬崖网络垂眼就能看到她的顶面,发觉"斑顶面"这名字名副其实——她的顶面上满是斑斑点点,斑点的发射

---

① 在这儿是货币单位,约等于一百四十四分之一星。

率也跟身体的其余部位不同,一直延伸到她的眼睛。眼睛有几只是粉红色,而不是普通的深红色。

皱足盘把抢来的两个旅行袋交给领头的幼仔。接着,三个小混混分成三路,朝不同方向逃去。悬崖网络听到自动门"砰"地关上,便再次踏上感应垫,打开门,放公共和平警察出来。警察十二只眼睛一瞟,就把一切尽收眼底,朝领头的幼仔追了过去。那领头的小混混一边逃,一边往囊袋里塞旅行包。悬崖网络望着警察远去。看得出,警察带着武器、徽章和通信器,负担太重,不太可能追上逃走的幼仔。

三个小混混当中,悬崖网络最看不下去的,就是顶小的那个小贼。在他部落的蛋圈中,这么大的雏仔还在跟老者玩耍,听老者讲述古老的部落英雄和英雄历险传说。

她肯定是社工所说的"垃圾堆雏仔"。她的妈妈很可能是不属于任何部落的妓女,把蛋生在当地的垃圾堆里。只要没被食腐动物吃掉,新出壳的雏仔还是很有可能活下去的——新生的奇拉能自己进食,而垃圾堆的食物也算丰富。大些的雏仔会把刚出壳的新生雏仔罩在自己的孵化膜底下保护,教他们偷东西,偷来交给自己。

想到这个可怜的、没人保护的雏仔,顶面上还有丑陋的斑纹,悬崖网络的身体中便涌起一阵保护欲。他想找到那可怜的雏仔,用自己的保护膜盖住那丑陋受伤的身体,给她喂食,爱她。他想……

悬崖网络赶紧摇摇身体,收回这种感情。他现在还不能让荷尔蒙占上风,把自己变成照料蛋圈的老者,他还有工作要做。他振作精神,干脆利落地流过入口大门进入航站楼,找到登机口走了进去。他身边的磁卡确认了他在这次发射航班上预订的座位。乘坐弹射飞船所需的费用可不算便宜,所以,登机口设有足盘读取器,以验证磁卡持有者是否真是本人。

他滑上细细长长的飞船。一位空乘服务员帮他从囊袋中取出旅行袋,旅行袋一拿走,他的身体明显瘦了下来。于是,他通过狭窄的过道,从侧面滑到自己的槽位上,抬起护板。飞船加速的时候,护板会放下来拦住他的身体,不让他滑到过道上去。安顿好后,他取出一个卷轴,在狭小的位置上想法子阅读——先展开一小段,然后分出两条卷须,一条卷须卷起读过的一端,另一条则展开没读的一端。

弹射飞船准时起飞。悬崖网络放好卷轴,看着透明的超导防护罩升起,罩住船身。飞船从一条管道滑下,滑到设定的弹射圈入口。弹射圈看起来就像压扁的管子,起先跟地面平行延伸,接着朝天空慢慢抬高,仿佛在挑战蛋星巨大的引力。悬崖网络过道对面的位置坐着个幼仔,模样像是刚刚从光神天堂联合部落工程学院毕业。他戴着工程师的徽章——徽章还是崭新的。

"这东西看起来真是违背自然规律,对不对?"幼仔招呼道。

"看着像是要掉下来。"悬崖网络道。

"别担心,"幼仔安慰道,"一切正常,绝对安全。你瞧,其实有东西支撑着弹射圈,只是你看不见,管子里面有超高速运动的运输带撑着呢。从这儿往东,地下有条隧道,埋着电磁线性引擎,推动运输带,然后把高速运动的运输带送进管子。"

飞船噪音增大,两人均感到身体一震,接着被推挤到槽位的靠背上。

"我们刚刚经过将运输带引导向上的弯曲磁铁,"幼仔工程师解释道,"运输带的运动速度能达到光速的十分之一,要不是上面压着管子的重量,能一直飞到轨道上去。"

"哦,真的?"

"真的。"工程师说,"不过,别担心,我们不会去太空的。高速运动的运输带上压着的管子会利用超导导轨,很快让运输带弯曲,只沿着蛋星地表行进。要来了,感受一下飞船磁握力跟运输带重合时的加速度吧。"

推挤两人的力量越发增强,飞船沿着管道慢慢地爬升。管道内设有两条超导引导轨道,飞船一边爬升,一边从管道内的高速运输带中吸收能量。飞船速度渐渐加快,到达十米高处时停止上升、保持平行,接着迅速下降,进入两公里长的管道中。左边能看到一条一模一样的管道,同样内设高速运输带,载着回程的旅客朝航站楼的方向而去。这时,左边轨道上一道银光闪过——是回程飞船,飞船的鼻尖还隐约地闪亮着。

"那是从太空回来的轨道弹射飞船。"年轻的工程师说,"弹射飞船碰到的最大困难其实是减速,飞船要把速度减到足够低才能着陆。跟地球不同,蛋星上的大气太稀薄,没法利用空气阻力减速;磁力减速也不能用,如果用磁力拉扯,飞船会融化的。所以,想要减速,飞船只能在管道里滑行,把动能传递给运输带。我们此刻加速,用的就是运输带从回程飞船中吸收的能量。不过,我们不去太空,速度不用加到很高;所以,到了中继站,我们很有可能会换乘朝东去的运输带。"

一公里处,导轨上出现了一个变轨道岔,把他们送上朝东的小小弹射圈。悬崖网络坐过很多次弹射飞船,飞船底部的引力场发生器一启动,他的身体就感觉到了微微增加的重力。飞船的磁握力抓住了运输带,开始加速。

"他们本该先打开重力的!"工程师的眼柄焦躁地抽动,"我们一旦离开弹射圈,飞入空中,就处于自由落体状态。要是没有重力,我们会爆炸的!"

"别担心,飞行员肯定心里有数。据我所知,重力发生器用起来可不便宜,他大概想等到最后一瞬才开启。"说着,飞船以四分之一光速飞出了管道。重力下降到仅仅一百万标准重力,两人的身体都在垂直方向上延长。

"重力好像不大,对不对?"幼仔显然松了口气,"不过,这点重力足够阻拦电子,不让电子进入围绕我们原子核的轨道。要是电子进入轨道,我们的核分子可要破裂了。"

他们接近相对论速率的亚轨道飞行,环绕蛋星四分之一周只花了两麦斯转。虽然只有两麦斯转,幼仔工程师却已经利用这段时间,把自己在"庞大贝果"工程中的新任务,一五一十地讲给了悬崖网络听:"那可是有史以来最大的惯性驱动引擎,说不定今后也没有比它更大的。好在网络建筑公司是蛋星上最大的建筑公司,有这个实力。第一份工作就能加入这么大的公司,参与这么大的工程,我确实很幸运。只要工程师够努力,网络建筑公司就不会亏待他们,我一定会努力工作的。我被分到引擎部件发射支架建造处,这个部门是……"

"我想,我们快到迅猛攀登了。"悬崖网络打断他的话。

年轻的工程师抬头张望。"这儿的弹射圈比光神天堂的弹射圈短。"他说,"只用于亚轨道飞行。光神天堂那个,能把飞船加速到光速的一半,足够逃出蛋星的引力。"

飞行员打开推进器,让飞船跟两条悬浮于星壳上方的长长运输带平行。迅猛攀登成了背景中的一块大斑点。这座城市从东极山脉脚下开始,沿着小丘慢慢爬升,长方形的街道网络也跟着无规律地转弯,一直延伸到高谷中的度假区。头顶上方高处,能看到巍巍耸立的太空喷泉——一根数十公里长的金属细柱,刺入天空,直至消失。

"那是我所在公司的另一个建筑项目。"年轻的工程师说,"很惊人,对不对?那东西就像垂直的弹射圈,不过里头用的是圈环流,而不是运输带。"

飞船降到了地面速度,慢慢地停在航站楼中。年轻的工程师等不及,已经移到了通道上,朝旅行袋舱挤去。悬崖网络跟在他身后,从囊袋中取出夹角花,让这株植物见见天空,降降温。

幼仔饶有兴趣地望着这株植物。"它跟网络建筑公司标志上的植物一模一样。"他说,"好啦,跟你聊天很开心。你来迅猛攀登做什么呢?"

"哦,我也在'庞大贝果'项目工作。"悬崖网络回答。

"真的?你在什么部门?也在发射支架部吗?"

"不,我负责远期计划,还有收支这块。"

"哦。嗯,总得有人做这些卷轴工作。不过,最好玩的还是做工程本身哪!说不定,我们哪一转还能再见!"说罢,他挤开强大的垂直磁场,移了开去。迅猛攀登就笼罩在这种垂直磁场之下。

公司派司机开了车,在街上等候悬崖网络。当他流进车子后槽位的时候,心中忽然多了点感慨岁月不饶人的沧桑感。

"去行政宅院区。"他吩咐司机,"等等,我改主意了。带我去航空器组装厂。卷轴工作等等再做也无妨。"

滑翔车汇入车流,朝位于迅猛攀登郊外的工厂驶去。悬崖网络用移动通信器,给联合部落太空中心的星翔者打了个电话。

"我已经敦促光神天堂和太空中心,让合同通过了一整套的官僚程序。"星翔者道,"只等你盖上足盘印了。我们在哪儿见面?我把合同带上,我想尽快开始。"

"我们已经开始了。你就在组装工厂等我,怎么样?我想看看造好的驱动模型。要是现在不看,稍后他们就得把模型拆了,给真正的驱动腾地方。"

网络建筑公司航空器组装厂就在发射基地区域,离太空中心总部不远。所以,等悬崖网络的车子开到,星翔者已经在工厂等他了。

"弹射旅途还顺利吗?"星翔者礼貌地问候。

悬崖网络犹豫片刻。"还算……有趣。"他思索后回答,"我们去看模型吧。"

模型周围的脚手架老远就能看到。通过安检门后,一辆小小的滑翔车接上两人,带着他们绕着那巨大的圆环结构飞了一圈。

"我让工程师按照真实质量和大小做出了模型,这样就能准确计算脚手架需要承受多大压力。虽然引擎会在太空中运作,但元件组装和压力测试都会在蛋星上进行。经过测试,我们就能得到数据,弄明白在太空中打开引擎时,引擎能否经受运作压力。"

星翔者抬起头,看到有个奇拉正从头顶高处一根窄梁上滑过,就好像在星壳上移动一样轻松自在。

"她那地方有多高?"星翔者问道。

"引擎的厚度是四十八毫米,"悬崖网络回答,"所以,脚手架顶端肯定有六十毫米高。"

"从轨道往下看,我倒不介意。"星翔者说,"可要站到这么高的地方,我绝对不敢。"

"敢这么做的奇拉很少。这些勇敢者当中,要数来自白岩部落的最优秀。白岩部落的雏仔,大部分时候都在陡峭的悬崖边玩耍,所以丝毫不恐高。"

滑翔车停在模型结构的某个缺口旁,模型的这部分元件已经被拉到一旁去了。

"引擎会分为十二个部分。"悬崖网络解释,"压力测试后,每个部分都会分别发射升空,等到了太空再组装。"

滑翔车在甜甜圈形状的引擎缺口处上下移动,两人借机仔细观察了其中的构造。里面有复杂的吸能器、消压器、涡流生成器,这些机器能操纵真空,从中吸取能量,接着利用这些能量把惯性输入真空,让真空成为反应物质,为推进器提供压力。

滑翔车停在脚手架升降梯旁边,两人坐上升降梯,来到顶层观景平台。平台设有护栏,牢牢护住两人身体。他们朝下望去,注视着这块直径一百四十四毫米、缺了口子的"贝果"。

"再过一个大数转,这儿的模型就会被真正的实物代替。"悬崖网络说。

"我们签掉合同,赶紧干活吧。"星翔者说,"引力潮汐已经给'屠龙号'造成明显的扭曲啦。"

"庞大贝果"的十二个部件如期完工。不过,压力测试暴露了一处设计上的缺陷。超导护罩激活后,有个能源接头出了故障。

"一共十二个部件,每个部件中都有一百四十四个接头。"悬崖网络说,"要返工,至少需要十二奇拉-大数[①]。工程得往后延期二十四转才能完工。"

"我去立法部门的下属预算组,要求提高拨款额度。"星翔者

---

①　作者未明确指出何为奇拉-大数。根据上文比特-大数的构成,十二奇拉-大数,应指需要十二名奇拉工作一个大数转(一百四十四转),或一个大数(一百四十四名)奇拉工作十二转的工作量。

保证，"我早就警告过，一旦拖延开工日期，就有可能出现这类返工超额事件。你需要多少？"

"不需要。"悬崖网络回答，"我自己掏囊袋，补上款项缺口。你去跟他们解释一下，为何我们工程会延期就行。"

半个大数转后，最后一个部件也装进了球形的发射支架。大球支架身兼脚手架和飞船双重功能，被拖到一个开阔场地，放在中央的凹坑当中。凹坑下埋着重力弹弓，会把球体升高到离地一百毫米的高度，以激活惯性驱动引擎。接着，引擎开始推进，地下埋藏的巨型线圈会产生短暂而强大的重力斥力，把球体抛入太空。

"只需一瞬间，速度就能从零提到光速的三分之一。"悬崖网络说道，"而且，因为利用的是重力，乘客几乎感受不到任何压力。"

"这么老的机器，还有这么大作用，令人惊叹。"星翔者应道，"那么，我们要跟着上太空吗？"

"我得先去检查一下太空喷泉工程的进展，"悬崖网络回答，"我们在东极太空站见。"

有一艘新派遣的侦察飞船，最近要经由重力弹弓发射（如今，重力弹弓已经不再发射普通的太空旅行飞船，因为花费实在太贵）。星翔者上将利用这次机会，跟着体验了一下被弹弓射上太空的感觉。悬崖网络检查了太空喷泉工程，坐弹射飞船回到火神天堂，又回了一趟家，享受了几天干干园艺活儿、跟宠物玩耍的日子。接着，他再次坐上弹射飞船，经过长长的弹射旅程，来到东极太空站。他和星翔者出去巡游一圈，检视"庞大贝果"在一艘改装过的货运飞船上的装配情况。他们抵达时，最后一部分元件正在安装就位。

"再过几转,我的工作就结束了。接下来,就是你的工作了。"悬崖网络说。

"很好。"星翔者说道,"我们的时间卡得很准。我们已经能看到'屠龙号'的压力船壳出现损伤,好在仍然完整。人类已经放弃了通信控制端,正往防护罐中撤退。"

时间:2050年6月21日 星期二,格林尼治时间06:54:00

引力的拉扯越来越严重。餐厅里一个金属饮料瓶被引力扯脱,沿着通道从底层甲板嗖地射了过来。阿玛丽塔险险躲过瓶子,继续往前冲过了主甲板。主甲板两扇舷窗之间是设有科学电子仪器控制端的外壁。瓶子直直地冲向控制端,砸在一个手柄上。于是,没多久,主甲板上就有三颗"导弹"来回飞射—— 一个凹陷的金属块(砸扁的瓶子),还有两块尖锐的塑料手柄碎块。

"够了。"皮埃尔断然道,"留在外头太危险,我们都进防护罐。"

"可是,一旦我们进了罐子,就什么都做不了,完全没法拯救飞船了。"阿玛丽塔紧紧地抓着一根支柱抗议道。塞萨尔没跟皮埃尔争论,很快进了罐子,关上了舱门。

皮埃尔指指"屠龙号"的外壁。在极端重力作用下,外壁已经明显扭曲。

"一旦压力船壳撕裂,唯一能保存我们性命的东西,就是防护罐。"他应道,"进罐子去。"他打开阿玛丽塔地防护罐,帮她扶着防护罐舱门。

阿玛丽塔不情不愿地拉开舱门底下的储物柜,取出呼吸面罩戴上。就在这时,金属饮料瓶冲他们射了过来。阿玛丽塔在半路截住瓶子,把瓶子塞进储物柜,闩上门闩,接着迅速爬进罐子,一边爬一边调整面罩。皮埃尔检查完她的防护罐,开始放水,水流喷涌而出,喷溅在防护罐舷窗上。皮埃尔离开防护罐,绕着中柱,尽可能靠近飞船的质量中心,降低受到的引力。他来到自己的防护罐前,躲了进去,准备关门。就在这时,他注意到一扇外侧舷窗的金属遮光板的开合器坏了,舷窗一直亮着。透过舷窗,能看到致命的中子星以每秒五次的速度从窗口掠过。幸好,舷窗的玻璃尚能扛得住压力。他正要关舱门,忽然看到一簇明亮的、星星似的物体,出现在舷窗外头。

时间:2050年6月21日 星期二,格林尼治时间06:55:05

"神圣蛋星哪!"一个奇拉船员惊叹道。

此时,小小的奇拉飞船舰队正缓缓驶入巨大闪亮的致密小行星。飞船引擎不停地工作,以补偿异位的小行星不断变化的重力场模式。舰队进入同步轨道位置,离"屠龙号"船体约十五米远。舰队的位置正好靠近一扇舷窗,舷窗的金属遮光板没有拉下。

"给我拨一艘小艇。"星翔者下令。

"是,上将!"他的二副、船长亮星回答。说罢,她的足盘叩击出一段命令,通过球形透明船体传送出去。位于飞船另外半球的小艇发射组收到了命令。

"我能不能另乘一艘小艇,跟您一起去?"亮星用电子耳语问道。

"当然可以。能亲眼见到活生生的人类,这机会可不多。据我所知,他们的模样看着会很古怪——因为X光会穿透他们的身体,我们能看到他们身体里的操作肢骨头。说起来,我相信绝大部分船员都希望能有机会见见慢者。这样吧,拨出几台X光照明机,带到舷窗边,往里头照亮。"

X光照明机就位后,船员们就能透过染成深色的毛玻璃舷窗,看到"屠龙号"里面的场景。主甲板空空荡荡,只有两个凹凸不平的大东西慢慢地飘浮着。这两个物体几乎是透明的,不透明的唯有一片扭曲的金属,嵌在其中一个东西体内的洞里。星翔者从档案文件中调出"屠龙号"的内部结构图,找到了皮埃尔防护罐的舱门。舱门半开着,门口有一团形状和颜色都十分奇怪的东西——皮埃尔的脑袋。这团东西中央有某种紫罗兰色的构造,相对密度更高,上头有四个洞——这是头骨。头骨周围覆盖着蓝白色的肉,上面和下面都长着丛丛浅黄白色毛发。

"他怎么不关门?"亮星问道。

"他正在关。只不过,慢者不管做什么事,都得花很长时间。"星翔者回答,"要是你过几转再来,会发现舱门关上了一点儿;不过,要等上一打转数,舱门才能完全关闭上闩。"

又有一艘小艇靠了过来。小艇上坐着沃森-克里克[①],内眼学院人类学教授,远征队的首席科学家。

"星翔者上将,"他招呼道,"我们原先的计划是先修好人类的引导火箭,然后再花时间研究人类,这一点我明白。可是,现在,所有的人类都已经进了保护罐,只有一个还在外头;就连这一个,也只剩下了头颅可供我们分析。所以我想,趁现在皮埃尔还没关上舱门,您能否给我们一些时间,现在就展开研究?"

"如果立法部门快一点儿推进这个项目,你根本不需要发出这个请求。"星翔者回答,"要不是他们拖拖拉拉,我们早两分钟就能来这儿,那时有整整三个人类可供研究呢。"

---

① 人类DNA双螺旋结构的发现者。这位奇拉人类学教授起这个名字,大概是在向人类致敬。

"实在是太糟糕了。"沃森-克里克附和,"我们的现代仪器,比上一次奇拉有机会研究人类的时候复杂先进了不知多少。"

"上一次是什么时候?"亮星问道。

"一千个大数转之前。"沃森-克里克回答,"能给我们一打转数的研究时间吗,上将?"

星翔者考虑片刻,"我能给你们半打。之后,我们就得继续完成这次任务的主要目标:修复火箭,拯救人类。"

只有一颗人类脑袋可供研究,而且这颗脑袋还在离舷窗两米远处,这让人类学家们非常失望。虽说如此,科学家们还是尽他们所能,只花了五转就结束了研究。

时间:2050年6月21日 星期二,格林尼治时间06:55:06

沃森-克里克向星翔者报告:研究已经完成。星翔者立即说道:"好,现在已经过去了人类时间整整一秒。我们赶紧动手营救他们,朝出了故障的引导火箭进发。让货运飞船做好准备,载着替换的引擎就位。"

亮星足盘叩击,把命令传入船壳。很快,一艘奇拉巨型太空船,大小跟人类的篮球相仿,朝着环绕"屠龙号"六颗闪亮红色物质当中的一颗,流畅地移动了过去。

小小的闪光飞船靠近了庞大的不锈钢支架,距离只有几米远。支架支撑着出故障的火箭引擎,让引擎跟火箭主体连在一起。

"小心,"星翔者警告,"别靠太近。那东西跟刚刚孵出来的小壳雏仔一样脆弱。"

"发射切割队和收集队。"亮星足盘发出叩击。一组比飞船小些的球体,从一艘大型球体巡洋舰的侧面凹陷处飞了出来。

这些球体当中最小的一个,比奇拉的身体大不了多少,是奇拉的单人球形艇。球形飞船上的每个奇拉都挥舞着一把长长的龙晶切割器。这些切割器有如一把把宝剑,是为这次任务专门设计的。

切割队接近支架,落在预先选定的各个连接处,开始切割。在龙晶宝剑之下,坚硬的钢铁横梁仿佛雾一般轻薄。还有些奇拉引导大些的机器人飞船,以"之"字形穿过噼啪作响的火箭引擎的推进室。奇拉飞船内部黑洞的极大引力潮汐,把钢铁推进室撕成一条条白炽的细线,细线被压缩,又被吸引到奇拉飞船表面,接着一闪即逝。最后,只剩下一小堆简并态物质留在球形飞船外表面。这堆物质很快摊平,成了白炽的薄片。火箭推进室移除后,该装上奇拉带来的替换引擎了。

"让运货飞船靠前。"星翔者下令,"不要着急,慢慢来,确保没有差池。我们有整整一转的时间可以施工。一转后,火箭才会再次点火。"

运货飞船靠上前来,进入火箭后部的虚空、从前的引擎所在处。货运飞船是个直径三百六十毫米的球体,表面嵌着一百四十四毫米的甜甜圈形状引擎。不过,不论是飞船还是引擎,在直径十米的引导火箭残躯的映衬下,仍是小巫见大巫。

"引擎就位。"亮星报告。

"释放引擎,移开货运飞船。"星翔者命令道。

"庞大贝果"和货运飞船分离。甜甜圈形状的引擎,其亮闪闪的白色表面上有着细小的凸起。球形飞船一离开,这些细小凸起就射出紫罗兰色的力场束,抓住被割开的引导火箭外部支架。紫罗兰光束慢慢地控制住火箭,光束的亮度随之改变。人类眼中细小、奇拉看着巨大的引擎,终于安装到位。

星翔者的足盘踏在控制端上,控制端顶部有一个精密计时器。星翔者一赛斯转一赛斯转地数着时间。一待时机来临,他立刻下令:"激活惯性驱动!"

固定引擎的紫罗兰色牵引光线亮度陡增,甜甜圈引擎的中央洞开始制造空间翘曲,引导火箭后部的星场颤抖了起来。等了许久——几乎有一杜斯转那么长——引擎才关闭。这一轮的引导任务已经完成,接下来再过十一杜斯转,引擎才会应召再次启动。在这段空闲里,大家无事可干,只有清理现场和等待。下一次引擎启动过后,又是漫长无聊的等待——得等上好几轮,确保每一轮引擎工作正常之后,远征队才能放手让引擎自动工作,返回蛋星表面。

星翔者很高兴,这次任务成功了。他的三只眼睛盯着自己的第一副官。

"宣布这一转休息,亮星,"他低语道,"该刺破浆液袋子了!"

亮星船长还来不及把这道命令叩击出去,舰桥上的船员已经听到了上将的电子耳语声。很快,星翔者就听到整艘飞船上回荡着压低了的拍击声。他卷须一挥,止住亮星,示意她暂时别叩击甲板。两人用足盘仔细倾听,听到了数个足盘发出沙沙声,正急不可待地赶往娱乐区——浆液袋子就储存在娱乐区。星翔者的眼柄波动模式带上了恼火的抽搐。见此,亮星心有所料,及时抬起敏感的足盘边缘,正好避开震动整个透明船壳的咆哮。

"急什么!"上将的足盘传出足以止住迅猛兽的怒吼,"先检查!湿眼球检查!"

整艘飞船立即陷入震惊与沉默。船壳中唯一的声响,只有待机的惯性驱动引擎发出的阵阵轻震。

"看看这地方!"星翔者在舰桥一边移动,一边叩击,足盘丢出垃圾碎片和灰尘,卷须啪啪掸过下级官员没戴正的徽章——这些徽章没跟当地垂直方向完全水平。

"这儿可是舰桥,连这地方都像悠游兽窝那么脏乱,我还怎么指望其余船员保持飞船的整洁?"他滑上甲板上的一处显示屏,继续爆发,"哪个小壳脑袋的悄悄小崽,竟敢在屏幕上滴落浆液?辣得我足盘疼!你们给我好好清洁这块屏幕,好好打扫整艘飞船!一直到我随便去哪儿都能放下一只湿眼球,不会难受地眨眼为止!"

他气冲冲地回到自己的舱房,重重地关上滑动门。他等了几麦斯转,接着把注意力集中到船壳里传来的震动上。那是亮星和其他官员把命令传到飞船各处。各处传来压低的呢喃声,接着又传来拖地的响动。船员终于开始了拖延了很久的全船大扫除。

星翔者形成一条卷须,伸进体侧的囊袋,取出一把磁钥匙。他将钥匙插入储物柜侧边的狭缝,滑开柜门,拉出一小袋"西极倍浓",这是蛋星上最好的浆液。他带着浆液袋,拖着疲惫的身体来到休息垫上,从指挥者的紧绷姿态放松下来,在装饰精美的柔软靠垫上摊开身体,变成薄薄一片。接着,他把浆液袋放进饮水囊中,囊袋肌肉用力挤破浆液袋,让刺激性的液体慢慢透过饮水囊后部的薄膜。喝罢,他拍松操作垫,形成小小的支撑操作肢,将操作肢放在操作垫之下。放好后,他形成一根卷须,从体侧的抓握括约肌中摘下自己上将的标志—— 一颗十二角的星星。他让星星靠近饮水囊,往上吐些浆液,再把星星递到支撑操作肢上。操作肢取来一块用熟了的软布,仔仔细细地擦拭星星,为它抛光。为了打发时间,他打开了全息视频,观赏最后一节《琪琪讽刺剧》。琪琪的全盛期已经过去,不过,她仍然是全息视频中最性感的女性。

时间：2050年6月21日 星期二，格林尼治时间06:55:07

"肯定是奇拉修好了引导火箭。"阿玛丽塔在防护罐中说道。隔着呼吸面罩，她的声音听起来有点不一样，"火箭没有彻底失效，而且引力潮汐越来越弱了。"

阿玛丽塔的面孔位于皮埃尔面前多画面屏幕的左上角。皮埃尔的视线从她的面孔上转开，望向仅存的外部摄像机传来的画面。

"一秒钟前，我发现火箭的后部有些动静。原先引擎所在的位置，这会儿已经有了某个明亮闪光的构造。"

阿玛丽塔激活自己防护罐中的微型工程控制端，让摄像机镜头拉近、放大、聚焦引导火箭的后部。火箭后部的星阵，此时一秒钟会颤动五次。渐渐地，脱轨的平准星体回到了正确的位置上，再次跟其余星体的行动协调一致。奇拉修复的火箭制造出看不见的空间翘曲，跟其余几枚引导火箭喷出的明亮火焰形成鲜明对照。

很快，防护罐中的人类不再受到残余潮汐力的拉扯，耳中也没有了保护四肢不受潮汐力伤害的超声波束。

"我想，现在可以放心出来了。"皮埃尔望着防护罐内多画面屏幕上的五张脸说。

"圣子怎么办？"珍问道。

皮埃尔看了看珍的面孔旁边的画面。圣子仍然闭着眼睛，缓慢地呼吸。

"我建议，让她继续睡觉。"王医生说道。他的面孔位于屏幕下方，"我来照管她，防止她的呼吸面罩出问题。"

"最后一个出罐子的是倒霉蛋!"阿卜杜打开了防护罐的放水程序。

"等等!"阿玛丽塔出声阻止,"我先出去检查一下,以防有其他故障。内部压力监测器读数还算稳定,但船舱里可能会有泄漏或薄弱部分。"她用自己的控制端取消了阿卜杜的放水命令,让自己的防护罐开始放水。

"去各处敲打船壁之前,先穿上宇航服。"皮埃尔提醒道。

"当然。"阿玛丽塔打开舱门,留神细听。没有异常的响声。于是,她探身出了空防护罐,进入主甲板区,水獭似的流畅滑上通道,来到宇航服储存柜。

宁　静

时间:2050年6月21日 星期二,格林尼治时间06:55:16

营救远征队成功完成任务归来。东极太空站站长为星翔者上将和船员们设下正式宴会庆祝。银河上将及立法部门的几位扇区负责人兴高采烈地出席了此次宴会。

悬崖网络职责在身,无法缺席。他一丝不苟地擦亮了工程师徽章,把身体涂成银色和黄色相间图案(流沙保证过,这种图案十分时尚),在身上剩余的抓握括约肌中缀上闪亮珠宝,无奈地挨过了整场宴会。

宴会在转宴时开始,一直持续了三杜斯转。食物垫上放满了菜肴酒水,足够填饱一头悠游兽。菜品有:一整只烤雏仔,雏仔的囊袋里填满了三柱坚果馅(厨师巧施妙法,用有品位的装饰遮盖了雏仔身上的车祸伤痕);悠游兽幼崽,浸在辛辣酱料中(悬崖网络不喜欢这种辛辣味);某种他从未见过的水果的切片,顶上还覆盖着腌小壳蛋。一篮一篮的食物高高摞起,还有来自白岩城的小小"闪光浆液"袋。悬崖网络拿了两袋,在进食囊中挤破了一袋。蒸馏过的浆液原本便具有优雅的香味,这种"闪光浆液"还抓住蒸馏浆液装袋的前一瞬,往浆液里添加了裂变的铀

核,裂变产生的能量刺激越发突显了浆液的香味。悬崖网络一
直挨到宴会高潮——银河上将宣布,为星翔者上将举行晋升仪
式。三位扇区领袖,加上三位太空军军官,围着星翔者组成圆
形。每人从星翔者身上摘下一枚旧的单十二角星徽章,换成新
的双十二角星徽章。借这个机会,星翔者为自己选了个新名字,
他成了切钢者上将。

悬崖网络觉得,是时候离开宴会现场了。一位名为舒勒周
期①的女性已经开始对他暗送秋波。这位女性喝下的浆液超出
了她的承受极限,至少超了两袋。她正劝说悬崖网络跟她一同
回舱房,体验她的储物柜。这位女性长得不坏,能跟她有进一步
动作恐怕也挺有意思。可惜悬崖网络给自己立了个规矩:绝对
不跟政府官员交往过密。他跟政府的生意来往太多,避讳瓜田
李下。趁舒勒周期欣赏切钢者的新徽章之际,悬崖网络溜了出
去。

一杜斯转后,悬崖网络已经除去了身上的宴会装饰,来到太
空站的发射甲板,等候网络建筑公司的摆渡艇来接他。发射甲
板位于球形太空站面朝蛋星的一侧。悬崖网络望着闪光的家
园,努力辨认脚下的城市。太空站距离蛋星四百零六公里,从这
个高度望去,城市成了黄色星壳上模糊的斑块,唯一能认清的是
东极山脉上的凉爽地带,太空喷泉便是从这个地带拔地而起。

太空喷泉的顶层高度为四十五万五千九百米,而悬崖网络
所在的东极太空站位于四十万六千三百米的同步轨道。太空站
的位置微微偏向太空喷泉的一侧,在这个位置上,他不仅能看到
即将建成的顶层平台的核心,还能看到从东极山脉中高高耸起、

---

① 德国工程师马克斯·舒勒(Max Schuler)发现的周期,任何陀螺装置只要
具有八十四分二十四秒的振动周期就可以避免载体加速度的影响。

支撑顶层平台的细柱。正当他凝神细看时，一个闪光点正好从喷泉的顶层平台升起。一开始，这个光点方向偏西；但推进器很快改变了光点的方向，让它来到太空站下方。光点越来越大，越来越清楚——是网络建筑公司的摆渡艇，最后停在发射甲板上。悬崖网络认出了飞行员——重蛋，顶层平台工人的总监班头之一。太空站和顶层平台距离这么近，哪怕没有受过真正的太空飞行员训练，也能驾驶飞船到达。这再好不过地证明，太空喷泉即将为蛋星太空旅行带来何等革命性的变化。

悬崖网络沿着曲线坡移动。这条曲线能让他的身体从太空站中心的黑洞引力场自然过渡到四人摆渡艇中心的小小黑洞引力场。

"重蛋，工作进展如何？"悬崖网络问道。

"顺滑得像涂了油的迅猛兽，老板。"重蛋操作摆渡艇，小艇从发射坡区域中的凹坑中垂直升起，"工程进度比预定时间提早很多。三转之前，我们就离结顶只剩下一百米了。我告诉工人把顶层平台收拾干净，迎接结顶仪式。总工程师说，到时候无论光神天堂还是太空军，都会有好些别着大徽章的重要人物出席。"

悬崖网络一点儿都不想再参加一场正式宴会——何况这次还得他自己掏钱。可他是生意人，想做生意，就免不了宴会。摆渡艇停泊在一座半球形的支架上，位于五十毫米的碟形平台中央。平台甲板上到处是忙碌的工人，他们正在拓宽这座平台，让平台直径达到二百毫米。拓宽完成后，平台上还会竖起矮墙，分隔出供操作人员使用的办公室和宅院区，还有供乘客及旅游者使用的商店和餐馆。这座平台是顶层平台的三层甲板中最高的一层。乘客和货物都会从这儿离开喷泉，转去太空站或转乘太空船。等旅程结束后,再回到这里。

悬崖网络和重蛋滑下球形摆渡艇,来到平台甲板上。

"太空里到处都是曲线甲板,再踏上平面的感觉好极了!"悬崖网络叹道。

"我也有这种感觉。"重蛋应道,"我向来信不过黑洞。我喜欢身处蛋星的重力之下,哪怕在这儿重力有些弱也没关系。"

"结顶时,记得多看着点你的工人,别让他们超过一百米的距离。"悬崖网络提醒道,"一百米内,蛋星的重力还能保证我们完好无损。可要是超过三百米,重力就会降到零⋯⋯"

"我们就'呼'地涨到人类那么大了。"

"更确切地说,是化成一团等离子云。"悬崖网络说,"顶层这儿进展顺利,我们坐升降梯去中层甲板吧。"

两人来到专供操作人员使用的货运升降梯前。升降梯门口的足盘垫认出了重蛋的足盘,开了门,允许他们登梯。升降梯在中层甲板停下,两人出了升降梯,来到一间宽敞的房间内。甲板充满了能量,在两人的足盘底下颤动。房间的天花板是上层甲板的底部,温度不够低,无法模拟天空,只能漆上银色代替。虽然银色能让人好过些,可头顶一旦有遮挡,哪怕是悬崖网络这样有经验的工程师,也会深觉不安。

附近传来重重的"哐啷"声。

"还有推出废环?"悬崖网络问。

"每一转都有三四个。"重蛋回答,"总工程师命令我们把每个环都捞出来,送到质检部。二百平台有个向上的转向器出了毛病,后来修好了。质检部说,我们现在只要把废环都捞出来就行。"

两人来到一根巨大的管子面前。管子从脚下甲板升起,弯成巨大的弧形,碰到顶上的天花板后下降,再次穿透甲板。这种管子一共六根,围绕甲板中心均匀排列。管子附近的废环箱里躺着个灼热发亮的圈环,悬浮在磁场里。一个年轻女工正用钩子捞它,捞起来放在甲板上。圈环一放下,女工就赶紧把操作肢缩回身体降温。

"光神的粪哪!"她咒骂道,"这吸眼球的捕捉场可真烫!"

甲板十分嘈杂,所以女工没能感觉到两人的足盘动静;不过,女工的一只眼睛发现了他们。女工不认识总监身边的陌生人,不过看到他挂在身上的大金属块,就知道肯定是某个"大徽章"重要人物。她抽出仍然刺痛的操作肢,捡起圈环。

"我会把这个直接送到质检部,总监。"她招呼道。

"等一等,幼仔。"悬崖网络说,"我想感觉一下。"年轻女工看看自己的总监,总监的眼睛朝甲板轻轻一点。于是女工放下圈环,看着大人物流到圈环上方。

圈环很大,有半个奇拉的直径那么大,由高抛光的单极稳定超导金属制成。作为一部精密机器的组成部分,圈环本身也构造精密。当圈环从地面朝上抛起时,速度会接近光速的一半。这样的速度之下,圈环抛光表面的任何瑕疵,都会造成局部过热,从而失去超导性。

"没有凹陷,但表面有一处热点,还有一条细微的压力裂缝。"悬崖网络说道。他从圈环上流下来,幼仔捡起圈环,带着它走开。接着,悬崖网络移动到上升管道的侧面,透过一面舷窗往里看。管子的温度为室温,因此白热发亮,照亮了里头源源不绝的低温银色圈环流。要不是环流正缓缓地前后摆动,看起来简直像是固体金属柱。从地面出发时,环流的速度接近光速的一半;在上升过程中,因为受到蛋星的强大重力及各转向平台轻微拉力的影响,越是往上,环流的速度就越慢。不过,到了顶层平台,环流的速度仍然能保持在光速的十二分之一。

悬崖网络透过舷窗,朝顶上望去,看到一片空荡荡的漆黑。那是低温的转向磁铁,用来引导圈环流掉头重回地面。悬崖网络专注地凝视了片刻。

"流动非常稳定。"最后,他评价道,"每个加速桶肯定都填进了圈环。"

"上一转休息的时候,我在迅猛攀登听基地工厂的总监夸口说,像他们这么厉害的技师可是很少见的。"

"每一位员工都很出色。"悬崖网络说道,"我想坐升降机到底层去。"

"我们有备用升降机,"重蛋说,"我让他们准备一个。我的休息转也快到了,我带你下去。"

两人坐升降梯来到底层甲板。底层甲板是乘客换乘的地方,因此天花板是凉爽的黑色,上面还有模拟星辰。上升环流托着太空喷泉大升降机,在这一层停下。环流会继续向上,到头顶中层甲板转向磁铁处,才转向朝下。大升降机中的乘客和货物转乘小升降梯去往顶层甲板,大升降机则从环流中分离开来,通过平台开口撤回堆放,直到有人需要坐大升降机下行为止。

悬崖网络看着一堆大升降机中的一台被升起、放上滑轨,在支撑臂上一直向外移动,直到升降机的转向线圈围住装载环流的管子为止。每台升降机都有三对环流以确保安全。接着,支撑臂撤去,整台升降机从支撑臂转压到环流之上,微微上下颠簸。一个工人急急忙忙地取来登梯斜坡,想放在升降机和平台之间的缝隙上。悬崖网络轻点眼柄,示意不必。

"留着给只敢在星壳上爬的人用吧。"说着,他慢慢滑过那六微米的缝隙。悬崖网络努力控制自己的眼睛，别去看缝隙底下。可还是有几只眼睛忍不住透过缝隙，望向足盘底下四百零六公里远处的蛋星。

为了保住员工的敬重，做老板的可真是不容易啊。他暗暗心想。

重蛋激活了升降机控制端。他们一离开底层甲板，装载环流的管子也跟着消失了，他们能直接看到其中的环流。银色的环流上倒映着蛋星发光的星壳。最初的一百毫米环流还罩有真空管，防止蛋星电子与铁蒸汽构成的稀薄大气加热圈环；一百毫米之后，喷泉塔就没有了任何坚固构造，连单薄的外框都没有，只剩下圈环流本身。

"要是你不介意，老板，趁带你下去的机会，我想办几件事。"重蛋招呼道。

"当然公事要紧。我又不是付了钱的乘客。"

"我想先检查这趟升降机，再送个部件去四十平台。"

"检查什么？"悬崖网络问道。

"环流选择控制端。"重蛋回答，"此刻，我们这部升降机有六条环流支撑。我们拉住三条上升环流，压下三条下降环流。我想检查一下，如果某条环流出了问题，自动修复装置又没起作用，这时候，如果关掉一条环流的连接器，升降梯是否能安全运行。"

悬崖网络并不担心。这部分设计他再清楚不过。理论上说，就算只有一条环流，升降机也能安全上升。只不过，如果只有一条环流，一旦升降机严重失衡、需要重新平衡扭矩的时候，到了下一层转向平台，就会出问题。两到三条环流就足以保证升降机平稳运行。他饶有兴致地看着重蛋操作。重蛋断开一条连接,接着恢复,再断开下一条,同时观察每次断开时,剩余五条的连接承重情况是否良好。然后,重蛋同时断开三条向下的连接,只依靠向上的环流承重。接着,他切换控制端,改由三条向下的环流承重。在此过程中,升降机一直平稳运行,没有任何可察觉的顿挫。

"没问题。"重蛋说,"我们就要到四十平台了。"

四十平台,因海拔四十公里而得名。听到"四十"这个十进制数字,悬崖网络的眼柄不由得反感抽搐。蛋星上,所有的工程度量单位都是以十二位数字系统为基础,只有距离除外。蛋星人继承了人类的米、公里和毫米单位。尽管也有很多努力,想把长度单位改为非公制、方便换算成十二倍数的单位,可是米、公里和毫米却还是沿用至今。

重蛋让升降机稳稳停下。四号上升环流处,几个工人正忙着修理备用转向器。悬崖网络滑到平台边缘。在这儿,引力加速度明显增强,大约有蛋星表面的十六分之一。他越过护栏,朝远处望去。在四十公里的高度,能分辨出迅猛攀登的城市轮廓,还能看到东边长达一公里的弹射圈。过不了多久,他就能坐弹射飞船回家了。流沙没给他发消息——也就是说,莱西还活着。不过,就算活着,恐怕莱西的脑子也糊涂了,认不得他了。

接近转宴时分,悬崖网络终于回到了自己的宅院。前门刚滑进门框凹槽,一群兴高采烈的悄悄就围了上来,不住地嗅闻,就连莱西也在其中。莱西肯定在他刚踏上这条街的时候,就察觉到了熟悉的足盘擦地声,马上拖着身体,挪下背靠火炉的垫子,前来迎接。莱西的悄悄家族又添新丁,多了几个刚出生不久的雏仔。这几个小家伙从没见过悬崖网络,却也以雏仔特有的兴奋挤在快乐的悄悄群中,从进食孔到排泄孔都渗出液体。悬崖网络一圈圈地抚摸着每一只悄悄的眼眶,一遍又一遍,直到悄悄们都满意、吵吵嚷嚷地跑开为止。滚滚无疑已经忘了他——它又躲到斯乐奇身后去了。斯乐奇刚刚想出法子,推开了磁力围栏,钻进了美味的阳伞花丛中。悬崖网络流到这只迷你悠游兽身后,形成一条巨大的骨质操作肢,在斯乐奇小眼睛下面的厚厚护甲上重重地敲了一下。

"回草地上去!"他吼道。

斯乐奇的眼睛从侧面撤了回来,不再对着阳伞花丛。美味植物一旦从眼前消失,它小得几乎不存在的脑结立刻忘掉了阳伞花的存在,转过身,朝另一个方向走去,回到草地上,继续它冥想般的咀嚼和吸吮。看到悠游兽走上了正确的方向,悬崖网络终于有空环视花园,查看状况。流沙培育的喷泉花取得了不小的进展——圆形花丛中央,立着一株高大的喷泉花,另外还有六株,呈六边形围绕着中央。这七株植物都很健康,正喷出阵阵火花。突然,他注意到一件怪事(要不是他刚从东极回来,注意到的速度还会更快):喷泉花喷出的火花,全都直直地冲上天空。这可奇了——要知道,在蛋星这个区域,磁场偏离垂直方向几乎达到 $1/4\,\pi$。

"流沙!"他重重地跺击星壳。

宅院远远的角落里传来没好气地应答:"你还知道回来!"

凭借超级敏感的足盘中内附的古老追踪感官,悬崖网络立即用三角测量法定位出声音所在,发现流沙正在宅院区东北角落的盆栽区。他把注意力转向那片围墙区域,足盘立即接收到了另一个人的动静。有人跟流沙在一起。悬崖网络流过外院,来到宽阔宅院区的另一侧。

"那边的喷泉花,布置得可真美。"悬崖网络一边绕过盆栽区的围墙，一边说道，"其中有一株，模样看着像是至少长了半打转数。你是怎么做到的？还有，你想了什么办法，能让喷泉花直直地往上喷？"

"她帮了点忙。"流沙的眼柄朝陌生人的方向指了指。那是一位大块头、稍显富态的女性，明显已经过了产蛋盛年，但还没到退休照顾雏仔的时候。她招呼悬崖网络，眼柄的波动也从普通模式转成聚拢波动的招呼模式。

"我是零高斯，是学院的磁力学博士。"她说道，"研究方向是磁场对植物的影响。"

"这么说，用夹角花装饰窗户，教它爬上支撑梯架的，就是您家的宅院？"

"没错。"她应道，"那天，流沙来我家，向我请教培育夹角花的诀窍。我从他那儿听说，您收藏有丰富的稀有植物。所以我就来了您家。您不在的时候，我跟流沙一起度过了很有意思的园艺时光。我向他介绍各种利用磁场训练动物和植物的技巧，流沙则给了我好些新型植物品种，都是你在环绕蛋星的旅途中收集来的。它们不仅能给我的花园添彩，其中一些对我在学院的研究也很有价值。"

"我注意到，前门圆形花床那儿的喷泉花，在你们俩的手中，长势好了不少。"悬崖网络道，"你们是怎么办到的？"

"我拿来了一长卷超导线圈，里面有永久性的电流。我们挖开星壳，把线圈埋在喷泉花根系底下。埋线圈的时候，我们保持了一定的斜度，让线圈磁场加上蛋星磁场后，能得到垂直的磁场方向。这样一来，喷泉花喷出的火花就能直指天空，就像在它们的东极家乡一样。"

"活儿够累人的，不过确实管用。"流沙发牢骚道，"那株喷泉花已经长了超过一打转数，而且还在生长。我创下的最高纪录是生长三打转数——干这么多活，只开这么点时间，实在不值。"

"看来，哪怕是植物，在熟悉的环境中也能长得更好啊。"悬崖网络说。

"不一定。"零高斯说，"在学院研究实验室，我发现很多植物在零磁场的环境下会长得更快、更健康。"

"零磁场？"悬崖网络的工程师好奇心上来了，"你是怎么办到的？把植物放在亥姆霍兹线圈①中央，抵消蛋星的磁场？"

"一开始，确实需要一对大型亥姆霍兹线圈。"她答道，"不过线圈只能抵消中心的磁场。哪怕距离中心几微米，抵消作用也会大大削弱，让磁场影响到植物。所以我在线圈中间建了一座特制房间，房间四周围着超导防护罩。这样一来，我就能彻底消除磁场，消除的范围足够容纳好几打植物样本，可以同时进行实验。"

"我没明白。"悬崖网络的眼柄困惑地抽搐，工程师大脑同时奋力运转，想搞明白到底怎么建造这样的房间，"用高质量的超导护板为材料，建造地板和墙壁，倒是可行。可是，就算墙壁再高，边缘磁场也会翻过墙壁进入房间。这根本行不通呀。"

"我说的可不是普通的没屋顶房间。"零高斯解释，"我的实验室在星壳底下，房间上有个穹顶，穹顶上覆盖着超导板，就像人类宅院和工作间用的'天花板'或'屋顶'。"

"我可不会在那种房间里工作。"流沙嘟哝，"头顶上的任何东西，我都信不过。"

"穹顶经过人为降温，模拟天空的寒冷。"零高斯说，"这一点，对我在里头工作很有帮助。反正天花板跟天空一样黑得看

---

① 制造小范围均匀磁场的线圈，因德国物理学家亥姆霍兹而得名。

不见,我假装头上没顶就行。"

"那一定是一座了不起的建筑。"悬崖网络说,"我想,房间里肯定有柱子和双拱门什么的支撑穿顶,就像人类的大教堂一样。这座房间有多大?"

"一共三厘米见方,每厘米都有一根柱子支撑。穿顶高度为五毫米。"零高斯回答,"你想看看吗?"犹豫片刻,她又补充道,"我们对直接进房间设了限制,因为每进一次,就会多漏一点磁场进去。不过,我们有遥控视频摄像机阵列,想看哪个部分都行。"

"我很想看一看。"悬崖网络回答。说罢,他立即领头走出盆栽室,穿过花园,回到宅院前门。斯乐奇还在安安静静地修整草坪,滚滚和悄悄们不见踪影。他刚激活宅院大门,悄悄们突然从不知什么地方涌了出来,纷纷朝外挤。悬崖网络用身体挡住企图溜到街上去的悄悄,陪着零高斯一同出门。出门时,悬崖网络第一次碰到了这位大块头女性的身体。

流沙上前,把悄悄们从门口赶走,用足盘在他们身后叩击消息:"你刚来,怎么能走? 你连消息文档都没看呢! 没回的消息足有六打了!"

"我回头再看。"悬崖网络一边沿着光滑的墙壁,领头往内眼学院的方向移动,一边回答。

"有个消息还是'回春选择委员会'发来的!"流沙大声地喊道。闻言,悬崖网络顿了顿,随即沿街道继续移动,心中默默地沉思。

零高斯对他发出电子低语,搔痒了他的背面,吸引了他的注意力,"真厉害。一打转数以前,委员会才刚刚开始公布回春治疗中选者的名单。您肯定排在名单最前头。"

"这张名单肯定很长。"他说。

"不长。"她回答,"整个内眼学院,我只知道一位科学家上了榜。别忘了,回春治疗过程费时费钱,目前每三转才能完成一次回春——也就是说,一整个大数转,才有四打奇拉能恢复青春。决定到底谁能上名单,过程肯定异常艰难。上榜的幸运儿能享受第二次生命,而我们其他人,只能乖乖地等着大限的到来,然后死掉。"

悬崖网络十分尴尬,想不出话来回应。两人沿着滑行墙默默地移动,每逢转弯就换人领头。在下一个十字路口,两人再次交换位置,由悬崖网络领头,分开磁场线。零高斯挤在他拖后的体缘上,试图用低语声打破沉默。

"您家的私人助理机器人可真稀罕。"她说,"这是我见过的最像真人的机器人。大多数私人助理机器人的个性,都被设定为恭顺有礼。"

"流沙是我们最新的型号。拿去量产前,我想自己检测一下。至于他的个性嘛……作为大公司的老板,人人见了我都恭顺有礼;所以,我得在家里弄个不一样的,免得我的脑结飘飘然越长越大,大到连覆膜都装不下。流沙的个性,我是按照当初在部落蛋圈抚养我长大的老者设定的。"

"好主意。"零高斯说,"这样能让你保持雏仔的思维方式。等我能买得起私人助理机器人的时候,我也要按照你的办法设定个性。"

"任何能阻止'护蛋综合征'发作的,都是好东西。"悬崖网络说,"园艺也有帮助。"

"我之所以选择植物和小动物作为研究对象,也是为了延缓'护蛋综合征'。"零高斯说,"当然,现在我们有了回春治疗,这一切都没必要了。"

去内眼学院剩下的路程,两人在沉默中度过。

时间:2050年6月21日 星期二,格林尼治时间06:55:20

皮埃尔一边等待阿玛丽塔完成对"屠龙号"的细致检查,一边重新打开跟中子星表面的通信连接,再次跟天师交谈。

"谢谢你们救了我们的命。不知道有没有我们能回报的地方……"

"为了更加了解你们,我研究了人类过去的虚构文学。"天师答道,"有意思的是,你方才说起回报,这情景跟古老的《伊索寓言》中的《狮子和老鼠》①十分相似。在遥远的过去,你们一度帮助过我们,我们十分感激。我们希望自己在修正你们目前困境的过程中,多多少少帮上了一点忙。至于将来,很难设想凭借你们有限的技术,对我们会有任何帮助。但我们仍然感激你们的心意。等你们一切就绪,准备离开,我会再次向你们道别。"

说罢最后几句,屏幕再次空白。

时间:2050年6月21日 星期二,格林尼治时间06:56:20

转宴开始。时间循环无精打采地移动到员工餐区,来到食物垫旁边。食物很丰盛,他只选了几样干巴巴的固体食物,塞在储物囊里,又拿起一大袋未发酵浆液,向就餐区移去。在享受转宴的一个个顶面丛中,他看到三只眼睛立了起来,朝他打招呼。见此,他心情稍有好转,朝这位教员俱乐部的最新成员移去。新成员名为D.C.中子滴,已经获得星壳学的博士学位,三转之前刚

---

①《狮子和老鼠》的大意为:狮子放走了一只小老鼠,老鼠允诺回报,狮子嗤之以鼻。后来狮子受困,果真被老鼠解救。

刚为自己选了新名字。

　　作为本家部落的资深代表,时间循环参加了换名仪式,并代表部落准许她更换新名字。他们的部落离光神天堂很远,远在东极,所以他们俩是部落在内眼学院仅有的两名成员。根据她的年纪,他断定她并非自己所生的蛋,所以不必担心跟她关系过密。现在她已经毕业,不再是学生,他打算更进一步,对她加深了解。

　　见他靠近,中子滴挪了挪,在休息垫上给他腾地方,好让他摊开身体。安顿好后,他从囊袋中取出食物,放在进食垫上。

　　看见他选的食物,中子滴的眼柄前后摇晃,以示不满。"你选的转宴食物可真没劲。"她说,"三条肉末卷,两份水果脆,还有一袋浆液汁。转宴转宴,就得是一场宴会,可不是什么加油站!"说着,她形成一条操作肢,拿了些烤悠游兽蛋,上面还涂了浆液坚果辛味酱,递到时间循环的进食囊前。

　　"来,"她说,"尝尝这个,说不定能帮你打起精神。"

　　他接过这一口食物——陌生的操作肢在自己进食囊里,感觉真怪。

　　"确实好吃。我看我得再回去一趟,自己也拿一点儿。"坚果酱的香味透过了他进食囊的后部,他的眼柄波动模式总算恢复了正常。

　　"我就猜这东西能让你打起精神。"她说,"你碰上什么麻烦了?"

　　"是我的研究项目。"他答道,"从前这项目很有趣,现在却只带给我无穷的烦恼。"

　　"时间通信机器出故障了?"她问。

　　"或许是机器出了故障,也有可能是我还没把理论吃透。总之,在我彻底弄明白这东西的原理之前,我是拿不到造二十四信道新机器的钱了。从前造好的第一台机器只有双向八信道,想弄点有价值的数据,不知得等到何年何月。上一转我还被迫谢绝了一位研究生。他对时间通信研究非常热心,而我也很想找个聪明的幼仔合作。可我实在不忍心看着他浪费接下来的一大数转,只为了收集足够的数据来完成博士项目。"

"我认识这个学生。"中子滴说,"他名叫热切眼神。被你拒绝后,他找到了我。我们俩准备在东极山脉周围设置星壳震探测阵列。运气好的话,他的论文能为预测东极星壳震打下理论基础。"

"极地附近,每过三四转就会发生成规模的星壳震,他好歹不会缺少研究数据。"时间循环情绪低落,"可是,干吗费力气预测星壳震?哪怕是大震,除非某一辆高速滑翔车撞击地面引起死伤事故,否则顶多也就震裂几面宅院区墙壁,震漏几根地下设施管道。反正我们又不像人类,头顶上没有'屋顶'这种东西,用不着害怕。"

"你说话的口气简直跟拨款委员会一个样,总想知道研究'有什么用处'。"她抽回自己足盘的边缘,愤愤地道,"照这种逻辑,一个新生雏仔又有什么用处?"

"对不起。"他说,"我目前的状态,对什么都悲观。"

"跟我说说吧。"说着,她凑近了一点。

"一开始,项目很有趣。"他说道,"我手下带着两个聪明的研究生。一个负责实验,一个负责理论。我们在小范围时间增量中来回发送消息,时间间隔从几转开始。接着,我们实现了一系列成功的跃进,成功地让短消息跨越了一整个大数转。我们用特殊方式编码信息,确保信息的基本数据一定能抵达;信息的剩余部分则包含了多个编码,用于了解信道允许通过的比特数。我们已经证明:信道能够处理的比特数量,跟信息发送的时间间隔成反比。比特–时间乘积总是稳定在八百六十四比特–大数。"

"也就是说,你可以把一个比特的'是/否'回答发到八百六十四大数转之后。"

"或者把十二万四千四百一十六比特的消息发到一转之后。"时间循环接口,足盘叩击出这一串熟悉的数字,"然后,作为他们博士研究项目的高潮,我们利用三条朝前发往未来的信道,同时向未来发送了三条信息,分别发到两个、三个及四个大数转之后。第四条信道我们始终空着,以防有紧急信息需要发送。"

"要等上四个大数转才能完成论文,时间可不短啊。"她说。

"我们根本不用等。"时间循环说,"朝前信道和朝后信道的调校上,不知哪儿出了小问题。我们还没发出测试信号,就收到了来自未来的回应,说三条消息全部收到,还给出了通过每个信道的比特数量。这些数量都跟我们理论上预测的八百六十四比特–大数相一致。"

"可是,要是你在收到消息的时候,改了主意,不向未来发送消息了,会怎么样?"

"有个学生也提出了这个建议。"他应道,"不过,早在项目开始的时候,关于这一点,我就好好地踩踏过他们的体缘。除非我们能建立关于这些机器的可靠理论,能明白制造这样的悖论究竟意味着什么;否则,我们冒不起这样的风险。我的猜测是:每个大悖论,都会造成宇宙的分岔。不过,想要开展实验,证明确实有这样的分岔生成,仍然需要可靠的理论。"

"这样的理论,你已经建立了吗?"她问。

"我一直以为我已经建立了——直到几转之前。"他无精打采道,"现在,我的信心动摇了。"

"怎么了?"

"成功发送相隔多个大数转的三条消息后,不用费力,委员会就批准了建造二十四信道机器的请求,每个信道的容量还能大大增加。等待拨款需要时间,我们先开始了初步设计工作。这时,两个大数转已经过了,到了接收第一条消息的时候了。两名博士研究生已经毕业,他们回来见证了这一场面。同时在场的还有拨款委员会的成员。他们共同目睹了机器吐出两个大数转之前发来的消息,看着我测量了比特数,然后把确认收到的消息发给过去的自己。唉,我真该在这时候收手的。"

"怎么了?"

"收完消息后,我就有了四条空着的信道,双向各两条。所以,我决定向委员会展示时间通信机器如何将信息送往六个大数转之后的未来。我一边拟写准备发向未来的消息,一边在心里嘀咕:按理说,朝后的回溯过去信道中,应该已经收到来自未来的消息,确认收到发往六个大数转之后的消息。可是,为什么朝后的信道没收到消息呢?我以为,调校的小问题已经消失,朝后回溯过去的信道,已经短于朝前发往未来的信道。所以我没有多想,发出了给六个大数转之后的消息,接着等待回复。"

"结果呢?"

"回复一直没来。"他回答,"直到一个大数转之后,我才明白了原因。那时候,拨款委员会早就叫停了新机器的建造项目。"

此时,两人已经吃完了,员工餐区也变得空空荡荡。

"你得回去干活了。"他说,"我呢,我得等上一打转数,等下一个信道空出来。在这之前,我什么都干不了。你来分开磁场,我挤在你后头，给你讲完这个悲伤的故事。"

她领头穿过学院的地面。他换成轻柔的电子低语说话，低语声让她的覆膜发痒。

"那一个大数转中，我一直心情低落。后来，到了接收三个大数转之前发来的消息的时候。这条消息如期收到。我用朝后的信道发出了确认收到的回复。我的回复刚刚通过信道进入过去，空出的信道马上被填满，收到了来自未来的消息，而且是整整八个大数转之后的未来。间隔八个大数转的距离，只能发送一百零八比特的信息。所以，消息很简短。我发往六个大数转和八个大数转的消息都收到了，但来自六个大数转之后的回复，被朝后信道中某一次自行发送给堵塞了。"

"自行发送？"

"我一开始也没明白。我的时间通信理论，尽管基于时空不连续理论，但并没有预测到任何信道中信号能量的自行发送。"他说，"我找了一个脑结灵光的研究时间理论的学生，很快找出了'第三方效应'——这种效应会产生一个比特对，在短时间内同时朝过去和未来自行发送，然后被接收器收到。尽管'信息'只有一个比特，但足以占据整个信道，堵塞其他消息。这种现象，一打奇拉世代当中只会发生一次。好巧不巧，它偏偏选在我最需要震住委员会的时候出现。"

"既然你有了新成果，委员会有没有批准继续建造二十四信道的机器？"她问。

"他们跟我一样，对这种巧合发生的可能性存疑。"他回答，"他们决定等一阵子，等我们确实观察到信道中出现一个比特的噪音，然后好好研究一番，而且要求我们得出比研究一百零八比特的消息更多的结果。果不其然，约七十二转之后，出现了单个比特,信道指示器显示'信道正在使用',而且一直持续。将近两个大数转之后,朝后的信道突然空了出来,朝前的信道显示'正在使用'。在此期间,不论朝前朝后,发送器一次都没有激活过。根据这些结果,我反反复复地分析,正打算把分析结果带给委员会,让他们批准建造新机器——谁知,最沉重的打击却降临了。"

中子滴停止移动,体缘往后流去,围住时间循环,形成半圆形的拥抱。

"上一转,机器报警。我去检查,发现另一条朝后的信道里也有噪音。最糟的是,噪音还不止一个比特,而是三个毫无意义的比特。自行发送达到三个比特的概率是无限小。这台机器有噪音源。在我们弄明白这种现象之前,不该继续浪费金钱建造更大的机器。可是,就凭现在的四条信道,想要弄明白问题所在,不知要等到何年何月。"

"可是,你一旦弄明白,就能发消息给过去的你,写上答案……"她说道。

"哈,你又创造了一条悖论。"他说,"要是未来的我真能把解答送到现在的我手里,我早该收到答案了,也不会在这儿唠唠叨叨,把我的烦心事倾倒在你的拖后体缘里。"他绕到她身前,分开磁场,继续穿过餐区前行。

"别再聊我的问题啦。"他说,"还是你给我讲讲,打算怎么设置环绕东极的网,捕捉星壳震的数据?"

时间:2050年6月21日 星期二,格林尼治时间06:57:52

琪琪收到了回春选择委员会的来函,十分惊讶。她立即回复消息表示接受,接着便给自己的经理灰石头打电话。

视频链接里出现了一个小个子中年男性，身上涂着二十年前就过时的对角斜条纹图案，眼柄波动速度很快，显得焦虑不安。他认出来电者是自己著名的客户，眼柄波动模式便越发焦躁。

"这次又有什么问题？"灰石头问道，"你打电话给我，肯定是出了问题。"

"一点问题都没有，"琪琪回答，"这次是好消息。我被回春委员会选中，可以接受回春治疗。当然，治疗需要半个大数转的时间。"

"半个大数转！"灰石头大叫起来，"你哪里有半个大数转的空闲！你的日程安排一直排到第二千八百九十九个大数转！"

"我现在有了。"她回答，"两转之后，我要去西边接受最后的访谈和测试。如果全部合格，我就立即开始接受治疗。"

"可你的合约……"灰石头说。

"你去重新商谈。"她回答，"你只需提醒他们：半个大数转后，他们面前的琪琪，既有年老色衰时的丰富经验，又有年轻丰盈时的诱人身体。"

她看着灰石头的眼柄波动慢了下来，最后几乎暂时停顿——他正在想象她方才描绘的画面。

"价格得提高到原先的两倍！"最后，他决定。

"这才是我要的经理。"她答道，带上了足盘波动暗示，"对灰石头来说，'厚颜无耻'这个词根本不该存在。"

说到这儿，她顿了顿，眼柄几乎静止，接着一个接一个波动自己美丽的眼膜，做出她著名的天真无辜、又震惊困惑的表情。

"当然……也有可能……"说着，她眼膜的波动停止了，"那个……治疗可能会让我变成平板身材。"说罢，她立即切断视频链接。屏幕上的灰石头大吃一惊,眼柄僵直。见此,琪琪心下发笑。

琪琪给管家设了程序,让管家在她出门期间保持三所宅院整洁有序。接着,她乘坐弹射圈来到西极回春中心。西极靠近琪琪的部落老家白岩城,所以委员会才安排她来这里。在回春中心,她通过了所有的体格检查,没有任何问题。最后一步是跟中心的负责人沙宾-索尔克①面谈。利用体检的时间,琪琪好好思考了回春这件事;此时,她有几个问题要问。

"我不明白,"琪琪说,"为什么选我,而不是哪个科学家、作家、音乐家和政治家?"

"根据我们的评估,你属于蛋星孵出的最优秀的奇拉之一。"沙宾-索尔克用公事公办的语调回答,"你是跟奇拉沟通的专家。如果你的背景改变或者接受其他训练,你很有可能成为作家、音乐家和政治家,说不定还能做科学家。其实,要不是你太诚实,不愿意欺骗群众,凭你的智慧、美貌和魅力,你甚至可以让人们相信你是神灵,创造出新宗教。"

"我不过是个艺人罢了。"琪琪表示异议。

"这话,我想连你自己都不相信。"他说,"对普通的全息视频观众来说,你确实不过是十二只大眼膜而已。可是,任何跟你交谈过的人都会发觉,在那些眼膜后面,藏着蛋星上最紧的脑结之一。你有很多住着宽大宅子的朋友,那并不是偶然。

"现在,让我带你参观一下治疗设备,让你对治疗有个心理准备。治疗过程可不容易。"两人进入第一个房间,里面有几个机器服务员,还有大量的健身器械。

---

① 指阿尔伯特·沙宾(Albert Sabine)和乔纳斯·索尔克(Jonas Salk),两人均是美国医学研究者,各自于20世纪50年代研制成脊髓灰质炎(小儿麻痹症)疫苗。

"首先,我们要对你进行身体训练,给你吃有营养的食物,直到你体内长出足够的肌肉为止。溶解酶会利用这些肌肉作为建筑材料,生成支撑结构,撑起转变中的植物身体。这些支撑结构必须具备高强度,否则,它们会被蛋星强大的引力压碎。"

琪琪注意到,房间远处的角落里,有人正在机器人的指导下健身。那是个大块头男性,个头几乎跟自己一样大。机器人对那位男性说了什么,男性嘟哝着骂了几句,加快了运动的速度。

"那是谁?"琪琪问。

"是工程师悬崖网络。他是网络建筑公司的老板。"

琪琪的眼波模式表示了疑惑。她显然没听过悬崖网络这个名字。

"就是他建造了太空喷泉,还有营救慢者的'庞大贝果'太空发动机。"沙宾-索尔克解释。

闻言,琪琪的眼睛全部转向工程师,敬畏地望着他。

"我居然跟这么重要的人同时被选中?"她问。

"不是同时,他在第一批入选名单里。"沙宾-索尔克回答,"不过他比你年纪大不少,而且大多数时间都在从事卷轴文书工作,所以健康状况不佳。他已经训练了将近四十转,才有了足够的肌肉。再挨个两转饿,就可以接受治疗了。"

"挨饿!"琪琪倒抽一口气,"你不是说,我们会吃到有营养的食物吗?"

"在健身阶段,确实如此。"沙宾-索尔克解释,"不过,一旦你的身体肌肉锻炼好,我们就得让你挨饿,饿到将近虚脱,然后再给你注射动-植物转变酶。唯有这样,酶才能激活你体内的基因。自从我们从龙草进化成动物,这个基因就一直沉睡在我们体内。"说到这儿,他停了停,仔细观察她的反应,然后才继续道,

"我得警告你,这过程不算愉快。要是你宁可中止治疗……"

"不。我要接受治疗。"琪琪飞快地回答。接着,她又问了一个问题,眼柄发颤,波动也暂时停止,"在烧伤的时候,我会不会仍然保留意识?"

见沙宾-索尔克博士一脸疑惑,她又解释道:"我来自古者'迅猛兽杀手'的部落。她是有史以来第一个恢复青春的奇拉。还在雏仔圈的时候,老者们就给我讲过,她是如何挣扎着爬上东极山脉,给人类发送第一条消息。发完消息后,她精疲力竭,身体又被坠下的滚烫陨石烧伤。严重的伤势让她的身体自发开始转变,变成了龙草形态,以修复伤势。后来,龙草又变回了奇拉,迅猛兽杀手发现,自己拥有了新的年轻身体。"

"迅猛兽杀手极为幸运。"沙宾-索尔克说道,"绝大多数尝试烧伤回春法的奇拉,最后都死掉了。烧伤唯一的作用,是刺激身体,让身体分泌动-植物转化酶。我们不会烧伤你。我们会人工制造这种酶,把它注射入你的身体。这种酶会溶解体内的一切,除了神经组织和外层皮肤。溶解后的液体会用来形成植物。"

两人留下悬崖网络继续锻炼,离开健身房,来到下一个房间。这个房间的角落里排列着许多小机器,每台机器都有两根管子,各自连接一根大些的收集线,每根收集线则各通向一个大罐子。房间里只有一个机器人在照管这些机器。

"这些机器既能生成动-植物转化酶,也能生成植-动物转化酶。"沙宾-索尔克解释,"这些机器一起工作十八转,才能生产出一次回春过程需要的量。"

"十八转才能让一位病人恢复青春?"琪琪惊异道,"你们的最高速度肯定不止这么点吧!"

"我们的速度确实会增加。"沙宾-索尔克回答,"只要多几台酶生产机，我们就能提高治疗速度，达到一转最少治疗一个人。不过，提高速度需要时间。毕竟，其他治疗中心也在等待酶生产机。"

"这些机器看起来不算大，"琪琪说，"我还以为，要造这些回春机器，肯定不会缺少投资。我猜，大概是机器里头的结构太过复杂，制造困难吧？"

"问题不在于钱，也不在于机器制造困难。"沙宾-索尔克解释，"酶的生产过程，需要一种稀有的特殊催化剂。催化剂是一种富中子的同位素，只有离乡火山熔岩盾里才有微量存在。这座火山仍然活跃，所以开采同位素是一项异常危险的工程。得等上十几个大数转，我们才能取得足够的催化剂，达到最高的治疗速度。现在，我们去'花园'吧。"

两人继续前进，来到接下来的宅院。这座宅院中心立着两株非常高大的龙草。这种植物有些像阳伞花，也是顶部内卷的单株植物，不过比阳伞花大得多。其中一株仍在生长，几个机器人和两个奇拉在周围照管。两个奇拉都戴着大大的医学徽章，外加好些星星和彩色斑点，表明他们的高职称。

"只要你按照要求进行锻炼，再过三十至三十六转，你也会是这个样子。"沙宾-索尔克的眼柄轻点，指向两株植物。

"他们从前是谁？"琪琪用压低的电子低语问道。

"不必加上从前，他们现在跟从前一样。"沙宾-索尔克纠正道，"要是我说了他们的名字，你肯定知道。不过，我们有个规定，一旦进入植物状态，病人的身份就不能泄露给陌生人。如果涂着体彩、戴着徽章，奇拉倒是不介意让陌生人认识；不过，一旦成了植物，体彩徽章什么的可全没有啦。那株大些的植物，差不多已经可以进入再造了。我们会让它继续生长两转，再注射植-

动物转化酶。转化过程需要几转。支撑植物的构造会再度变成液体,用来重构身体。等到最后一步,旧的外皮剥落,新生的眼睛会从眼膜底下探出来。"

"除了年龄减小,身体的每个部分是不是都跟过去一样?"琪琪问道。

"除了脑结和神经组织,身体的其余部分都跟过去一样。至于大脑,记忆对于回春过程会有一段空白。除此之外,新身体的记忆和脑功能都跟旧身体一模一样。"说到这儿,他顿了顿,视线特意望向远处,然后才接着说道,"作为职业全息视频演员,我相信你一定很关心自己的新身体会长成什么样。我向你以及你忠实的全息视频观众保证,重建后身体里的三弦基因,跟原版琪琪一模一样。所以,在全息视频里,新琪琪会吸引跟旧琪琪同样多的观众。"

一个指向明确的电话信号透过星壳振动而来,让琪琪的足盘外缘发痒。信号集中到沙宾-索尔克所在的位置。

"你的部落来了一位长者,他会在最后的卷轴上签署意见。"沙宾-索尔克说,"请跟我来,我会分开磁场线,领你去我的办公室。"

时间:2050年6月21日 星期二,格林尼治时间06:58:06

零高斯吃了一顿富有营养的转宴,离开员工餐区,前往她的无磁场地下实验室。一路上,她从几个学生身边经过,学生们全都停止交谈,用足盘仔细倾听这位教授发出的声响——她仿佛一边自言自语,一边还发出叽叽尖叫。

"我留了一块美味的烤悠游兽蛋给你。我擦掉了大部分酱汁,免得太辣。"说着,她形成一根操作肢,伸进储物囊,取出那块美味的食物，接着伸进另一个囊袋中。囊袋的口子一打开，一只毛茸茸的悄悄雏仔立即挣扎着往外爬。忽然，它发现了面前的食物，立刻忘了爬出来这事，贪馋地抓过食物，拼命往自己的小进食囊里塞。

"太大了，塞不进吧，蒲福喜？"她问道。说着，她用操作肢把蛋切成小块。饥饿的雏仔急切地吞掉了食物。零高斯关闭大部分储物囊口，只留下一个小缝，让袋中的小动物乖乖地待在里面，只够探出几只眼睛，前后张望，看着自己究竟往哪儿走。

零高斯走进一所小房子。这是她独一无二的研究设施的顶层，里头包括她的办公室，还有她研究生的办公室。不远处还有一所房子，里面是操控地下设备的机器，还有供能设备，为实验室坚固的超导屋顶之下的模拟天空降温。第二所房子的角落里有个极不平常的构造——一个厚厚金属制成的长方形箱子，一侧有门，顶上还有盖子。

她来到自己办公室，浏览电脑网络邮件。没有重要消息。于是，她又来到两位研究生的办公室。

"谨慎移动，植物长得怎么样？"她问其中一个学生。

"有一株喷泉花死了。"谨慎移动回答，"死的时候喷了一地的种子。不过，它已经活了四十六转，接近最高纪录了。"

"种子都捡起来了吗？"零高斯问道。

"都捡起来了。捡种子的时候，我和模糊星壳在角落里又发现了一处'热点'。"谨慎移动说。

"情况糟糕吗？"零高斯问道，"整个实验室刚刚用推出泵清空过一次，我可不想这么快再来一回。"

"热点正上方的磁场是一百高斯。"谨慎移动说，"不过热点很小，几毫米外就减弱成了几高斯的背景变量。热点角落附近有几株植物,我们把这些植物都移到了房间的另一端。"

零高斯转向模糊星壳。

"我又带了一只来,代替皮特。"说着,她从囊袋里拉出那一小团毛球和眼睛。

"蒲福喜,这是模糊星壳。从现在开始,他负责照顾你。"说着,教授用体缘在地板上形成一个小小的窝,把蒲福喜放了进去。小悄悄企图从窝的边缘往外爬,零高斯则波动皮肤,让悄悄的足盘无法稳定。悄悄放弃了努力,十二只深红色的眼睛都抬了起来,望着模糊星壳。模糊星壳则垂下一只眼睛,看了看窝里的动物。

"这么说,现在我们有弗洛普西、莫普西、棉花球和蒲福喜四个了。"模糊星壳道,"你找了个很好的替代品,跟皮特长得一模一样。"

"这些实验室悄悄的基因血缘很纯,所以长得都一样。"零高斯说,"我选了看起来最聪明的一只。"

"你该选看起来最笨的。"谨慎移动说,"皮特够聪明,瞧瞧落得个什么下场。他自己想办法打开了笼子,结果吃太多撑死了,害得我那篇零高斯园艺论文又得往后推迟半个大数转。"

"这一回,我保证把笼子锁得好好的。"零高斯保证,"你们有没有什么东西要我带下去?"

"一捆种苗,"谨慎移动说,"就在升降机储物栏那儿。"

零高斯查看了视频监控,观察了底下苗圃和动物圈栏每个角落的情况,脑中记下需要照顾的几株植物,接着便朝设备房的升降梯移动而去。

升降梯旁边有个更衣室,四周筑有高墙。零高斯进了更衣室,摘下六个金属教授徽章,除掉珠宝,擦干净体彩,清空所有的囊袋,连继承囊里的部落图腾都拿了出来。图腾是黏土制成,用古法烤制,所以里面含有磁场。她把图腾包在擦拭巾里,放进保险箱的抽屉中。像刚刚出壳的雏仔一样光溜溜的零高斯打开更衣室的门,朝外张望。推电子——设备的控制者,正尽职地守在角落的控制端处。

零高斯轻轻地移动到储物栏,把里面的东西装进囊袋。蒲福喜进了小囊袋,装在塑料盆里、在零磁场土壤中出芽的种苗装进了杂物囊。装完后,她的身体大了一圈,她转向敞开门的升降梯。升降梯没有降温天花板;所以,她得鼓起全部勇气,才能逼迫自己的足盘带着身体,进入那沉重的金属顶盖之下。进升降梯后,她强迫自己所有的眼睛都看着地板,冷静下来。之后,她激活了视频链接里的音频频道。

"你可以关门了,推电子。"她说。

"正在关门,教授。"推电子应道,"你携带的东西,最大直径是多少?"

"只有我的脑结这么大。"她回答。

"那么,只需要三面推出泵墙就够了。"推电子道。

嗡嗡声应声响起。升降梯的后墙朝零高斯移近了一点儿。

"第一堵墙来了。"他说,"等你和东西全部钻过去,就告诉我。"

沉重的超导金属墙停在房间中央,墙壁下端靠近地板处,有个小小的圆形开口。零高斯清空所有的囊袋,把种苗盆放在靠近墙壁处,接着,她形成一根操作肢,穿过墙壁上的孔洞,握住另一边的把手,将身体尽可能缩小,然后握住把手的操作肢施力,把身体拉过了小孔。孔洞上的虹膜跟随她身体的轮廓改变大小,当脑结穿过的时候变大,随后慢慢缩小,最后缩到只容一根抓着吱吱叫的蒲福喜的操作肢通过。

零高斯的身体一恢复通常的扁平形状，就赶紧用操作肢把墙壁那头的种苗盆拉进这一头。完成后，墙壁上的开口马上紧紧关闭，超导墙继续往前，压着墙外的磁场线，一直推移过整个升降梯间，靠到升降梯门口。一到门口，升降梯门立刻短暂打开，磁场线便被超导墙推了出来。接着，又有第二堵墙从升降梯后部慢慢靠近，零高斯再度重复刚才的程序。唯一的不同点只有：第一堵墙在最后一推之前，会变成非超导墙。第二堵墙结束后，又有第三堵墙。等第三堵墙结束，零高斯来到地板上的控制盘，输入密码。探测结果从地板上升起，停在房间中央。

"推得不错啊！"她对着音频链接说，"只探测到了两千八百高斯。"

"这个数字，经过实验室锁的处理，几乎接近于零了。"推电子回答，"准备好下落了没？"

听到他又提起这个老掉牙的笑话，零高斯的眼波模式中出现了厌烦的抽搐。估计从前什么时候，推电子从她的学生那儿听来了这个"在地底下落"的笑话，笑得不行，所以现在每次坐升降梯下去，他都要旧事重提。

"我准备好下降了。"她的足盘坚定地敲击升降梯底部的金属护板。叩击这句话的时候，她想带上"资深教授"的威严，可惜没怎么成功。全身赤裸的状态下，想要表现威严，实在比较困难。

"好的，教授。"推电子应道。升降梯开始缓缓地下降，沉入星壳。

到达最底层后，磁场泵出程序再次启动。通过闸机内的几堵推出泵墙后，便进入一间低磁场房间。残余的磁场被统统推入了升降梯,升降梯配有能在普导和超导两种状态中切换的阻挡物,将磁场困在升降梯里。接着,升降梯再次上升到星壳表面,困在升降梯里的磁场再度被推出门外。

零高斯在更衣壁柜前停下,往身上拍了些中性体彩,又塞上六个金属色的塑料教授徽章;装扮齐整后,方才继续前进,来到视频摄像头监控的室内。天花板是黑色的,给人很大安慰。她、蒲福喜,还有植物们,都很高兴摆脱狭小闭塞的升降梯和闸机。

她的工作先从动物开始。在九个零磁场的隔间中,有三个饲养了蛋星上的多种主要动物,每种都养了有繁殖能力的一对,只有两种体型大过成年奇拉的动物——笨重的悠游兽和食肉的迅猛兽——除外。这两种动物由迷你型的基因混种代替,大小跟悄悄差不多。

她饲养了好些不同种类的悄悄。有三对颜色鲜艳、头脑蠢笨的肉用悄悄,每种悄悄肉的味道都不同。还有几对经过高度训练的放牧悄悄,是在头脑聪明的悄悄当中挑选出来的。现在,加上蒲福喜,她有了两对专门在实验室中培育的悄悄,这两对悄悄的身体类似奇拉,在环境变化时,会做出跟奇拉相似的反应。

实验室里,待检查项目太多了。经过这么多道程序,好不容易来到实验室,她可不想一下子就走。要干的活儿很多——比如让动物们经受体格和智力双重测试——干完至少需要两转时间。上回推出泵清空整个实验室的时候,他们在更衣壁柜的食物储藏处里放满了食物。所以,就算到了转宴时间,她也不用上去,只需去储藏处补充能量即可。再说,也得有人检验一下食用植物产出的坚果和水果的质量嘛。

切钢者即将再次拜访极地轨道空间站,对此,他满怀期待。

上次一别后,发生了许许多多的事:他从任职岗位上退了下来,入选联合部落的立法部门,还被选中进行回春治疗。尽管退休了,他仍有权利佩戴自己的两星上将徽章。因此,出发访问时,他也戴着徽章。

远巡者也刚刚结束了回春治疗,准备继续回星际太空探索。正是她邀请切钢者上将,在出发探索前,参加她的"翘曲宴"。

机器滑翔车嗡嗡响着,经过光神天堂破败的东部,滑到弹射圈航站楼的入口前。切钢者在付款器狭缝里划了一下磁卡,滑翔车开了门,放他出来。他朝通道流去,忽然发现一个细瘦的小个子幼仔,带着伤痕,没有徽章,窝在近旁墙边。他的眼神看似随便,却密切观察着周围的一切,尤其是进入航站楼自动门的人流。切钢者知道航站楼所在的地区治安混乱,便迅速移动,穿过街道通过入口进了航站楼。

一进门,他放松了一点儿,排到行李托运队伍处。轮到他时,他从囊袋中取出自己的小件行李托运。托运完后,离登机还有一点时间,于是他穿过人群,想去浆吧。这时,面前出现了一个块头不大、浑身斑点的女性,正跟另一个模样粗野的男性说话,眼睛也全部注视着他。忽然,像是没注意到身后,女性突然后退,仿佛要躲开粗野男性,结果一头撞到切钢者身上。切钢者的半个身子都被斑点女性的身体围住了。

"抱歉。"切钢者一边道歉,一边想挪开。

"只要你不介意,我也不介意。"说着,这位妙龄女性转过几只眼睛,让几只斑点眼膜垂到他的顶面上,"再说,你比这个粗野足盘帅多了。"她朝方才的粗野男性轻点眼柄。粗野男性对他们俩怒目而视。这时,切钢者注意到,面前这位女性顶面上的斑点一直延伸到眼球。她深红色的眼球当中,还夹杂着几只粉红色。

上将试图抽身离开,女性却形成了几条卷须,拉住了他两星的上将徽章。另外,她还借助两人身体的遮挡,避开旁人,形成另外几条卷须,暗暗搔弄他的身体。

"想不想找点儿乐子?"她用电子低语说道,低语声让他的身体刺痒,"我知道附近有个安安静静的地方,还有靠垫。"

切钢者正想婉拒,却被一条操作肢狠狠地推了一把。

"别碰我的女人!"粗野男性瞪着他。

吃惊之下,切钢者没发觉自己的星簇徽章被斑点女性扯了下来。

"我拿到了!"女性大喊,随即朝入口大门全速波动足盘。粗野男性紧随其后。

"站住!"切钢者终于发觉自己丢了徽章,朝两人追去。粗野男性一边飞速撤退,一边伸进拖后的体缘,从囊袋中抽出一根棍子,朝切钢者不怀好意地挥舞。

"吸眼球去吧,太空人!"他吼道。

"有个条子来了!"两人靠近入口时,斑点女性发出警报。门外的同伙帮他们打开大门,两人溜了出去。维和警察赶到时,入口大门已接近关闭。不过警察还是从狭缝中挤了出去,继续追赶。

切钢者见警察已经追了上去,便停了下来。他有些尴尬,挪了挪另一颗星簇徽章的位置,以遮掩覆膜上空出来的一块。他估计,警察很难追到那两个小贼。弹射飞船的出发时间到了,他转过身,朝登机区移动。

"那吃蛋的条子从门里出来了!"斑顶面叫道,"分散!徽章以后再卖!"

　　她推开磁场线,沿一条小街朝旧圣殿区移动。圣殿区能躲藏的地方很多,这一点她一清二楚。幸好条子追着皱足盘去了,而偷来的徽章却在她这儿。所以,哪怕条子抓住他,也得放他走。

　　她经验老到的足盘听得出大街上的任何响动。此时,她听到另外两个条子朝这边移动的声音。于是她加快速度,同时尽可能放轻足盘波动的声响。旧圣殿区入口处的古老外墙上有个震裂的口子。她收缩自己细瘦的身体,从裂口处钻了进去。她避开正在重修施工的工人,迅速越过纪念古建筑一只刚刚重修好的"眼睛",来到"眼柄"底部与组成"身体"的圣殿围墙交界处、一块小小的星壳岩石旁。几转之前,她发现这块岩石后面有条古老的秘密通道。那天,大型星壳移动机械开走后,她发现墙上开了个小洞。她正好想找个安全的地方,存放偷来的赃物,伺机出售。她进了洞,意外地发现这个洞通往一条地下通道,通道两侧都铺着厚厚的超导金属。

　　古时候,在先知粉目那个年代、圣殿刚刚修筑之时,通道内的超导金属会拦住蛋星的磁场,以便光神的高级祭司们能利用通道,从外侧圣殿飞速降临内眼土堆顶部,奇迹般地出现在底下信众面前。如今,被禁锢在此的磁场流已经跟墙壁牢牢地连接在一起,堵塞了通道。

　　斑顶面用力推开磁场流线,进入通道,接着把入口岩石拉回来,重新掩上洞口。磁场把她的身体牢牢地钉在周围的星壳岩上。身处地下让她有些不安,但也让她很放心:条子们绝不可能找到这一处秘密藏身点。

这一轮班终于结束了。重蛋解散了班组，看着他们涌入升降机，冲向蛋星地面和地面上的浆吧，速度之快，值班干活的时候前所未见。

"最后一班升降机，老板。"饥饿囊袋让升降机保持稳定。

"等我一会儿，"重蛋说，"我得去见见总工。"

他坐升降机来到顶层平台的上层甲板，朝总工程师位于顶层平台的办公室移动。他的班子今天的定额差点没完成，是时候采取些措施了。干活的时候相互挤一挤，搔搔痒，这倒无伤大雅，还能让值班时间过得快些；可今天他发觉，黄岩石竟然跟轻松划在升降机支架后面交配起来。这可是压翻植物的最后一个荚子，忍无可忍。他要开除这两个人。

总工程师办公室的门开着。重蛋的足盘坚定不移地流了进去，却一下子停住了。办公室里有个陌生的年轻人在对总工程师说话，总工程师正洗耳恭听。年轻幼仔身上的徽章比总工程师的还大。

"班组总监重蛋，"陌生人招呼道，"又见到你，我很高兴。"见重蛋眼波模式困惑不已，他接着解释道，"我是你的老板，悬崖网络。我接受了'回春'——他们现在都这么叫。你来这儿有什么事？"

"不急，我下次上班再来。"重蛋仍然没从吃惊中恢复。他改变足盘波动方向，在恍惚中朝后退出门口，回到底层甲板。进升降机的时候，黄岩石特意避开了他的目光。重蛋从饥饿囊袋那儿接手控制端，操纵升降机，开始了从太空喷泉到蛋星表面的漫长下降过程。

时间循环再一次感觉到孤独，想找人说说话。他的时间机器中,又有一条信道被噪音堵塞。他慢慢逛到内眼学院的另一侧,拜访了星壳学办公室。可惜,中子滴没在电脑前。于是,他去了实验室。实验室里只有热切眼神在,正在触摸-品尝控制端上忙碌。控制端两侧有两个高度扁平的碗状球体,代表蛋星的东、西两个半球。这两个碗状球体是根据古代的地图制作的。当时,地图上的距离都是以奇拉的足盘长度来衡量的。所以,当靠近东、西磁极时,奇拉的足盘被压到最小,测量出的蛋星形状也因此变得扁平;越靠近磁赤道,磁场的水平方向力对奇拉足盘的拉伸作用越大,测量出的形状也越弯曲。后来,发展到太空旅行阶段后,奇拉们从空中望下来,才发现蛋星其实是个球体。不过这种古时候的蛋星形状,对星壳学家仍然有用——毕竟,大多数星壳活动都发生在极地附近。此时,实验室中的两个半球图上,都闪烁着代表星壳活动的灯。活动开始时,地图上会出现一个蓝色的亮点;随着活动强度渐渐减弱,灯的颜色也会渐渐暗下去。

“我找中子滴教授。”时间循环对热切眼神说。

“我在这儿。”一个发闷的声音回答。那声音像是从热切眼神的足盘底下发出来的。

“她在东极实地考察。”热切眼神解释道,“我把图像切到那边墙上的视频屏幕。这儿事情紧急,我得抓紧在触摸-品尝屏上工作。”

“我来找你一起吃转宴。”时间循环说,“没想到你出门了。”

“这是突发事件。”中子滴的图像回答。她正在一排声波收发器阵列中移动。东极周围的星壳里埋着震动探测仪,探测星壳震的数据并传输到声波收发器当中。

“这一转早些时候,我坐弹射飞船到了这里,确保收发器工作正常。我推测有一场大震即将到来,但不敢确定——毕竟,这是头一次有人尝试预测震动。"

"自从上一次转宴之后,事情就开始了。"热切眼神汇报道,"当时我正在观测从东极收发器阵列发来的信号,突然从中发现了圈环模式。"

"不仅如此,"中子滴补充,"尽管开始很小,但在过去的十杜斯转之内,震动的强度以指数级别上升。越靠近东极山脉山脚,强度就越大。"

"指数级别!"时间循环吃了一惊。

"依我看,很快就会发生'特林博震动'。"中子滴说。见时间循环的眼柄波动模式流露出困惑,她解释道:"东极山脉会下沉几毫米,一转的长度会稍有增加。人类诺贝尔奖得主特林博[①]通过对蟹状星云中子星的观测,第一个准确预测了这种现象。"

"你可能有危险! 必须马上离开!"时间循环喊道。

"已经来不及了。"中子滴回答,"继续记录数据,热切眼神!"她下达了命令。突然,视频屏幕变黑了。

时间循环把视线转向代表东半球的碗。东极山脉已经被一阵接一阵的明亮蓝色闪光包围。突然,整个东极爆发出耀眼的蓝色闪光。接着,闪光停顿片刻,随即以流畅的波浪从中心向四周推进。波浪抵达迅猛攀登,接着继续往外推进。

时间循环这才明白,为什么时间机器的三个信道都会被噪音堵塞。他冲出实验室,穿过内眼学院。时间机器还空着一个回溯过去的信道。只要能想法子发一条消息给过去的自己,就

---

① 与上文的"特林博震动"一样,可能均为作者虚构。只有一位名为David Trimble的英国政治家得诺贝尔和平奖,还有一位名为Virginia Trimble的女天文学家,研究领域为恒星与银河系的结构与演化历史,但没得过诺贝尔奖。

能想办法警告全蛋星人。他一边用身体挤开来自星壳的紧密磁场,一边跟脑中绝望的幽灵搏斗:毕竟,在这一条时间线上、此时正奋力朝时间机器飞奔的这个"他",并没有接到来自未来的警告。他眼前的这一条时间线已经断了头。但是,或许他能创造出一个悖论——宇宙的一个分岔——在其他时间线上拯救"他"自己,还有其余的蛋星人。他奋力前行。

大　震

时间:2050年6月21日 星期二,格林尼治时间06:58:07

东极山脉脚下深处,一块厚厚的星壳在深达数厘米、重达几十亿吨的物质的巨大压力下,发出可闻的呻吟。压力升到了星壳能承受的极限。接着,伴随着巨响,这块星壳开裂,口子迅速蔓延,贯穿了开裂的星壳。东极山峰失去了脚下的支撑,在蛋星强大的重力作用下,下沉了整整二十毫米。以下沉的山脉为中心,震波以近光速扩散到整个东极。首先波及的便是迅猛攀登市。

星壳上升又下沉,墙体开裂,通信断绝。身下的星壳呈波浪滚动,中子滴的眼柄也随之震动。她一直盯着过载的仪器,希望仪器能恢复正常工作,好记录下这场奇拉历史上史无前例的大震。

片刻后,表面震波抵达光神天堂的内眼学院。地面在时间循环的足盘下抬升,他的脑结几乎惊惶失措,无声地尖叫起来。接着,震波从他身下经过,地面再度下降,对坚固的内眼学院建筑没造成多大损害,时间循环也安然无恙。于是,他放慢动作,随着地面滑下。

蛋星上的磁场,原本静止在星壳内;随着星壳的移动,磁场也前后摆动,在时间循环体内造成电流,激活了稀薄大气中的电子和随机原子核,让它们飞速移动,形成正电子对。时间循环眼柄底部的反流动热交换功能随之提升自身的降温能力,排出电流在眼球中造成的热量。等眼睛温度下降到通常的深红色,时间循环看到了慢慢减弱的X射线荧光——那是空气电流产生的正电子,跟普通电子中和的产物。

时间循环放慢速度,继续朝时间通信室移动,去检查机器。尽管这次星壳震挺大,他相信悬崖网络造的机器够结实,能扛过震动。或许这次震动影响了控制端,这才造成奇怪的噪音信号。

升降机载着重蛋和七名班组成员,刚过五十层。这时,大气中闪过一道亮光,表明发生了星壳震。几麦斯转后,上升转向器的嗡嗡声变了调子,这是地面加速器在补偿星壳下沉的二十毫米。

重蛋的足盘感受到甲板震动的调子变化。"这可是一场大震。"他思忖。

哐唧一声响起。许多转以来的第一个推出废环,悬在捕捉器当中。额外的补偿压力,超过了这只圈环的承受能力。

星壳的震波向下穿透,抵达中子星的中心。由于中子星中心各层的密度不同,震波在层层构造之间来回震荡。有几束来回震荡的震波,在空间有限的某一层当中彼此相遇,于是所有的能量都集中到某块极为窄小的区域里。这种额外施加的压力,其力度正好启动了物质的某种形态变化,使得这块区域的物质体积大幅缩小。形态变化一旦开始,便会以近光速转播。于是,中子星中心厚度近一公里的内层,密度全部改变,压缩了整整两米,让中子星外层失去了原有的支撑。于是,外层坍落,星壳震升级成了星震。

巨型星震冲出表面,摇撼星壳,仿佛迅猛兽撕裂悠游兽一般轻易。星壳一会儿收紧,一会儿舒张,星壳表面上任何活动之物,都以高速撞上墙壁、植物和悬崖。埋在星壳内的磁场也跟着星壳一同振动,加速了稀薄大气中的电子和离子。大气温度升高,达到十亿摄氏度。正电子对产生,接着中和,中和的产物便是汹涌不断的X射线。X射线在高温大气的高速电子中来回反射,每次反射都会提高自身能量。最后,X射线终于变成了穿透一切的致死性伽马射线。

时间循环感到脚下的星壳再度下沉。不像第一次,这次的下沉仿佛没有尽头。身边的整个世界都跟着不断下沉、下沉。时间通信机器的重力-电子磁场无法再控制机器中心旋转的黑洞;黑洞重新转化为能量,炸飞了时间通信室,也炸飞了时间循环。

在中子滴的估量中,等星壳震波环绕蛋星一周后,会再度回到东极山脉。她等待着第二波震波的来临。第二波确实来临了,但比她的预计要早,而且比第一次更加强烈。她还没弄明白为什么,就发现自己不受控制地高速滑向一直照管的仪器阵列。仪器锐利的边缘把她撕成了条。

第一波震动来临时,零高斯正在地下实验室里,捡拾一株喷泉花喷出的种子。(有几颗种子没落到喷泉花的托盘里,落在了别处。)星震来临,她和所有的动植物都被扫过金属地板,滑到房间的一个角落。接着,支撑柱弯曲,屋顶塌了下来。

中子星表面突然燃起一大片脉动的火光,产生出高能爆裂辐射,射入太空。只花了一毫秒,高能紫外线、X射线和伽马射线就抵达了光神天堂同步轨道上的"屠龙号"。较强的伽马射线切透了飞船厚厚的船壳,接着切透阿玛丽塔宇航服薄弱的防护,将她暴露在三倍致死剂量的辐射下。紫外线辐射从星图望远镜处弹开,烧穿防护遮光板,无遮无挡地倾泻到星图桌上。整个科学甲板外加阿玛丽塔的眼睛,全部沉浸在紫外线闪光中。

阿玛丽塔闭上眼睛,可是为时已晚。云白色的角膜在强烈的辐射下烧伤起泡。电磁脉冲辐射之后,紧接着而来的是一股三脉冲千赫引力辐射的冲击。这股冲击鞭打着阿玛丽塔的身体,打得她前后摇晃,折断了三处关节,还折断了颈部的脊椎。阿玛丽塔垂死的大脑中,最后的记忆便是眼睛剧烈的疼痛。

琪琪仍处于回春后的恢复期,在西极山脉度假区放松疗养。此时,她正在玩自己的新玩具—— 一架私人定制的高动力飞行器。整个蛋星上,这种飞行器总共还不到一打。跟滑翔车相比,飞行器实在太贵,而且速度也不快。不过,滑翔车可没法上升。

这种飞行器载有斥重力引擎,供近星壳表面飞行;有惯性驱动,供高海拔飞行;还有超导双翼,能在蛋星的磁场中滑翔。这东西确实很贵,也很奢侈,可它超有意思!

琪琪从度假区起飞,越过附近的丘陵,发现了一条废弃的山谷。她让斥重力引擎加速,达到光速的十二分之一。到了山谷的尽头,她不得不切换到惯性驱动,拉起飞行器,越过山峰。接着,她关掉斥重力引擎,弹出超导双翼,让飞行器借助惯性驱动一路上升,同时注视着蓄能块中的能量储备随之一路下降。经理肯定要抱怨充能费太贵,但她账户里的星星还多的是。再说,她现在又拥有了年轻的身体,星星只会越来越多。

星震发生时,琪琪正处于二十五米高处。很幸运,当大气被辐射点亮时,她的眼睛正望着西极太空站。饶是如此,等她急急把眼球收回眼膜,辐射亮光还是在其中两只眼睛里留下了斑点,差不多一整转才消退。

她看着高度计,看到它每过几麦斯转就从二十四米提高到二十六米,怀疑仪器出了问题。所有的通信频道都沉默下来,只剩下几个孤孤单单的导航灯塔发来的声音,证明飞行器的通信装置没坏。看到大气的亮光,她知道底下发生了星壳震,而且是一场大震,还在一直持续。

星壳移动的时候,只要待在大气中,她就是安全的。她切换到自动飞行模式,设定最小能耗线路。飞行器滑出超导翅膀,在磁场线中缓缓下降滑翔。它随着底下星壳的滚动方向前进。当磁场逐渐变化时,飞行器就从变化中吸取能量。

载着切钢者的弹射飞船刚要跃入轨道,星震就拉散了弹射圈底下的支撑结构。高速运输带散落,刀刃般切入光神天堂郊外。飞行员奋力操纵飞船避开了运输带,但飞船的能量不够,无法跃入轨道,只能划出一条弧形轨迹线,轨迹线尽头落在西极山脉当中。飞行员急切地寻找西极的弹射圈,想紧急着陆。刺目的X射线夺去了飞行员十二只眼睛当中八只的视力,西极弹射圈却不见踪影。飞行员只得弹出超导双翼,动用飞船紧急推进储备,终于将飞船从西极磁场弹开,进入椭圆形轨道。

"轨道近拱点五米,远拱点九十米,光束船长。"副飞行员滑翼报告，"我们即将靠近近拱点。"

飞船底下数米，星壳起伏滚动。飞船的高度计读数剧烈变化。飞船以轨道速度飞行，从一架高高在上、缓缓移动的飞行器底下经过。飞行器的底部被大气闪光照亮，反射出耀目的亮光。

"我借助磁场提升力，围绕轨道飞行一阵，让我们有机会活命。可是，要不了多久，我们就会耗尽能量，重力发生器就会罢工，让我们处于自由落体状态。"

滑翼集中注意力，盯着面前的仪器，努力不去想慢慢地解体而死是什么滋味。

斑顶面感觉到了第一阵星壳震隆起，接着又是一阵厉害的上下波动。上下波动持续不断。转宴的时间已经到了，她饿了。既然有大震，说不定条子们都忙坏了，没时间找她。于是，她扭动身体，从躲藏处慢慢地往外挪。到了出口石头处，她把足盘的一部分放到石头上，仔细倾听。外头唯一的声响，只有星壳上下起伏，石头撞来撞去的声音。她稍稍移开石头，朝外窥视。闪光立即在她视野中留下了斑痕。她赶紧移回石头，退回黑暗中，忍饥挨饿，喃喃诅咒。

因为星壳震，重蛋的感官分外灵敏。他把身体塞进升降机控制处，一边形成多条操作肢，接掌控制端，以防自动控制系统失灵，一边继续监听支撑升降机平台的六条转向器发出的嗡嗡声。他减慢下降的速度，给转向器减轻负担。

"把退出废环捞出去，推金属。"他说。

"环还很烫，老板。"推金属抱怨。

"我说了，捞出去。"重蛋说，"这可是大震，震波很快还会回来。要是再来个废环,跟第一个撞在一起,质检部可不会高兴的。"

身后响起嘟哝声,咒骂声,接着是哐啷一声。滚烫的圈环掉落在升降机甲板上。

上升转向器的调子再次改变。

"来了。"说着,重蛋的六只眼睛盯着仪表盘,还有六只眼睛各盯着一条上方的圈环流。在蛋星发出的光芒的照射下,圈环流闪闪发光。调子越来越低,越来越沉,上升的圈环流扭曲得越来越厉害。甲板上响起工人们充满焦虑的低语。重蛋盯着仪器。自动控制系统正把升降机从出故障的上升流,转向尚且稳定的下降流。上升流转向器的调子继续变沉,终于变得不规则。

上升转向器指示读数剧烈波动,表明转向器正奋力竖直歪歪扭扭的圈环流。哐啷一声,又一个废环进入捕捉器。推金属已做好准备,正要去捞,操作肢里的钩子却被紧接而来的另一个废环撞落。第二个废环重重地撞上了第一个。紧接着,又来了三个废环。

"要失控了!"重蛋喊道。

上升流慢慢离开了下降流,如同三把锋口凹凸不平的利刃,摧毁了转向器,又切开了三角形的升降机。其中两股上升流很快离开了平台;但第三股却沿着升降机平台中线,一路切割过来。拥挤的平台上,人们拼命压缩身体,想为致命的圈环流让路。接着,惊恐的尖叫变成了痛苦的尖叫——圈环流扯开了黄岩石身体侧面,朝着平台继续一路切割。

重蛋的三只眼睛惊恐着看着平台被切成两半。跟甲板的最后一点联系切断后,另外半边平台上五名工人的声音也被切断了。那半边只有一个转向器支撑;失去了跟控制端电脑的联系,单个转向器无法做出恰当的补偿支撑。于是,半边平台开始倾斜,朝底下的星壳落去。

重蛋把注意力转回剩下的这半边。这半边有控制端和两个转向器,但面积较小。去掉控制端,只能容下两个人,其中一个还是垂死的黄岩石。这时,下降流也开始起变化。废环一个接一个地撞入捕捉器,自动控制系统到达了调整的极限,平台开始剧烈倾斜。黄岩石的身体沿着倾斜的平台下滑,他又尖叫了起来。

"我抓住你了!"饥饿囊袋说。她已经形成了好多操作肢,牢牢地抓住了升降机栏杆,这会儿又用一部分操作肢抓住黄岩石的眼柄,将其他操作肢伸进他的囊袋,极力稳定他软绵绵的身体。两人的身体继续朝平台边缘滑去,让平台倾斜得更加厉害。

"放开他!"重蛋叫道,"他活不成了!"

"他是我兄弟! 我们是同一张孵化膜孵出来的!"饥饿囊袋抗议,"我不放! 你快想办法把这受光神惩罚的升降机弄平!"

"你救不了他!"重蛋又叫道,努力跟控制端搏斗,"放开!"

身后响起一声咕噜和一声滑行的响动,接着,升降机甲板恢复了平衡。平台上只剩下重蛋一个人。

升降机已经降到了原三十层平台处,但平台已经消失。没有了上升流,他只能依靠两条下降流控制升降机。地面的闪光越来越亮,他只能遮住眼睛,盲控升降机。升降机的下降速度已经达到他能控制的最大值;不过,他还是得了解下降流的情况,操纵起来才能心里有数。

于是,他探出一只眼睛,飞快地朝上瞄了一眼。亮光灼痛了他的眼睛,通过眼中的残像,他看到了三条圈环流,还有许多飘浮在一侧的点点。大些的点点是六边形,像是十公里处的平台;

还有些是三角形的升降机平台。至于小点点，他让自己别去琢磨到底是什么。

他冒险探出另一只眼睛，瞄了一眼原本二十层平台所在的位置。X射线闪光比方才更亮。等疼痛的眼睛缩回眼膜底下时，他心里清楚：看到的图像会永远烙印在眼球中。三条圈环流比从前明显缩短，但他应该能撑到地面。而且，幸好他冒险看了一眼，支撑升降机的两条圈环流，其中一条靠近顶部的地方，已经弯曲扭歪了。

接下来的一麦斯转，他仍然使用两条圈环流。接着，等靠近十层时，他切换到了仅剩的一条正常工作的环流。他让升降机平台绕着正常环流旋转，以避开第二条环流弯曲之处，继续往星壳表面下降。当高度计显示还剩最后一米时，他减慢了升降机速度。他牺牲了第三只眼睛，探出侧面看了一眼。原先底层所在之处，只有堆积如山的圈环。没时间了。他迅速降完剩下的几厘米，撞上圈环堆，顺着斜坡滑下，避开仍在下落的圈环。升降机平台滑到圈环山的底部，停了下来。

他还活着！而且，除了几只灼痛的眼球，其余部位安然无恙。他在升降机平台里留了很久，眼睛一直缩在眼膜底下。等星壳活动稍稍减慢，他探出眼睛张望，发现大气仍然闪着X射线的亮光。不过，在高高的东极山脉顶部，情况并不算太糟。于是，他慢慢地移过滑溜溜的圈环，足盘再次踏上坚实的星壳。

他抬起眼睛朝上望去，看到了东极太空站和顶层平台这两个小小的点。失去了太空喷泉的支撑，顶层平台已经飘进了自身的椭圆轨道。重蛋想象着顶层的人们，失去了黑洞产生的重力，进入自由落体状态，是个什么滋味。他很高兴，自己回到了蛋星，安全了。

　　强烈的余震隆隆作响,沿东极山脉上升。到达峰顶时,震波愈发集中,随之而来的还有一片X射线烈焰。离山顶越近,烈焰亮度越高,在山谷中高高腾起,烧掉了重蛋的所有眼睛。

　　悬崖网络和总工程师,两人的足盘同时感到了甲板上永无停歇的嗡嗡声起了变化,于是停止了交谈。

　　"星壳震。"总工程师说,"片刻前,我好像感觉到东极太空站反射来的光线增强了。"

　　两人继续讨论。与此同时,圈环流不断改变调子,以弥补星壳运动造成的落差。就在两人快把变调这事忘记的当口,调子再次改变,越来越低,越来越沉,而且一直持续下降。两人的眼柄都警惕地竖了起来,感觉到身下的平台开始下沉。沉闷的当当声响起,一声接一声,是过载的推出废环。两人立即冲出门,穿过甲板,冲向通往下层机器甲板的升降机。顶层平台失去了上升流的支撑,开始摇摇晃晃。下面传来的噪音越来越响。紧接着,两人面前的甲板上,冲出了一条致命的高速金属圈环流。

　　"大家都上发射区,搭乘摆渡艇!"悬崖网络叫道。

　　总工程师从囊袋拉出紧急通信器,放在甲板上,踏上足盘。被通信器放大的声音响彻三层甲板:"全员上发射区!顶层即将自由下落!重复。全员上发射区,搭乘摆渡艇!"

　　"三条上升流都失去了控制。"悬崖网络环顾四周,眼睁睁地看着自己的心血被失控的环流切成碎片。

　　两人的足盘紧紧地抓住甲板上不易滑脱的点,吃力地靠近发射区。甲板上的大气已满是片片灰尘,在自由落体状态渐渐解体,扩大成一团稀薄的等离子体。三艘摆渡艇在发射支架中等着他们。有几个工人已经上了摆渡艇的曲面。悬崖网络沿着光滑的曲面斜坡往上移动,靠近摆渡艇安全的黑洞重力场,同时感觉到眼球开始发痒。

"要不要起飞,老板?"摆渡艇飞行员问道,"各种各样的垃圾都往顶层这儿来了,都落在我们身上。"

"先别起飞。"悬崖网络道,"我们不用担心坠落,而且还要过很久,顶层才会解体成非简并态物质。摆渡艇上还缺了谁?"

"下层甲板的人几乎都没上来。"总工程师回答,"等等,升降机来了!"

远远地,能听到甲板那头传来引擎刺耳的声音,一架挤满人的升降机上升到平台中心。升降机门一开,潮水般涌出一群工人,一边骂娘,一边朝发射甲板冲来。他们的覆膜已经开始解体,瘙痒感逼得他们发疯;可又不敢伸出眼睛,只敢时不时从眼膜下探出一只张望,一众人等几乎盲目地朝发射甲板冲来。

"停下! 停——"冲在最前头的女工,发现甲板上拦路的裂缝,大喊起来。她的足盘想后退,但身后推力实在太强。她的身体被推下正在解体的光滑甲板表面,落入了空中,叫声随之中断。

她没有继续坠落。自由落体状态中,她飘过了甲板上的裂缝。她绞成一团的足盘终于牢牢地抓住了另一头的金属断口,声音也回来了,骂娘骂得比方才更响。

"跳呀!"悬崖网络见众人在裂口另一边焦急地打转,大声叫道,"你们不会坠落,只会飘过来!"

身体越来越痒,雪花般的皮肤碎片慢慢膨大成云团,围绕在受困的工人身边。他们正想法子战胜一辈子的牢固习惯,逼自己跳过陡峭的悬崖。

"你跳,我也跳。"硬路对闪亮足盘说。

"后跳的去吃小壳的屎吧。"说着,闪亮足盘从裂口边移开,把所有的眼睛都缩到眼膜底下,足盘加速波动,在越来越滑的甲板上流畅移动,让自己冲进了轨道。硬路紧随其后。她比闪亮足盘块头更大,身体更强壮,所以冲劲也更足,跃出更远。

一旦跃入空中,闪亮足盘忽然有了美妙的体验,感觉分外安全,仿佛回到了出生前的蛋壳中。他的身体蜷成球,只有肌肉发达的足盘仍露在外头,不时抽搐一阵,想抓住某样牢固物体。他觉得覆膜越来越痒,伸出一只眼球查看。他看到平台在他身下飘过,硬路也蜷成了球,在他头顶高处。前方便是挤满人的摆渡艇。他从摆渡艇顶上飘过——幸好,摆渡艇的黑洞重力场抓住了他,把他扯了下来;否则,他肯定会飘进太空——接着,他重重地摔在总工程师的顶面上。

"抱歉,总工。"闪亮足盘嘟哝着,从老板的顶面上笨拙爬下,回到摆渡艇的曲面甲板上。没人注意他,就连总工程师的眼睛都望着高处。甲板上响起一阵悲伤的低语。闪亮足盘抬起眼睛。

"硬路!"他叫道,"快回来! 回来!"

沉默中,众人望着硬路高高地飘过发射区,飘向远方。她的一只眼睛探出来张望,接着足盘徒劳摆动,企图往回飘。围绕在硬路周围的微粒云团越来越大,遮住了硬路,挡住了众人的视线。

"你们得跳得慢些,或者绕路……"悬崖网络对工人们说。

"要是绕路,我们的覆膜就会全部化成碎片。"新上任的总监班头多环说,"我们一定得跨过去。"她形成操作肢,抓住身边三个班组成员。

"抓紧了,你们这帮赘肉团子!"她说,"我来扮演弹射圈。"她让大部分眼睛探出眼膜，集中注意力，小心地延展身体，让身体像桥一般跨过裂缝，抓住对面。接着，她留在后头的操作肢松开自己手下的工人，握住了甲板边缘。接着，她缩回眼睛，尽力忘记自己的危险处境。

"快走啊，你们这帮小壳脑袋的悠游兽崽子！"她拖后的足盘吼道。工人们万分小心地穿过这座临时搭建的桥梁，通过后，立即拉起勇敢的总监，一同到安全处。很快，工人们全都挤进了摆渡艇，受到了重力场的保护。有些工人的覆膜碎裂太多，皮下的肌肉组织已经开始渗出液体。

底下响起隆隆声。甲板倾斜，顶层平台裂开。

"升起摆渡艇，"悬崖网络命令，"带我们去东极空间站。我们得坐弹射飞船或者弹弓升降下到地面，帮助蛋星重建。"

蛋星亮起闪光的时候，远巡者船长正跟东极空间站的厨师讨论自己"翘曲宴"的安排。接着，光芒越来越亮，到了无法直视的地步。远巡者心知肯定出了问题，立即赶回控制甲板。控制甲板上，空间站负责人霍曼转移①也在。于是远巡者立在后方，让霍曼转移发号施令。

"通信官，蛋星表面有信号吗？"霍曼转移问道。

"除了一个导航灯塔，蛋星表面没有任何信号。"千兆字节中尉回复，"不过，有两架飞行器发来了信号。一架是一艘没上正常轨道的弹射飞船，另一架是私人飞行器，在西极。西极空间站没有飞行器通信频道，所以无法跟飞行器联络。"

---

① 原意指 Hohmann Transfer Orbit，霍曼转移轨道，是一种飞船变轨方法。飞船在围绕同一天体、高低不同的两个圆形轨道之间划出一条椭圆轨道，从一条轨道转移到另一条。这种办法能最大程度地节省能量。

"那架弹射飞船,现在处在什么轨道上?"霍曼转移问。

"飞行员已经设法让飞船处于圆形轨道上,但他们能量不足,无法长时间维持重力生成器。"

"他们还有多少时间?"

"不到一转。"通信官回答。

"要是我们能有一架不依靠地面发射器,就能自由上升下降的飞行器多好。"上将说。

"我们有。"远巡者插话,"我的星际侦察飞船就是设计来环绕中子星飞行的。它没法降落,也没法起飞,但我有办法让它下降,与弹射飞船并轨,再依靠驱动,上升回到同步轨道。"

"那么,我们至少能救三个人。要是再挤一挤,说不定还能救更多人。"

"如果清空食物储存柜和货舱,估计能塞下一整个弹射飞船的乘客。"远巡者说,"我相信乘客不会介意在冰箱里待上一两个杜斯转。"

"大副!"霍曼转移吼道,"召集人手,把侦察飞船清空! 领航员! 计算好轨道,把结果输入侦察飞船电脑!"

"趁飞船卸货,我有足够的时间计算轨道。"远巡者礼貌地提醒。

"当然。"霍曼转移上将道,"抱歉。"

时间:2050年6月21日 星期二,格林尼治时间06:58:07.1

半转后,远巡者驾驶侦察飞船,朝蛋星地平线方向飞去。她将惯性驱动开到最大,跟慢慢下沉的弹射飞船并轨。

"要不是我得留下最后四只眼睛盯着仪表盘,"飞行员光束在通信链接中说,"我会把眼睛探出来,对你说一句'见到你真好啊'。想出办法转移乘客了吗?"

"你的人工重力场是平面的,我的黑洞重力场是球形的。"远巡者回答,"唯一的办法就是密切切线。"

远巡者慢慢地降低轨道,让球形侦察飞船悬在绕轨飞行的弹射飞船上方。副驾驶滑翼和两名乘客已经移除了飞船上覆盖乘客区的磁力护板,露出洞口。远巡者让侦察飞船直接停在洞口上方。于是,乘客们有的被拉出来,有的被捅出去,还有的被顶上来,一个接一个地通过洞口,从平面的弹射飞船甲板,足盘朝天地落在侦察飞船的球形甲板上。

"该你上了!"切钢者上将说道。他一直在帮忙,把乘客们一个个扔到头顶上,滑翼在上头接住。这时,他又伸出去够下一具身体,发现够到的是弹射飞船的驾驶员。

"感谢你的帮助,上将。"光束说,"不过,这次轮到你了。"

"可你的眼睛……"切钢者抗议道。

"我是这艘飞船的船长,"光束回答,"我一定要最后一个离开她。"

"当然。"切钢者说,"抱歉。那么,你来拉住安全绳。"切钢者惯于低重力运动,只见他一半足盘皱缩,握住甲板上的固定物,借着握力;另一半足盘一拍甲板,立即打着滚儿,从一艘飞船翻滚到另一艘。光束用仅剩的四只眼睛,惊叹地望着上将的灵巧动作。

上将离开甲板后,只剩下光束一个人,身边再无人声。他抬起眼睛,望着头顶曲面甲板上的上将和滑翼。上将不停地拉扯安全绳,滑翼则对他打着手势,卷起足盘边缘。于是,光束终于松开贴着甲板的足盘,让自己被拉进头顶上塞满了人的甲板。他安全了。

切钢者上将流入侦察飞船挤挤挨挨的控制甲板,悄悄滑到忙碌的侦察飞船飞行员身后。

"你的翘曲宴,我迟到了没?"他问。

"霍曼转移上将已经征收了所有的食物。"远巡者的一只眼睛朝他缓缓挤了挤眼,"不过我还是留下了几袋'西极倍浓'。"她碰了碰足盘下的屏幕,侦察飞船立即射入黑暗太空。

"你的新身体,看起来真不错。"远巡者低语。

"我得说,你也一样。"他低语回应。

"总得有人出发,把坏消息带给还没回来的探索舰队。"她说,"现在,整个蛋星上只剩下我这一艘侦察飞船,看来这任务非我莫属。这趟旅程耗时太久,我原本的船员班子年纪太大,没法带他们去。你会领航吗?"

"还是军校生的时候,我领航比谁都好。"切钢者回答。

"那就等着看你的本事喽。"远巡者回答。

时间:2050年6月21日 星期二,格林尼治时间06:58:07.2

"我觉得,现在事态恶化到了最糟糕的地步。"霍曼转移上将说道。时间刚过转宴,她在主会议室召开集会。悬崖网络仍在吮吸一颗小壳,想把螺旋壳子里的最后一点肉吸出来。一听说他们已被隔绝在太空,指挥官立即下达了口粮定额减半的命令。

"首先,我们来听一听东极空间站太空行动负责人固定恒星船长的报告。"霍曼转移宣布。一位上了年纪的船长移动到发言台上,激活了众人的品尝屏,显示出一幅图像。

"我们的太空力量总计有三座空间站:东极、西极和极地轨道空间站。平常,每处空间站的固定船员配置为二十四人。星震发生时,有几位船员恰好在蛋星表面,因而丧生。蛋星的太空行动总部失去了联系,退休的切钢者上将则跟随远巡者船长再次出任务。所以霍曼转移上将作为目前军衔最高的长官,将成为所有太空行动的代理指挥官。

"除了空间站原本的太空军人手,我们在东极空间站还有十六名来自太空喷泉的平民难民。除此之外,我们还有六艘探索飞船、四艘运货艇和十一艘侦察飞船在深空执行探索任务。所以,目前资源总计:二百八十七人、三座空间站、六艘探索飞船、六艘货船、十二艘侦察飞船、四艘没有弹射圈可弹的弹射飞船、两艘没有重力弹弓可落的弹弓升降飞船,还有三艘没有太空喷泉可摆渡的摆渡艇。"

"别忘了人类。"悬崖网络说,"他们离我们只有四分之一轨道。"

"对我们目前的危机,慢者肯定帮不上忙。"霍曼转移上将警告。

"他们曾经帮过我们,"悬崖网络说,"或许这次也能帮上。比如我们空间站中的技术图书馆,有没有保存如何建造重力弹弓的资料?"

一位远远坐在后排的年轻少尉,对着身边的拾震器尖声回答:"很可能没有,先生。这种技术已经过时了十几代。"

"人类那儿就有。他们的内存水晶里还保存有其他'过时'的技术。如果是我,我会把他们也算进'资源'里面——尽管他们确实很慢。"

"那么,就是二百八十七人,加上六名人类。"固定恒星语调明显有些不快。

"是二百九十三'人',一同为蛋星上发生的事情担忧。"悬崖网络坚称,"我也是其中一员。蛋星上到底发生了什么?"

"接下来,我们请蛋星凝视探测者中尉进行报告。他负责蛋星资源监控。"霍曼转移上将说。

"根据我们的星壳震专家、星壳学博士剪切波[1]博士的分析,蛋星上刚刚发生的并非星壳震,而是一种破坏性强得多的现象,人类称之为'星震'。哪怕以人类的时间尺度衡量,星震也十分鲜见。所以,我们根本没料到蛋星会发生星震。星震发生时,哪怕你在星壳运动当中幸存,接下去还有电磁高热;如果还有人能从电磁高热中活下来,等待他们的还有致命的伽马射线。"

剪切波动了动足盘,众人的屏幕上出现了一幅地图。

"我们已经对蛋星表面进行了初步调查,发现所有的大型建筑物都倒塌了,包括弹射圈、重力弹弓和太空喷泉。"

"要修复弹射圈或太空喷泉,需要半打大数转。"悬崖网络说,"政府估计需要多久,才能让重力弹弓重新运行?"

"我们一直在联络飞行器的驾驶员。"香农容量[2]中尉回答,"除了这架飞行器,我们在蛋星表面没有发现生命活动的痕迹。"

琪琪让飞行器下降,停在西极山脉度假区外一块柔软的降落场上。刚来度假区的时候,她曾经做过预约,把飞行器停放在当地维修站,换乘度假区机器人驾驶的滑翔车。可到了维修站,却不见维修工出来迎接。飞行器本该由维修工系在固定螺栓上,以防星壳震动时滑走。既然没人帮忙,她只好自己干了这活,进维修站找人。她在车间里发现了维修工——尖锐的重型器械扎穿了他的身体。惊恐之下,她迅速退开,打算用视频链接

---

[1] 地震时,地球内部粒子的震动方向与震波能量传递方向垂直的横波。

[2] 通信信道(channel)的香农极限(Shannon limit)或香农容量(Shannon capacity),指特定噪声水平下,信道的理论最大信息传输速率。

叫来屠夫。链接毫无反应。

维修站的滑翔车在宅院一角摞成了高高的一堆，无法使用。她只好步行前往找人。每条大街都空空荡荡，星壳上一片寂静，唯有蛋星深处传来低沉的隆隆声。她经过一处处墙壁开裂的宅院，从一条条裂口朝里张望，看到的只有死亡：摊平的奇拉身体，通过半开的大门流了出来。许多尸体的眼睛被烤熟，覆膜上起了水泡。宠物悄悄的死状跟主人差不多，毛发都烧没了。

大些的植物，要么被连根拔起，要么被齐根斩断；低矮植物和覆地植物则萎靡不振，毫无生气。在这片不对外开放的度假区，维和警察的活儿很少；所以琪琪花了很长时间才找到警察办公室。警察都死了。办公室里的设备全都失灵。最后，她只得离开，回到自己的飞行器里，打开通信设备。刚刚打开，一个声音就高叫着响彻甲板："……蛋星上的人，无论是谁，请回复一、十二、三十六和一百四十四频道。西极空间站全频道广播，呼叫蛋星上的人，无论是谁，请回复……"因为轨道空间站里的时间流逝速度比蛋星表面要快，所以这个声音听起来尖锐急促。

琪琪把通信设备拨到飞行器频道三十六，回复道："这里是琪琪，七号飞行器。我在西极回春中心附近的西极山脉度假区降落。西极山脉度假区似乎没有人存活，视频链接也都断了。希望你们能帮我打电话给光神天堂，让他们派一名维修工来检修我的飞行器，谢谢。下一转我就得赶回去，开始节目彩排。"

她等了长长的两格莱斯转，信号才跑完了蛋星跟西极空间站之间四百公里左右的距离，再度折返。

"七号飞行器，"声音说道，"这里是香农容量中尉。你的声音不够清晰。你说你名叫琪琪？那个明星琪琪？很抱歉，但我没法帮你叫人。据我们所知，整个蛋星上，你是唯一一个拥有正常工作的真空信号发射器的人。”

琪琪越听越担忧。“你在蛋星上有没有看见任何生命迹象？只要不太远，我就能飞过去找他们。”她担忧了整整两格莱斯转，回复这才到来。

“等等。我去跟太空行动司令核实一下。”几个赛斯转后，一个沙哑恼火的声音在甲板上厉声响起。

“你！这里是霍曼转移上将，太空行动指挥官。我们正面临极端紧急情况。现在，我以联合部落政府的名义，征收你的私人飞行器。我们需要用这架飞行器，跟蛋星幸存的政府部门联系，启动重建计划。让我跟你的飞行员说话。”

“我就是飞行员。”说罢，她等待对方回答。

“光神诅咒我们所有人！”霍曼转移大吼，“蛋星遭受了有史以来最大的灾难，可我能联系上的，只有这个笨脑子大眼皮的戏子！”突然，上将的声音变得惊慌失措。

“我们一定得在蛋星上再找个人。”她说，“要是我们找不到人重修弹射圈或重力弹弓，我们就得在这个空间站待到死！我们一定得在蛋星上再找个人，我们一定得在蛋星上再找个人！”

琪琪关掉了通信设备。“嗯，‘快冷静’大人，”她大声地自言自语道，“看起来，你现在是想什么就说什么啦。不过，现在确实是紧要关头，就像上将说的，‘我们一定得再找个人。’”

她首先想到飞行器，又转念决定还是不用的好。除非能找到给蓄能块充能的法子，她最好还是留着能量给通信设备用。附近有好几个镇子，她能靠足盘移动过去，其中还包括了她的家乡，她的部落所在。她希望能在部落中找到幸存者。她下意识地握紧了继承囊中的部落图腾，想起了部落中的亲密朋友——长者、雏仔，还有蛋！想到部落的蛋和雏仔躺在那儿，无人照料，她的足盘立即动了起来。

　　几个赛斯转后，她的飞行器已经在白岩城上空盘旋。白岩城是白岩部落的家乡。她很清楚部落的蛋圈在哪儿——两个大数转之前，她才刚刚在蛋圈里下了一个蛋。

　　蛋圈的景象让她的脑结扭紧了。无辜的、毫无防护能力的小雏仔尸体，躺满了蛋圈。雏仔们都被震波甩到了墙上，身体炸开，仿佛熟透了的单莓，最后落在星壳上。死去的老者，濒死时还用身体护住了几个雏仔；这些被护住的雏仔，全身覆满了致命的水泡，水泡里的汁液被烤干，几乎成了固体。抱着万分之一的希望，她来到蛋圈，费力翻开死去的老者，翻出他身下孵着的蛋。星震才过了两转，就算没人照料，蛋应该也不会死。她细细地观察着那几个蛋，接着笨拙地形成孵化膜，把蛋塞进身下。蛋上没有损伤，也没有水泡，蛋里面却没有了生命。她捏紧了继承囊中的部落图腾，继续搜索白岩城的其余部分。

隔　绝

饥饿的抽痛，从斑顶面的一个囊袋移到另一个囊袋。抽痛实在太厉害，竟让她怀念起了过去在垃圾堆生活的日子。那时候，从市中心餐馆来的垃圾滑橇每天都会准时到来。现在早过了转宴时分，她一定得找点东西吃。问题是，四周的星壳太安静了。要是她推开通道尽头的石头，条子肯定会听到响动。于是，她移动到通道入口，从岩石和墙壁之间的裂口，探出眼睛朝外张望。

"光神诅咒！"她轻声地骂了一句，赶紧抽回眼睛——一个条子就在外头。不过，条子的模样看着有点不对。她重新探出眼睛，一边盯着条子的反应，一边轻轻地挪动岩石。星壳辐射出刺耳的响声，可条子仍然一动不动。斑顶面的胆子大了些，推开岩石，流到仍然闪着光的大气中。

她让眼睛半藏在眼膜底下，来到条子身边。条子巨大的身体已经流成了宽大的椭圆形。几只死气沉沉的黄红色眼睛垂挂在肉感的眼膜之外，条子大徽章已经从抓握括约肌上掉了下来。

"你这跟悄悄交配的吸蛋胚，身子可真够弱的，连小小的星壳震都扛不过去?"斑顶面捡起条子徽章,塞在自己毫无装饰的覆膜上。徽章很重,但戴上感觉很好。

"这东西我戴着比你好看。你这跟爸爸谈情说爱的吸眼球贱人。"斑顶面一边骂,一边流到条子的尸体旁,取走她尸体上剩余的徽章。在条子的囊袋里,斑顶面还发现了一条电子鞭。斑顶面的覆膜尝过鞭子的滋味——那是她第一次被抓,竟蠢到想逃跑,于是挨了鞭子。从那以后,一旦条子们抓到她干坏事,她就乖乖任他们带走。她从死去的条子身上流下来,打开了电子鞭。高伏电流在星壳中闪动。她挥动鞭子,打在条子的足盘上。第一下,在足盘边缘造成了某些条件反射;之后,等电流在尸体全身闪光后,条件反射也停止了。

"让那些条子试试,看谁还敢来抓我!"斑顶面挥舞鞭子,夸口道,"谁敢来,我就烤焦了他们的足盘,拿他们当两次转宴之间的点心吃!"她把鞭子装进自己的囊袋,在星壳上慢慢前进。四周太安静,让她有些不安。自从她在城市另一头的垃圾堆上孵化以来,足盘就不断感受到星壳中传来的响动:有其他足盘的沙沙声,还有机器的嗡嗡声,一刻不停。可现在,所有响动全都停止了,就连弹射圈尖锐的啸叫也不存在了。最后,她终于想到抬起眼睛,望向从前高挂空中的弹射圈。弹射圈没有了。

"这场震动还真不小!"她轻声自语,慢慢前进,足盘保持警惕,随时留心周围的响动。

下一次转宴到来时,她已经不饿了。她的囊袋中装满了从各家商店拿来的、味道古怪的食物(商店店主都已经死去);覆膜上缀满了各种徽章(包括从太空军官那儿偷来的两星上将徽章),闪闪发亮;身上的斑点已经被荧光色的体彩斑纹覆盖(虽说涂的手法不太专业),每只眼柄都戴上了至少一只昂贵的闪亮珠宝眼环,是从一家珠宝店偷来的。突然,她的足盘感受到远处传来的声响。

"条子来了!"她迅速拐进两间商店之间的窄巷。一进巷子,她就摘掉沉重的徽章,除掉眼环,塞进囊袋,足盘同时聆听着外头的响动。听起来只有一个声音,像是一只悄悄。斑顶面感觉有些寂寞,于是从窄巷移出来,去寻找声响的来源。她刚一动,那声音就改变了方向,直冲着她,快速移动而来。很快,在路的尽头出现了一只悄悄,足盘朝她全速波动。

"你好呀,毛茸茸粉红。"悄悄来到面前时,斑顶面招呼道。因为奋力前进,这只悄悄毛茸茸的顶面已经白里泛红。斑顶面喜欢动物,她形成一根卷须,伸出去抚摸那毛茸茸的覆膜。悄悄在星壳上放下一个卷轴,躲开她的爱抚,跟她保持距离,等在一旁,眼睛先看看她,又看看卷轴。斑顶面从卷轴旁边移过,还想拍拍它;它却从她身后绕了过去,捡起卷轴,再次放到她的足盘前。

于是,她放弃了爱抚悄悄的念头,用卷须按卜卷轴——在商店里的全息视频当中,她看别人这么做过。卷轴在星壳上摊平,上面有些字迹。她认识其中的几个词,比如"进去"和"出来",但其余的词都看不懂。她努力猜测消息内容,悄悄则在一旁不安地来回走动。突然,她认出了另一个词:"救命"。她犹豫了。如果去救人,被救者很可能会怀疑她身上的昂贵体彩的来历,然后叫来条子。

"抱歉,毛茸茸粉红。"她说着,放松卷须,让卷轴在路上重新卷起,"去找别人吧。我得先保住自己。"

她走开,朝路上一家食品店而去。悄悄捡起卷轴,迅速抄到她身前,再次放下卷轴,放在她的必经之路上,十二只眼睛紧紧地盯着她的一举一动。她想绕开继续走,悄悄却再次用迅速的动作拦住她的去路。她停了下来,足盘在星壳中爆发出一阵大笑,又伸出卷须去拍面前的动物。悄悄躲开卷须,朝自己的来路冲了回去,冲了一会儿便停下,看看她是否跟上;见她没跟来,悄悄又返回她身边,重复刚才的动作,同时还发出焦急的轻声叽叽叫。

"好吧好吧,毛茸茸粉红,我来就是了。"她跟着悄悄,沿着来路前行,足盘随时留意着条子的响动。

悄悄带着斑顶面朝城中心移动。他们来到一所大宅子的入口,悄悄进了墙壁上的一扇大门。斑顶面犹豫了。这是那些戴着大徽章、整天想事情的人工作的地方。有几次,她们一伙人想溜进这儿,瞧瞧有没有什么可偷的。结果条子看得紧,没能成功。见她犹豫,悄悄又折返回来接她,叽叽的叫声越来越焦急。于是,她移进宅子。进门后,远远听到一个微弱的声音在竭力叫唤。肯定有什么不对劲。声音听着像是从星壳里面传来。她用力摩擦足盘,等着下一声叫喊传来。声音是从下面传来的,没错。斑顶面心生惧意,跟着悄悄,循着声音移动。移动一段距离后,悄悄停了下来,发出更响的叽叽叫声。

一个声音应答道:"林婷婷!你回来了!"零高斯发现了斜坡顶端的粉红色毛球,"我一直盼着你能找到人、传出消息呢!"她把足盘的一部分放在侧墙上,提高足盘的振动幅度,"喂——外头的人!救命!我被困在洞里了!救命!救命!"

林婷婷迅速移开,很快返回。这一次,一只年轻奇拉的眼球,从悄悄的背后探出,朝这儿看了看,迅速收回。

"光神的呕吐洞!"斑顶面咒骂着,把方才探出去的眼睛缩回眼膜底下,想忘记看到的可怕画面。她让其余眼睛盯着周围平稳美好的星壳表面，以此让自己冷静下来。她想跟洞里的成年奇拉说话，却发现足盘紧紧地抓握着星壳，没法说话。她放松足盘，眼睛尽可能不去看那块星壳缺失造成的大洞，终于能说话了。

"喂，里面的人，"斑顶面的足盘仍然有些紧张，"你是怎么下到那个洞里去的？"

"坐升降机。"零高斯回答。

"升降机？"

"是一种能上能下的机器。不过，现在没了能源，我想我只能待在这儿，等他们修好才行。你能不能去告诉你的托管老师，或者其他大人，说我在下面，让他们叫人来帮忙？"

"我没什么擦呕吐物的托管老师。"斑顶面用恼火的声音回答，"我自己照顾自己！"

"抱歉。"零高斯听到方才的脏话，有点吃惊，"我看不见你，还以为你是个幼仔。我困在这儿，一起被困的还有几只饿坏了的实验动物。我急需能源修复，好让升降机带我们出去。你能不能去找个维和警官，或者其他人，通知政府？"

"我才不找舔呕吐物的条子，谁叫都不找。"斑顶面回答，"再说，他们全都死了。所有人都死了。你和毛茸茸粉红是我在光神天堂见到的唯一活物。"

两人说着话，斑顶面心中对高度的恐惧慢慢减退，于是移动到方形洞口的一角。这样，她跟零高斯说话时，两人都能看到彼此。

"你就是个幼仔啊。"零高斯看到了外面那皮包骨头脏兮兮的年轻奇拉，心中的保护本能升腾起来，"你怎么了？你身上都是体彩。你的部落，有没有人还活着，能照顾你？"

　　斑顶面犹豫一会儿,答道:"没有。"

　　"那么,我来照顾你,直到找到你部落的成员为止。我名叫零高斯,是学院的教授。不过首先,我们得想法子把我和动物们从这儿弄出去。它们已经饿得要命了,我可不想让它们吃我的研究植物。"

　　她钻进一块倾斜的巨大屋顶护板底下,带着一只空动物笼子出来。在地下实验室一角,有两块落下的屋顶护板交错相叠,形成一条斜坡。零高斯带着笼子,奋力爬上斜坡。斜坡顶上已经叠了一排笼子,她把带来的笼子加入其中,分出一部分足盘抓住笼子,尽力延长身体,让一只眼睛探出塌陷洞穴顶部,接近了斑顶面。靠近一看,零高斯认出她是天堂西区垃圾堆里孵出的雏仔,难怪一口脏话。完成了任务的林婷婷挤了进来,享受两人的爱抚。

　　"我顶多只能让一只眼睛上来。"零高斯说,"过去的两转里,我试了又试,但能上来的身体部分实在太少,没法把我自己拉上来。要想上来,我还需要几个笼子,或者其他垫高的东西。你去那边的宅院,就在升降机房旁边,里面应该还有笼子。"

　　"我不太想干。"斑顶面拍拍悄悄的顶面,把它拉到自己身边抱着,"这活儿听着就很累。"

　　"林婷婷的朋友们实在饿坏啦。"零高斯一边说,一边用足盘下半部分按下几根笼子的栏杆,惹得弗洛普西、莫浦西、棉花球和蒲福喜叽叽大叫起来。

　　"好吧,"斑顶面不情愿地回答,"不能让悄悄们饿着。来呀,毛茸茸粉红,带我去笼子那儿。"

　　下一次转宴之前,零高斯和动物们回到了星壳上。零高斯找出了实验室的动物口粮储备,勉强同意让斑顶面喂给动物们,自己去内眼学院和附近城市各处搜寻。情况比她想的还糟。所有的奇拉都死了。不仅如此，所有的植物和动物也都死了。她甚至去了动物园，去了北半球巨型悠游兽和迅猛兽的笼子，它们也没能幸存。这两类动物中，唯一活下来的，只有她实验室中的杂交迷你宠物。她在园艺商店找到了一些种子；不过，在经历过暴风雨般穿透一切、烤熟一切的辐射后，这些种子是否还能发芽，她心中没底。幸好，食品商店中的包装食品还能吃。她俩和动物们能依靠这些包装食品存活，直到自己种的庄稼收获为止。

零高斯回到内眼学院，发现斑顶面已经用笼子和箱子给动物们布置了一处住所，正跟它们高兴地玩耍。

大徽章教授回来时，斑顶面老练的眼睛一下就发觉，她已经摘掉了洞里那些便宜的塑料徽章，换成了昂贵的金属徽章。斑顶面甩开爬了她一身的悄悄，推回一只刨根究底的迷你迅猛兽，离开了她建造的宠物住所。大徽章成年人的眼波模式带着抽搐，表明她在担心。

"所有的物种都没了。全部灭绝。"零高斯说，"只剩下我实验室里的收藏。可我的收藏实在太少了！"

"我倒觉得我们要什么有什么。"斑顶面说，"商店里全是食物，要是想换换口味，我们就吃你的肉用悄悄。那些有斑纹的，吃起来味道怎么样？"

"不行！"听到这话，零高斯差点吓疯，"我们绝对不能吃它们。它们是蛋星上仅剩的几只，我一定得让它们好好繁殖，保护这支物种存活下去。我这儿的植物也是。它们是蛋星上仅存的植物，我一定得救它们。"

她来到洞的边缘，朝下望着许多毫米深处的几十打植物。它们在底下能存活一阵；但总有一天，得把它们或者它们的种子

从底下拉到星壳上来,让它们在上面生根发芽,留给后世子孙
——如果还能有后世子孙存在的话。

斑顶面也来到洞的边缘,靠在零高斯身边,朝洞里的植物望
去。有个未成年的躯体靠在身边,这种感受彻底摧垮了零高斯
对"护蛋综合征"的最后防线。她展开孵化膜,覆盖在那伤痕累
累、体彩糊成一团的丑陋幼仔斑驳的顶面上。

斑顶面见过成年奇拉很多奇怪的动作。不过,教授此时的
动作,她还是头一回看见。只见教授眼膜凸起处底下,隆起一条
长长的脊,随即变成一张薄膜,滑落下来,盖住了她满是斑点的
顶面。

她心中涌起奇特的感受。这种感受不像跟皱足盘玩眼球游
戏时那般激烈,而是一种放松、温暖和安全感。自从在垃圾堆孵
出后,她最初的记忆便是被野生悄悄捕猎的可怕日子。她能活
到现在,依靠的是随时随地的警戒。现在,她终于可以不再警
戒,放松下来。

有人会照顾她。有人会替她守卫。她把所有的眼睛缩回眼
膜,把身体缩成蛋形的球,在孵化膜底下安心休息。她喜欢教
授,教授喜欢她。她喜欢动物,动物们喜欢她。她想,这大概就
是属于某个部落一分子的感受。她做出决定:如果教授愿意,她
会留下来。

时间:2050年6月21日 星期二,格林尼治时间06:58:08

琪琪最后查看的地方,是回春中心。跟她预料的一样,这儿
的人也全死了,就连"龙草"们也被齐根斩断。原本支撑植物的
大根龙晶,散在星壳上闪闪发亮。出门的时候,她路过一具毫无
动静的机器人身体,忽然感到电子刺痒,便停了下来。

"紧急情况！紧急情况！"一个金属声音低语。她移到机器人身前。机器人没动，但电子低语声变响了。

"紧急情况！紧急情况！"

"紧急情况已经结束了。"琪琪的足盘在星壳中振动道。机器人继续发着警报，仿佛没有听见她的话。于是，她也改用电子低语。

"紧急情况已经结束了。"琪琪轻声道，同时用身体在周围的电子海洋中设立起振动循环。

"紧急情况！星壳震！启动计划Ⅱ！呼叫医生！"机器人说。

"停！"琪琪有一打私人机器人，对操控机器人很有经验，"紧急情况已经结束！重启！报告现状！"

"三格莱斯①还能正常工作，"机器人说，"我必须向医生汇报。出现故障。"

"停！重启！紧急情况已经结束！告诉我如何激活与光神天堂的通信链接。"

"我必须向医生汇报。"机器人坚持，"你不是医生。"说罢，它沉默下来。

琪琪心下奇怪。机器人的眼睛已经没用了，它怎么知道她不是医生呢？她回到主办公室，找到了医学博士沙宾-索尔克的遗体，摘下他的装饰徽章，除掉自己身上的闪亮宝石，戴上医生的徽章。完毕后，她回到机器人那儿，留神别靠太近。她有信心模仿医学博士沙宾-索尔克的足盘口音，但他的电子低语声她从没听过。她只能尽力而为。

"告诉我如何修理光神天堂的通信链接！"她命令道。

---

① 这儿的格莱斯，可以理解成人类的百分比。三格莱斯，就是一百四十四分之三。

"打开箱子。"机器人说。

琪琪莫名其妙。她环顾四周,发现房间角落墙壁里嵌着个金属大箱子。星震时,箱子滑动撞上了墙壁,把墙壁撞凹了。琪琪来到箱子跟前,阅读箱子上严重褪色的标签。原来里面还有个机器人!标签上说,一架新的转化酶机器即将送到回春中心,箱子里是为新机器准备的维修机器人。她除下门闩,滑开沉重的盖子。里头有个跟悄悄一般大的圆顶,顶上有十二只玻璃质地的眼睛。盖子一开,十二只眼睛全都抬了以来。圆顶上带有夹角花的标记。

"能源!"它叫道。箱子底掉落,机器人借着起伏的底部滑了出来。它在受损的机器人身边停了停,跟它交换了信息,接着移动到放置转化酶机器的房间,找到一块半满的蓄能块,给自己充能。琪琪跟在它身后。机器人没有理会她,直接搬起倒地的转化酶机器,放回底座。

"停!"琪琪说,"修好跟光神天堂的通信链接!"

"这不是我的工作职责。"机器人说,"我的职责是维修回春中心,让中心正常运作。"

"重启!"她命令道,"回春中心没有医生,无法运作。所有的医生都死了。你必须找来新医生。新医生只能从光神天堂找。你必须修好跟光神天堂的通信链接,才能叫来新医生。"

机器人停了下来,不再维修受损的转化酶机器,而是移动到办公室,找到一台视频链接控制端,打开。它检测了几次,随即移动到另一台控制端。检测所有的控制端后,它发现控制端全都失灵。于是,它从第一、第二、第三台控制端中取下完好的零部件,把这些零部件都装到第四台控制端中。接着,它离开房间,随后带着一块小能源回来,给控制端供能。之后,它再次运行了检测程序。

"通信链接已经修复。但光神天堂没有应答。"说罢,它转身回了转化酶机器房间,继续修复工作。

琪琪试了试视频链接控制端。这辈子她打过无数次长途电话,屏幕上的每一块斑点,传来的每一声足盘低语,她都一清二楚,明白其中含义,能根据这些判断出链接已经通到了什么地方。电话很可能通到了白岩城交换中心;但从中心出发前往光神天堂的光纤却毫无反应。她想让机器人去白岩城修复交换中心,却被机器人拒绝。它不肯离开自己规定的工作岗位,不肯离开转化酶机器。最后,琪琪只得放弃,自己前往白岩城,去取飞行器。

飞行器一激活,声耦合器便让甲板振动起来,播出一段录音。

"琪琪! 回复三十六频道。琪琪! 回复……"

通信装置本来就设在三十六频道。她激活了信号发送器。

"我是琪琪。"长长的两格莱斯转的等待后,有人迫不及待地回答道。

"琪琪,我是香农容量中尉。你没事吧? 我把你直接切给上将。"

严厉刺耳的声音又在甲板上响起。上将的声音比第一次听起来更加恼火。

"你做出了不可饶恕的行为!"霍曼转移上将道,"从现在开始,我要你每次转宴和转中都联络汇报。明白了吗? 你到底去哪儿了?"

"我一直在想办法联系其他人。"琪琪说,"没成功。你们呢?"接下来,又是长长的等待。

"也没有。"霍曼转移道,"我到底该怎么办？我们没希望了!"又是长长的沉默,"除了这个蠢戏子,怎么就没别人了呢?!"

上将的链接咔嗒断了。琪琪正准备关掉能源,又听到了香农容量的声音。

"还有人想跟你说话。"他说。

"……喂？……是琪琪吗？……"一个声音传来,"我……嗯……我之前见过你……也不算正式见面……你来回春中心参观的时候,我见过你……我名叫悬崖网络……我有一家建筑公司……或者说从前有。"

琪琪对这种反应并不陌生。又一个倾倒在自己的大眼膜之下,激动得话都说不全的男性。

"我记得你。"琪琪用自己最迷人的职业足盘声音说,"当时医生说,你需要多加训练。我倒没觉得。在我看来,你的身材棒极啦。"长长的等待后,悬崖网络的回应来了。此时,他已经恢复了平静。

"我觉得你也很美。"他说,"我打赌,经过回春治疗,你看起来一定更美。"

"……真希望我们有视频。"香农容量插嘴。

"星震后已经过去了二十转,"悬崖网络继续道,"你是唯一一个我们能联系上的人。在空间站,我跟几个认识你的人聊了聊,还去我们小得可怜的图书馆查了资料。你自己做节目的制片人,自己理财,手下有好几打员工,包括一打机器人,还能自己开飞行器。你不笨。"

他犹豫了片刻,才再次发声:"你觉得,你能当个工程师吗？"

"当然,"她回答,"只要有好老师,加上足够的时间就行。怎么了?"

悬崖网络的回复在两格莱斯转后到来："上将说的基本没错。我们被困在这儿了。我们现有的飞船，自身力量不够，没法在蛋星上安全降落而不坠毁。我们没法建造着陆器，因为我们没有工具，也没有原材料。我们需要有东西在蛋星上'接住'我们的飞船。弹射圈已经倒了，不过，或许某个重力弹弓损毁不算严重，还能重新启动。

"我的计划是用上蛋星的机器人。"悬崖网络继续道，"从同步轨道到蛋星表面有两格莱斯转的延迟，所以我们从这儿没法指挥他们。如果你能帮忙控制机器人，我们只要把修复重力弹弓所需的信息发送下来即可。但首先，我们得找到机器人，让他们集合到东极或者西极。你能帮这个忙吗？"

"我已经找到了几个机器人，"琪琪回答，"他们跟其他人一样死透了，只有西极回春中心箱子里找到的一个还能工作。他功能完备，可惜只愿意维修回春机器。我用上了所有能想到的控制机器人的技巧，好不容易让他修好了视频链接机器，别的他再也不肯干了。不幸的是，这是我见过的唯一还能运作的机器人。恐怕我们没法让机器人维修重力弹弓了。"两格莱斯转后，悬崖网络的回复来了。尽管有引力时间推移造成的唧唧噪音，琪琪还是听出了他声音中的沮丧。

"那么，我就得再想别的法子了。"悬崖网络道，"嗯，再见吧。"

"再见，悬崖网络工程师。"琪琪用她最欢快的声调说，"跟你交谈很愉快。真希望能尽早亲眼见到你。"

接下来的两格莱斯转，琪琪一边等待回音，一边想象接下来许多个大数转里，自己独自一人的生活。

当琪琪经过重力红移的声音传到悬崖网络耳中时，原本的女低音愈发低沉，变得既缓慢又沙哑。通常，只有在私密的爱垫房间里，才会听到这样的声音。悬崖网络的回复结巴起来："……呃……嗯，我也很喜欢……很高兴……跟你交谈……呃……琪琪……非常高兴……"链接随即切断。

两转后，琪琪回到了回春中心，戴着全套的医学博士徽章。维修机器人已经修复了后备制能机，让一架转化酶机器运作。之后，它才着手进行其他紧急程度较低的任务：清理尸体，打扫收拾。此时，它正想法子修理第二台转化酶机器。琪琪溜进主办公室，想看看里面的文件，弄明白中心的运作流程，以便更好地扮演医生。办公室记忆库没有通电。于是她返回，向机器人抱怨此事。机器人花了两转时间，终于让主办公室记忆库通了电，开始工作。

这时她才发现，记忆库中的文件全部成了空白。大震中的辐射抹消了所有数据。她来到医学博士沙宾-索尔克的老办公室，从卷轴墙上取下几个卷轴。卷轴上只有中心部分还留有极为微弱的痕迹，其余同样一片空白。她把发现汇报给了西极空间站。

"你怎么还在西极？"霍曼转移恼怒的声音再度传来，"你本该去找机器人，或者其他有用的东西！"当香农容量报告完坏消息，她恼火的声音变得几近恐慌，"电脑文件抹消我有准备，可是，就连卷轴也……"

"品尝牌也失效了。"琪琪说，"中心入口处的星壳上，原本嵌着一块装饰性的品尝牌标志，现在已经没有任何味道了。"

霍曼转移的回复经过延迟传来，没有任何实际意义："文明被摧毁了！我们该怎么办？"

琪琪懒得再回复。她切断通信，继续回去跟机器人斗智。

首先,她让机器人从他的内存中导出信息,重建了回春中心运作所需的大部分文件。阅读完文件后,她想出了点子,设法让机器人为自己的飞行器蓄能块充了电——她把飞行器蓄能块称为"紧急物资",借此命令机器人去了一趟飞行器,取来了蓄能块,放在转化酶机器的备用蓄能块旁边。接着,她派机器人去"修理"主办公室,自己悄悄更换了线路,为飞行器蓄能块充满了电。最后,她又让机器人拖着"紧急物资"回到飞行器。现在,在蛋星上,她想去哪儿,就能去哪儿。问题在于,她一个能去的地方都没有。

时间:2050年6月21日 星期二,格林尼治时间06:58:09

重蛋终于苏醒。他隐约记得眼球中让他尖叫的剧痛。剧痛已经缓解,成了钝痛。他伸展眼柄,确认眼睛没有藏在眼膜底下,却仍然什么都看不见。他用足盘倾听,想弄明白自己在哪儿。周围没有任何响动。唯一声音便是他体内的体液泵发出的砰砰跳动声,还有蛋星深处发出的微弱隆隆声。

一片又一片,记忆碎片渐渐回到了他脑中。他记起自己在东极山脉顶上盲目转悠,被剧痛逼得发疯。接着,他找到了下降通道,爬了进去,掉了下来,在黑暗中下滑。撞到通道断口,又添了新痛。他在星壳里不停地呼喊救命,直到足盘不听使唤,可谁都没来。然后,饥饿的痛苦超过了烧伤的痛苦。再然后,他终于找到了食物。他的操作肢中握着食物,准备塞进进食囊。他饿得要命。可是,不知为何,他没有塞进去。

他感到足盘底下有东西。是奇拉的尸体。他移动足盘,绕了一圈,感受这具尸体——是大块头女性。身体两侧有长长的割痕,是某种粗糙的利器造成的。造成伤口的尖锐的金属片此刻就握在他的一条操作肢里,另一条操作肢握着食物。他形成几条卷须,伸出去触摸食物。光滑,圆润,柔软,皮革似的有弹性……

"是蛋!"他惊叫,足盘剧烈振动,吱吱摩擦着星壳,"我差点儿吃了一个蛋!"

他再度发疯。

他的眼柄残根胡乱波动,把蛋放回母亲体内,跌跌撞撞地离开废弃的街道。有家商店开着门——是一间浆吧。他推开酒保的尸体,找到了浆袋储藏处。他读不出浆袋上的文字,不知道是哪一种;吸干了几袋之后,他也不在乎了。眼睛的钝痛消失了,他心情愉悦。他在储物囊中塞满了浆袋,塞到自己带不动为止。接着,他歪歪扭扭地回到了街上。

"喂!"他大喊。没人回答。

"一定得继续走。一定得找到人。"

他吃力地拖着载重过度的身体,沿着街道慢慢地移动,找到了另一扇开着的门。这是一家修理店。或许能找到好用的刀。他在店里翻出了很多工具,却没刀。在修理工工作垫旁的架子上,他捡起了一件工具——是把焊接炬。这种工具利用多种液体混合,造出高热的火焰。这把焊接炬设成了自动模式,一拿起来,立即形成长长的火焰,几乎舔舐到重蛋的覆膜。重蛋再度感受到灼热,失去了理智,惊恐尖叫起来,从囊袋呕吐出一袋袋蒸馏浆液。手中的火炬掉落下来,火焰舔舐到浆液袋,立即腾起明亮的紫白色火球。

在高亮度的强光之下,重蛋烧焦的眼柄残根有了微弱的反应。"我看见了!"重蛋大叫。狂喜之下,他疯狂地把一袋又一袋浆袋丢进火焰。店中的设备很快着了火,把他逼退到大街上。

接着,在高温下,焊接炬用来混合的多种液体造成了大规模爆炸。

再度用通信器联络空间站时,琪琪听到了好消息。

"东极空间站的凝视探测者发现,东极山脉脚下的迅猛攀登市内发生了爆炸。"香农容量中尉道,"或许是有人发出的信号,也可能是星震的延迟反应。目前,这是蛋星上唯一的生命迹象。"

"那么,这也是我们唯一的希望。"琪琪回答,"我这就去迅猛攀登。我坐飞行器去,但不用飞行模式,飞行太费电。我让飞行器贴近地面,这样斥重力引擎就能有足够的物质可以推动飞行器前进。用这种模式,我可以绕蛋星航行几周,蓄能块也不会耗尽。"顿了顿,她又说,"真浪费。我有这么好的玩具,却没法驾着它飞上天空,只能把它当成无聊的星壳滑翔车来用。"

琪琪留下机器人照看回春机器,让飞行器升到离地面不远的高度,换到最低能耗飞行模式,朝东极飞去。飞行器越过黄白发亮的星壳。一米又一米的不毛星壳在她眼前闪过。

到了迅猛攀登郊外,她避开落满星壳的弹射圈残骸,找了一块平地,降下飞行器。这儿没有可以系紧飞行器的装置,她只能让飞行器远离所有的固体,以免再来一场星壳震,毁了机器。离开飞行器前,她给头顶的东极空间站打了个电话,然后等候回音。

"爆炸发生在东区。"凝视探测者说,"那儿是城中旧区,就在超导通道底部出口附近。过去,在太空喷泉干活的网络建筑公司的工人,会利用这条通道下来。你找一条东西向的路,朝山脉那儿移动就行。"

这时,另一个声音插进了链接。是霍曼转移。

"你必须保住我们的飞行器,不惜一切代价!"上将警告道,"这场火说不定是趁乱打劫者放的,你得带上武器,每过一个杜斯转就报告一次。"

"我没有武器。而且从这儿去东边,单趟就要两个杜斯转。"琪琪回答,"再说,如果真有一帮打劫的,他们不可能只放一场火。等我回来,我再报告情况。"

琪琪在废弃的城镇中前行,心中感到一丝不安。她加快移动速度,常常停下来倾听。最后,她终于听到了一个声音。声音是男性足盘唱出的高音,醉醺醺的,还跑调。她沿着街道移动,追踪声音的来源。忽然,她认出了歌中的音调。是她的歌,《让你我眼柄交缠》。

她来到一个十字路口,沿着街道望去。她看见一个污秽肮脏、醉醺醺的大块头男性,盲目地从一边人行道游荡到另一边的人行道。他的眼球不见了,眼柄顶端只剩下渗液的伤口,片片皮肤挂在灼伤的覆膜上。见此惨状,琪琪愣在了十字路口。男性晃晃悠悠,越来越近。她的第一反应是极度厌恶。随即,她意识到为了生存,他经历了何等的痛苦和磨难;与此同时,她自己却坐着奢侈的飞行器,舒适地飞越天空。想到这里,她的感情转成了怜悯。这时,男性已经唱到了歌曲的第三段。琪琪轻柔地哼唱起来,让自己的女低音合了上去:"……做我的朋友,做我的爱人,做我的足盘,做我的遮盖。让你我眼柄交缠。"

她的声音渐响,他的声音却低了下去,最后住了口。

"我一定是真的发疯了。"他大声地对自己说,把剩下的半袋便宜浆汁扔在街上。

"没有,你没疯。"琪琪朝他移去。

"难道,这就是死亡?"他的足盘发出声响,但方向仍然没有对着她,"我这辈子,一直渴望着琪琪。此刻,我却想象她就在此地。"

"我确实在这里。"琪琪用不容置疑的声音回答,"我就是你一直渴望的那个琪琪。我是来照顾你的。"她移到重蛋身边,伸出三只眼柄,温柔地缠住他受伤的眼柄残根,带着他朝几个街区前看到的医院而去。两人并排前行,她一路为他歌唱。

到了医院,她清洁了他的覆膜,给他的灼伤处敷上药膏,裹好眼柄残根,用富有营养的真正食物填饱了他的进食囊。之后,她跟他做了爱。

她把注意力集中在他男性的身体上,忽略缺失的眼球。他的足盘带着颤抖的喜悦,摩挲她的顶面,十二只眼柄跟她的缠得越来越紧,直到两人的眼膜贴在一起。他眼柄底部的小孔张开,几滴体液流了出来,落进她等待的眼膜中。两人体内长久的饥渴,此时都得到了满足。在重蛋软绵绵的身体下,琪琪放松下来。重蛋的体液在她身体内流动,一直流到她热切期待的蛋袋里。

时间:2050年6月21日 星期二,格林尼治时间06:58:11

视频变黑,皮埃尔浸在水里的手和脚也被无法想象的强大力量扯了出来,摔在防护罐壁上。整整三秒,警报响彻"屠龙号",电脑奋力修复损伤,以图回复正常运作。最后,罐壁上的多画面屏幕终于亮了起来。

"报告现状。"皮埃尔命令。

"龙蛋发生了星震。"电脑回答,"系统因伽马射线和重力波的冲击受损,目前尚有百分之八十二的正常运行能力。"

"我们受到了大剂量的辐射。"塞萨尔在屏幕一角说道,"在防护罐中的人受到的辐射剂量是一百二十雷姆①,半数致死剂量是五百雷姆。"

"阿玛丽塔!"阿卜杜叫道,"阿玛丽塔！回答我！"

没有回答。

"不对劲。"说着,阿卜杜立即开始排水。

"我是医生,"塞萨尔说,"我去检查。"

"蛋星表面受到了严重损害。"圣子说,"一切活动都停止了。我已经激活了扫描仪。"

"跟蛋星的所有通信链接都断了。"珍说,"不过,我们还能跟东极空间站联络。"多画面屏幕上,她的面孔消失了,取而代之的是不停闪过的奇拉,每十分之一秒闪现一次。

"你们脚下的光神天堂,有没有看见生命迹象?"凝视探测者问道。

"没有。"圣子说,"不过在东极看到了热焰。"圣子回答。

"我们知道。"

圣子面前的多画面屏幕上,出现了一个闪动的圆圈,是电脑在光神天堂的扫描结果上添加的。

"新出现了一块蔬菜……"

"哪儿?"凝视探测者打断她的话。

"内眼学……"

圣子住了口。奇拉已经消失。

"医生!"皮埃尔叫道,"你找到阿玛丽塔了吗?"

"找到了。"塞萨尔应道,"她死了。"

"这儿的事情得先处理完,然后才能跟着奥的斯回家。"皮埃

① 全称为人体伦琴当量(roentgen equivalent man),是辐射剂量当量的单位,相当于一伦琴的X光射线或伽马射线。

尔命令电脑取消改变变轨星体轨道的计划。之后,要等上几乎一整天,这颗小行星才会再度回到需要它的地方。

时间:2050年6月21日 星期二,格林尼治时间06:58:20

琪琪在飞行器中,向空间站汇报。她带着重蛋一路慢慢行来。原本她可以自己快些赶回,再驾着飞行器去接人。不过,两人谁都不愿意离开对方。

飞行器发出的通信终于转到了霍曼转移这儿。"你上哪儿去了!"上将暴怒道,"我快担心死了,只怕你做出什么蠢事,害我们失去蛋星上唯一能用的交通工具。你怎么去了这么久?"

"我找到了一个幸存者,上将。他需要医治。他名叫重蛋,是太空喷泉项目的班头总监。他想跟悬崖网络谈谈。"

"我想告诉他,我们失去了太空喷泉,我很难过。"重蛋说。

等了许久,悬崖网络的声音终于响了起来:"听到又有一名员工幸存,我太高兴了。从这儿一下去,我们就会着手修复太空喷泉。蛋星上能找到个有经验的建筑工人,真让人宽心。我们要干的活儿很多。首先,我们需要你看一看东极的重力弹弓,告诉我它们的状况如何。之后,我们就可以开始修复工作。"

琪琪让重蛋自己决定如何回答。

"我真希望我能看,老板。"重蛋回答,"可是,我连一只眼睛都没有。"

"重蛋是迅猛攀登唯一的幸存者。"琪琪解释,"目前,蛋星上只有我们两个人。"

"或许还有其他人。"凝视探测者接口,"人类报告说,在光神天堂内眼学院发现了一块蔬菜地。极地轨道空间站也确认了这份报告。我们决定,这次,你去那儿看看。"

"这次可别断了联系!"霍曼转移上将插嘴,"我不停地担心,连进食囊的慢性炎症都加重了。现在,你一定得让那位工程师驾驶飞行器,知道了吗,琪琪?"

"我瞎了,上将。"重蛋提醒道。

琪琪切断通信链接,提升飞行器的能量水平。接着,她沿着向西直通光神天堂的大道滑翔而去。这条宽阔的公路多处弯曲断裂,处处散落着滑翔车的残骸。琪琪熟悉光神天堂,驾着飞行器降落在内眼学院附近。两人眼柄挽着眼柄,并排滑出飞行器,进入内眼学院。一进门,就看见满眼的植物。

凡是能想到的植物,这儿都有,但每种数量不多,只有几株。琪琪采下几颗熟透的水果,两人一同享用。吃了许多转包装食品后,那滋味格外新鲜。这些植物显然是最近刚刚移植过来,原本种植的花盆就堆在附近。两人用足盘倾听,只听见远处围栏里肉用悄悄的响动。他们继续前进,路过一间矮墙办公室,重蛋忽然停住。他敏感的足盘发现了声响。

"附近有人在嘟哝。"

两人找到路,进了办公室,发现有人正在书写垫上忙碌。是一位年长女性,戴着一圈科学家的徽章。琪琪记不起徽章符号的含义。

"你好?"琪琪试探着打招呼。

"请等我写完这一行。"没多久,科学家完成书写,眼睛转动,把目光转向他们俩。

"我是零高斯,学院的磁力学博士。终于有人来主持修复工作,我很高兴。我们这儿的情况很糟糕。你知道吗?图书馆里所有的卷轴和分子储存都成了空白。我一直在尽力挽救,想办法重建我的研究笔记。可这样一来,就没时间照料植物和动物了。我实在太累了。我只想去照料蛋和雏仔,直到死亡。"

"你不能这么做!"琪琪说。

"为什么?"

"至少,现在还不能。我们三个是蛋星上仅剩的幸存者。"琪琪解释道,"为了我们的种族延续,我们一定得下蛋,下许许多多蛋。"

"我太老,也太累,下不动蛋。"零高斯说,"还有,幸存者不止我们三个。还有一个。"

零高斯的足盘朝某个方向发出召唤:"斑顶面,亲爱的,请到这儿来。我们有客人了。"

时间:2050年6月21日 星期二,格林尼治时间07:02:06

生活终于有了规律。琪琪只需要每过一打转数,用飞行器通信设备汇报情况即可。这一次,霍曼转移正好在开会,于是香农容量把电话交给了悬崖网络。

"上一转,又有个雏仔出生了。"琪琪说,"这样一共就有十一个。重蛋很快就能开设培训班,训练你需要的初级工程师。零高斯终于死了心,放弃了重建研究笔记的计划,专心照料蛋。她仍然坚持认为孵自己生的蛋这事见不得人,但作为基因专家,她明白基因池尽可能多样的重要性。所以,用她的话说,她履行了'自己的职责',仍然下蛋,同时孵蛋。"

琪琪咯咯地笑了一会儿,才继续往下说。在正式的礼貌交谈中用上不雅词汇,让她有些尴尬。"她记录了每个雏仔的'母亲',这样,我们就能尽可能避免近亲繁殖。"琪琪又笑了笑,"斑顶面的孩子很好认。她的斑点原模原样地被孩子继承下来了。

"斑顶面是跟动物打交道的天才。她只要看一眼动物,就能明白它们的感受。动物经过繁殖,数量增加得很快。四天前,零高斯终于肯让我们吃一顿新鲜肉了。我自己对照料植物越来越在行,内眼学院的土地上已经长满了水果和坚果植物。我还在城外开垦新的土地。"

"我这儿也有好消息。"长久等待后,悬崖网络的回答传来,"我们从西极空间站用窄带X光发送命令,终于跟回春中心的机器人建立了联系。机器人只修好了一台转化酶机器;不过,五个大数转之内,就能生产出足够的转化酶,让一个男性或者小个子女性,接受回春治疗。"

"太好了!"琪琪叫道,"这样我就能带着重蛋去西极,让他重获光明。然后,就有人能告诉你,重力弹弓究竟存在什么故障。我呢,我也有人帮着分担照料植物的担子啦。"

时间:2050年6月21日 星期二,格林尼治时间07:03:32

这一次,琪琪提早激活了通信设备。她的声音很沉重:"重蛋刚刚流逝。我想,他的身体承受的压力太大了。"

"最后一个工程师没了! 我们没希望了!"霍曼转移哀号道,"我们还是放弃算了!"

"我不会放弃。"琪琪说,"让我跟悬崖网络说话。我想知道重蛋的工程师入门课程班下一步的任务。"

趁着等待悬崖网络回复的时间,她心中已经开始盘算,一一清点托管学校里年纪最大的一批幼仔,回忆他们各自的母亲都是谁。想让蛋星少得可怜的人口增长,在女性幼仔长到可以下蛋的年纪之前,她和斑顶面不得不给大些的男性幼仔亲自上一堂课——阅读、计算、耕种和工程之外的课。

牺　牲

琪琪教完了工程学班级的课，留下学生们自学。她来到田野上，找到耕种班级，教他们如何分辨一枚坚果荚子是否成熟。通过足盘，她听到雏仔圈那儿传来大声吵嚷。零高斯已经年迈，又要照顾蛋，又要控制住一大群雏仔，实在力不从心。琪琪离开耕种班，冲向雏仔圈。

"眼神糟，眼神糟，斑点覆膜眼神糟！"一帮身上没斑点的雏仔用足盘敲出奚落的高音，堵着食槽，不让三个斑点雏仔吃东西。

"让你看看谁才糟！"说罢，一个斑点雏仔冲向欺凌者，滑到一个男性雏仔顶面上，用一块尖锐的星壳岩一下下地狠戳。零高斯忙着照顾一个刚从蛋里孵出的小雏仔，只能从蛋圈朝他们大吼。

琪琪劳累过度，满腹郁闷，加上怒火升腾，伸出一条操作肢，对着打成一团的雏仔们一扫，把他们全都扫落下来，滑过星壳。

"够了！"琪琪厉声道，大眼膜上的深红色眼睛闪烁着怒火，"你们不准打架，乖乖吃饭。"雏仔们挨了刚才那一下，有几个还

161

抽抽搭搭,但都听话地聚到食槽周围,开始吃转中餐。零高斯终于从蛋圈赶来,把新孵出的雏仔推到食槽前。

"我真拿他们一点办法都没有。"零高斯疲倦地说,"每过一转,他们就打得更厉害一点。我一直跟他们说,要团结合作,可他们就是不听。"

"等到幼仔长大些,能帮忙了,或许就会好一点。"说罢,琪琪去工程班看了看情况,接着回到田野上。耕种班的幼仔正在吵架。

"别摘那个,笨蛋。"一个斑点幼仔对另一个没斑点的说。

"干吗不行? 我看着很熟了嘛。"

"这个里面有地蛣蝓的蛋。"

"你怎么知道?"

"这还不容易。"斑点说,"看看这个的颜色,再看看旁边那个好果子的颜色,不就知道了?"

"我看颜色都一样。"没斑点的回答。

"那是因为你只有'普通'眼睛。"斑点骄傲地伸出四只粉红色的眼睛,"我们斑点覆膜有'特殊'眼睛,能看到你们这些没斑点的看不到的东西。所以我们才与众不同。"

"叫你与众不同!"没斑点的举起用来摘下高株植物果子的钩矛。

"够了!"琪琪在远处吼道,"你们这些幼仔,怎么跟一帮子雏仔一样!"

时间:2050年6月21日 星期二,格林尼治时间07:12:02

霍曼转移忙着处理卷轴文件,几只眼睛忽然发现天空中有颗星星急速接近。她放松卷轴,任由它们卷起,移向控制甲板。

星星越来越大。等霍曼转移到达控制甲板,已经能辨认出星星前部的黄白色斑点。这是最后一艘大型探索飞船"阿卜杜·恩克米·法鲁克号"。现在,仍然留在星际空间的,只剩几艘侦察飞船。

"东极空间站呼叫'阿卜杜号'!"霍曼转移说。空间站与飞船之间仍有三十公里距离,通信信号来回,会造成将近两麦斯转的延迟。等待期间,"阿卜杜号"关掉了飞船上的旋量曲速引擎。于是,在空间站看来,面前的这颗亮星忽然后退,退回了太空当中;而实际上,飞船仍然待在蛋星周围的轨道上,位置并未变动。

"星际探索飞船'阿卜杜号'搜寻眼船长,按照命令向基地汇报。我们从武仙座 X-1 出发前,已经把两艘侦察飞船的最后坐标位置给了远巡者船长和切钢者上将,他们仍在继续搜寻。蛋星情况如何?我们全都十分担心。"

"糟透了。"霍曼转移道,"我们沦落到只能依靠一名戏子的程度。已经过去了两打大数转,她什么事都没做成。等你一到,我就召开全体大会。"

东极空间站的碗形主会议室挤挤挨挨。空间站另一间大些的集会厅也挤满了忧心忡忡的太空人,注视着主会议室的视频链接。

"摧毁蛋星文明的灾难性星震,已经过去了两打大数转。"霍曼转移说道,"我已经尽我所能。但是,由于蛋星表面支持不足,状况仍然没有丝毫起色。蛋星表面唯一的工程师流逝了,我们没来得及救他。我们目前只能依靠一名艺人当老师,培训新工程师。"

"考虑到现实情况,她做得很不错。"悬崖网络接着说道,"问题是,没有了机器人,也没有了其他节省劳动力的机器,蛋星表面的每个人都得付出大量时间,才能养活自己。我们已经尽可能给了他们建议。只恨空间站和蛋星之间有两格莱斯转的时间延迟,拖后了进度。"

"还需要多久,他们才能让重力弹弓正常工作?"有人问。

"这全看琪琪能不能掌握蛋星的局势,让班级顺利继续学习下去。"悬崖网络说,"要是她能做到,也选出了重力工程班中最有能力的几个学生,不给他们派活,让他们继续上课,我们很快就能有几个合格的工程师了。接下来,我们可以派他们去东极和西极检查重力弹弓,把损毁情况汇报给我们。如果损毁不算严重,那么,再过一打或者两打大数转,我们就能培训出更有能力的工程师,修复弹弓,同时修复给弹弓供能的能源厂,让弹弓运转起来。"

"这可是好几代人的时间!"霍曼转移大叫起来,"你从前可没跟我说过!我们等不了这么久!"

"我跟你说过,可你不肯听。"悬崖网络道,"我们别无选择,只能等待。需要等几代人,就等几代人。"

"可是我们一直在变老啊!没有回春治疗,没等他们完工,我们就全死了!"霍曼转移说,"你一定得想办法造些回春机器。"

"你忘了,我们是在太空,手边只有太空站和太空船里现有的材料。我已经让手下的工程师研究过这个问题了。我们可以利用飞船不重要的部分,重制金属,制造回春转化酶的机器,这不难。但是,真要制造转化酶,还需要一种稀有的金属同位素。我们搜遍了整个舰队,找到的同位素只够两台机器使用,每台机器需要三打大数转时间,才能造出够一个人用的转化酶。综上,只有两个人,能通过回春的办法,一直活下去。"

"这么说,其余人都得死!"霍曼转移叫道,"要是太空里只剩下两个人,修好重力弹弓还有什么意义?"

"我们不能让太空分部锐减到只剩两个人。"悬崖网络道,"地面奇拉已经失去所有的卷轴,也就失落了所有的技术。我们必须保持太空分部现有的全部力量。既然不能用回春机器让老奇拉变年轻,我们就得用老办法,造出新的幼仔来。我听说,习惯以后,这办法还挺不错的。"

观众当中响起了几阵笑声。不过,笑声很快被霍曼转移的足盘声压了下去。

"我不懂你想说什么。"她说。

"我建议,挑选出某些人员,让医生们停掉他们的避孕药。你还不明白吗?"他的眼柄指着碗形会议室扫了一圈,"我们可以把蛋圈设在这儿,设在碗底,雏仔圈设在碗壁上,托管学校设在碗口边沿。"

最后,会议做出决定:继续建造两台回春机器。因为,既然目前空间站和太空船已经变成了太空殖民地,维持殖民地的延续性就非常重要了。经过激烈辩论,霍曼转移和悬崖网络被选为回春机器使用者。其余奇拉每人分配到一个蛋的定额——空间站顶多只能承受人口增加一倍。所以,在选定自己的"生蛋伴侣"前,大多数奇拉会花费许多大数转时间,郑重地斟酌考虑。

时间:2050年6月21日 星期二,格林尼治时间07:15:16

快笔头,抄写员之一,把琪琪叫到了通信设备旁。

琪琪来到飞行器边。"我还在抄录备用制能机的维修手册章节。"快笔头对她说,"几麦斯转前,他们插进来一条消息,要我叫你来。"

隔着四百零六公里的距离,快笔头一边听,一边用整洁的字迹在卷轴上记录下维修手册这一章节的最后几个字。琪琪在一旁等候。接着，快笔头激活了视频链接。几张图表出现在屏幕上。他继续抄写，速度很快，因为视频链接极端耗电。一抄完，他马上把链接从视频转为音频。等了一会儿，悬崖网络的声音传来。

"我们的新太空议会做出决定。"悬崖网络说，"时候已到，你得去西极接受回春治疗。我知道，你很可能在想：零高斯才是应该接受治疗的人，因为她年纪更大。问题是，回春治疗的机器人只修复了一台转化酶机器，如果这次让零高斯去了，你就得等上三十六个大数转才能回春。到那时，你的年纪已经将近九十大数转，没等回春，或许就流逝了。我们认为，不能失去你。你是唯一一个同时拥有冲劲、决心、乐观和魅力的人。唯有你，才能让蛋星表面的幼仔专注于我们共同的目标；唯有你，才能让蛋星各个部落团结一心。议会对此进行了表决。表决结果是二百八十八票赞成，一票反对。这一票是谁投的，不用说你也知道。你要安排好事项，尽早出发去西极，接受回春治疗。等你回来，你要把回春机器人和转化酶机器一起带来。机器人很有用，可以修复光神天堂的制能机，说不定还能修复其他设备。"

琪琪确认消息收到，把通信链接交还给快笔头。听写再度开始，快笔头继续抄写。

回春治疗需要琪琪离开半个大数转的时间。所以，几转以后，琪琪才做好安排。一名叫库仑力的工程师学生从飞行器上拆下了通信设备和一块蓄能块，好让学生们的课程不至于中断。

听说自己没被选中回春，零高斯松了口气。她只想跟雏仔小家伙们在一起。现在已经有了新的成年奇拉照料大些的雏仔,管理托管学校班级,她只需要专心孵蛋,给雏仔们讲讲星震之前的故事就行了。

飞行器载着琪琪,沿着旧时的大道朝西极急速飞去。路上经过了一大群肉用悄悄。斑顶面看守着这群悄悄,给畜牧班上课。这个班的学生,每一个身上都带着斑点,至少有一只粉红色眼睛。她正教给学生们书上没有的知识,比如如何用特殊的粉红色眼睛查看动物,检查它们是否受伤;如何用特别的方式接近动物,好让它们把你当作朋友。

斑顶面注视着飞行器经过,长久以来的忧虑又纠缠住了她的脑结。他们一直在谈论如何修复那些重力机器;每过一转,他们就离目标更近一点。等到修复真的完成,太空人就会下来,重新带回法律。有了法律就有条子,有了条子就有鞭子。斑顶面不想让太空人下来,她更喜欢现在的状态。

时间:2050年6月21日 星期二,格林尼治时间07:15:32

八十转后,琪琪完成了回春治疗,带着回春机器人和转化酶机器,驾驶飞行器归来。她滑翔到内眼学院附近,找了一处降落地。附近没人,于是琪琪出了飞行器,找了个螺栓,把飞行器系好。这时,她听到星壳里传来沙沙的滑行声,一转眼,看见一群迷你宠物迅猛兽正慢慢靠近。这些动物很陌生,她一只也不认识。她的储物囊中还有些食物,于是她取了出来,召唤那些动物,形成卷须,准备抚摸它们。

这群迅猛兽发现了食物,滑行变成了冲刺。它们的嗉囊张开,尖牙弹出,准备撕咬,发出饿慌的吼声,朝琪琪冲来。琪琪赶忙把食物抛到一边,吸引它们的注意力,趁机冲回飞行器。飞行器上的机器人无动于衷地看着琪琪迅速流上来,砰地关上磁力护板，一只操作肢还在不停地往下滴落体液——她用操作肢挡开扑来的小兽，受了伤。

受了伤、受了惊吓的琪琪心中十分忧虑。她不在的时候，肯定发生了什么事情。她升起飞行器，飞过懊恼的迅猛兽群，慢慢地沿着街道滑翔。内眼学院院中的植物，从前茂盛葱郁，现在却一片萧条，无人照料，果子和荚子被摘得一干二净。她飞到学院中央一所封闭的房子前，发现大门紧闭，外面还堆着石头，就连接近大门都困难。推拉窗也紧闭着，开口处还封着许多板条。墙顶上装着临时拼凑的线圈，线圈中不时闪现弯曲纹饰——是太空中的游离原子，撞上了这儿的超强磁场，死亡时发出的螺旋火花。

一扇封上的推拉窗移开了一条狭缝，一只眼球探了出来。接着，窗户推开，快笔头从板条缝中探出半条眼柄，拼命朝飞行器挥舞。琪琪让飞行器越过围墙，停在封闭的宅院内。八个她从前的学生上前迎接。其中三位是她指定的班级负责人：抄写员快笔头、电磁工程师库仑力和重力工程师牛顿-爱因斯坦。她走之前，高级班里还有三打学生，现在却只剩五人。

"太可怕了。"库仑力说，"你刚走，零高斯就流逝了。之后，事态便开始恶化。"

"应该说，"快笔头纠正，"我们举行零高斯屠宰仪式的时候，事态还挺稳定。我们把她的肉分掉，大部分分给了雏仔——因为她最爱他们。分发仪式完毕之后，事态才开始恶化。斑顶面让我关掉通信设备。"

"为什么？"琪琪问。

"她说，我们不该听天上的声音。"库仑力插嘴，"接着她还想摧毁通信器，我赶紧告诉她拆卸可能会受到电击，还是让我来。

我只把能源断开,从城中心商店里弄了几个零件砸碎,接着藏起了通信器。"

"她还告诉学生们,不必再上课了。"快笔头接着说,"大部分学生都兴高采烈,停课玩游戏去了。只有几个学生来找我,问我能不能自学。本来一共有八个学生,三个在战斗中被杀了。"

"战斗?!"

"很可怕。"库仑力说,"没人干活后,只过了几转,食物就不够吃了。几个没斑点的想杀一头肉用悄悄,跟斑点们打了起来。"

"战斗结束后,大部分没斑点的都被赶到了东边。"快笔头接着说,"走之前,他们摘走了所有的果子,还想办法弄到了几群肉用悄悄。我们起先想跟他们一起走,后来转念一想,我们的首要职责是保护蛋星的未来。于是我们转身回来,回到库仑力藏起通信器的地方。只要我们不出现,斑顶面和其余的斑点覆膜们就不来搅扰。"

"不过,他们明显对我们没好感。"库仑力说,"所以我们开始加固这所宅院。你觉得我的磁力障怎么样?"

"你是说墙顶上那些线圈吗?"琪琪问。

"对。还是雏仔的时候,我就开始收集超导线。这些超导线终于派上了大用场。给线圈充能耗尽了我们全部的能源;不过,这个屏障能挡住斑点,还能挡住迅猛兽。"

"我刚降落,就被一群迅猛兽袭击了。"琪琪说。

"现在外头有很多野生动物。"快笔头说,"从前的宠物,现在都得靠自己找食了。我还注意到,现在的迅猛兽和悠游兽的幼仔,个头大过了它们的长辈。这种返祖现象说明:混种迷你的体型,肯定只是暂时性的。"

"斑顶面现在在哪儿?"琪琪问道,"我飞过来的时候,一个人都没看到。"

"她知道你很快会回来。"快笔头回答,"我猜她不敢对上你的眼球。所以,一打转数之前,她跟其他斑点覆膜一同离开了。他们向北去了,还带走了肉用悄悄。"

"我们得启动通信器。"琪琪说,"我得把这些告诉太空人。"

"他们已经知道了。"库仑力说,"我们加固这所宅院后,我就重设了通信器。牛顿–爱因斯坦正在跟他们通话。我想,他应该是在接受工程师悬崖网络的指令。"

"跟我来,我带你去。"快笔头带着他们穿过迷宫似的墙壁和通道,"别走那儿。"他用眼柄指了指看起来像是主通道的路,然后左转,进了一间像是储藏处的小室,爬上几袋干坚果。

"为什么?"琪琪问。

库仑力没回答,从裂开的袋子里捡了个沉重的坚果,沿着走廊滚去。白炽闪光亮起,坚果迅速变成紫热的等离子体。

"这是悬崖网络的建议。"库仑力说,"当然,用在坚果这样的小东西身上,效果特别显著。不过,哪怕是大块头奇拉,进来了也会变成晚餐。"

两人在迷宫中穿行,好不容易来到内院,看到牛顿–爱因斯坦正对着通信器说话。

"对,她刚到。"牛顿–爱因斯坦说,"我会把指令转达给她。"

琪琪很想听听悬崖网络那熟悉的声音,但牛顿–爱因斯坦显然已经结束谈话,不愿再等待两格莱斯转。

"您好,琪琪老师。"牛顿的眼球死死地盯着她新身体上的眼膜,"回春对您很合适。我随时都愿意接受您的授课。"

琪琪很懊恼。很久以前,她曾经不得不跟某些年轻的适龄男性交配。他们长得太快,竟然变得如此厚脸皮。

"太空人有什么指令?"她没接他的话茬儿,转而问道。

"悬崖网络认为我已经有足够资质,可以评估蛋星重力弹弓的受损状况了。他建议我们从西极的重力弹弓开始,因为它们离震中最远。我们现在就出发?"他凑近来,一只眼柄朝她伸来。

"我们要带上库仑力。"琪琪显示出领导的权威。

"为什么?"牛顿-爱因斯坦问,"他对重力工程一无所知。再说他得待在这儿,照管制能机。"

"我带了机器人来,它会照管。"琪琪解释,"你忘了,重力弹弓需要能源厂。你检查重力弹弓,库仑力呢,可以找找有没有供能的办法。"

"听您的就是。"不能跟琪琪两人单独上路,牛顿-爱因斯坦明显十分失望。

"带我去宅院其他地方转转,然后我们就上路。"琪琪说着,打算沿着一条尘土与硬岩石相间的通道移动,快笔头赶紧拦住她的去路。

"这条通道的陷阱我们没激活。"快笔头说,"不过我们还是得告诉你,这座迷宫当中,凡是遇到这种尘土和岩石相间的地方,万一踏进尘土,会怎么样。"

"再受到电击?"琪琪问。

"比电击更可怕。"快笔头回答。他来到墙边。墙上挂着一幅画,他以特别的手势按下画的一部分,激活了陷阱。

"小心。"库仑力警告。

"哪怕眼睛藏在眼膜底下,我们也能熟练越过。"快笔头说。话虽如此,他的眼睛也没敢缩回去,而是快速移动到地板上有条纹相间处,足盘形成大波浪,没碰尘土部分,直接踩在硬岩石上。安全到达后,他转过身,让一枚坚果滚进尘土部分。尘土部分中央星壳里埋藏的管子立即炸开,把某个沉重的物体迸上了天,带着一根纤细坚韧的纤维。物体落回地面,正好落在爆炸管子的一边,带着纤维,深深嵌进了星壳。打击之下,地上砸出的洞口闪出亮光。

琪琪看看星壳上两个由坚韧纤维相连的洞,随即又望向快笔头。

"宅院到处都是这种瘤牛障碍。"快笔头说,"但只有外侧的陷阱一直开着。就算沉重的高速物体没能毁掉你的脑结,纤维也会困得你无法动弹,直到我们放你走为止。"

快笔头关闭障碍。琪琪试着用足盘形成大波浪,穿过这条通道。代表误触的训练监控器只响了一次。

离开前,琪琪驾着飞行器升到高空,四处张望。远远的北边散布着大群牲畜,但近处没有威胁。库仑力很喜欢飞行,牛顿-爱因斯坦却把十二只眼球都缩回了苍白的眼膜底下。

琪琪让快笔头负责宅院安全,带着牛顿-爱因斯坦和库仑力出发去了西极。飞行器在距离星壳不远的空中滑翔。离白岩城不远处有一座重力弹弓,琪琪还是托管学校学生的时候去参观过。

接近重力弹弓所在地时,库仑力请琪琪停一停。"这条路附近有条主输能线经过。就在一米左右的后方,输能线刚刚跟大道汇合。我想,这条输能线肯定是从那边山丘脚下的能源厂延伸过来的。"他的眼柄点了点北方。

"既然来了,我们就看一看。"琪琪说着,驾驶飞行器向北飞去,升高到数厘米处,越过废弃的住家和办公室,朝远处的人工隆起飞去。

出人意料，能源厂居然大部分完好。星震发生时，西极山脉脚下的星壳在混乱中冲来撞去，到了能源厂所在的位置时，大部分破坏力量竟然刚好互相抵消。有了这个发现，琪琪异常高兴。她回到飞行器，从食物存放处取来一袋气泡酒，三人分享，同时等待西极空间站回应——三人在蛋星表面旅行时，悬崖网络也沿着轨道来到了西极空间站，以缩短通信延迟的时间。

"听到大部分能源设备看起来完好，我很高兴。"悬崖网络道，"你们要做的第一件事，就是把飞行器电路跟控制端连接。但愿星震发生时，安全监测器及时关闭了能源元件，没让它们彻底损毁。希望你们能找到些完好的能源元件。先别激活，告诉我仪表盘都有什么显示，以及你们打算做什么。我们这儿没有地面能源专家，但我们飞船的能源厂工程师或许能给你们些建议。"

这一转接下来的时间大部分都花在把飞行器运进能源厂，激活控制端。仪表盘有几盏明亮的蓝热灯闪烁，表明元件故障；但大部分都是凉爽的红色灯，显示出"准备就绪"。

"四个能源井的压力读数高于最小值，"库仑力报告，"另外两个读数为零。想必是外壳有损坏，因为压力罩连接器上没有裂缝。我打算激活二号能源井，让液流通过多向适配器，流到二号制能机引擎，看会有什么结果。"

上头没有反对意见。于是库仑力按下控制端的"激活"键，二号能源井的压力罩打开，富中子的高压流体从蛋星深处喷出，流到多向适配器。阀门稳固，多向适配器上的压力读数开始升高。接着，他激活了另一个按钮，让液体冲向制能机引擎。低沉的隆隆震动声在星壳中响起，渐渐变成稳定的嗡嗡声。

"我们有电了!"库伦力叫道,"我们上道了!"

琪琪用通信链接把好消息传给上头,接着切换连接控制端的线路,让能源进入飞行器的蓄能块。一直处于放能状态的蓄能块开始充能。

三人又喝掉了两袋白岩城气泡酒,还在飞行器后部有靠垫的狭窄空间内亲热一番,弄得筋疲力尽。休息了整整一转后方才离开能源厂,沿着从能源厂延伸出的输能线方向,飞往几米外的重力弹弓。

飞行器升高,在半埋在星壳中的巨大圆环上空盘旋。"弹弓看起来挺好的。"牛顿-爱因斯坦说。

"能源切断后,这些管子里的超致密流体也会消失吧?"库仑力问。

"不会,"牛顿-爱因斯坦回答,"这些流体其实是单极稳定黑洞尘。流体具有强大的磁力,而管子则使用高温超导体制成。所以,哪怕没有能源,这些管子也能把黑洞尘困在里面。"

飞行器降落在弹弓控制室外,三人进了控制室。

"运气真好!"库仑力看了看角落里的大型电闸,上面亮着灯,"从能源厂延伸过来的电路完好无损,我们有电了! 我们激活控制端,检查一下弹弓的状态。"他合上跳开的电闸,控制端的灯亮了起来。控制板亮起一片深红色,只在角落里有一点闪烁的蓝色,代表故障。

牛顿-爱因斯坦滑到控制端前,阅读闪烁的蓝热灯上方的铭文。接着,他的眼柄波动彻底停了下来。

琪琪担心地流到他身边。

"怎么了?"她问。

"有泄漏。超致密尘全没了。"

三人出了控制室,沿着弹弓绕转了一圈,找到了泄漏点。靠近底座的星壳上,有一个漏斗形的孔洞。这是喷射而出的黑洞尘坠入蛋星深处,将表面的星壳也带下去了。

"星震发生时,弹弓肯定正在运行。"牛顿-爱因斯坦说,"当时,黑洞尘正以高速环绕弹弓的圈环,所以才全部射进了孔洞里。要是弹弓处于静止状态,我们只会损失一圈的黑洞尘。那样的话,我们还能修补漏洞,利用剩余的黑洞尘让弹弓继续运行。"

"嗯,西极还有另外三个弹弓,"琪琪说,"咱们去看看。"

"但愿它们附近的能源厂还能工作。"库仑力说,"我们没法指望从这家能源厂延伸出去的长途互联电路同样完好无损。"

下一个弹弓根本不需要下来检查。这里的星壳裂了大口,把巨大的圈环折断成了两个半圆。两转后,牛顿-爱因斯坦向西极空间站汇报:"西极所有的弹弓都无法运行。我们再去东极试试运气。"

从东极向上头汇报的,是琪琪。库仑力和牛顿-爱因斯坦已经彻底泄了气,无力汇报。

"跟我们预计的一样,这儿的机器比西极损毁得更厉害,连一口能上压的能源井都没有。我们得自己学着制造单极稳定黑洞尘,修补好西极的弹弓,再往里面填充。这工程恐怕需要好些大数转——因为你们得一五一十地把操作办法念给我们听。不过,我们会继续努力的。"

三人耐心等待回复。回复他们的是已经回到东极空间站的悬崖网络:"抱歉,我想需要的时间恐怕会比几个大数转更久。单极稳定黑洞尘已经没人使用,早在二十几代人之前,我们就不制造黑洞尘了。所以,我们这儿没有保存这种过时资料。蛋星图书馆里的记录已经全部抹消,我们只能从人类那儿索取资料。而资料传送需要好些分钟,甚至一个小时;人类那儿传来的资料,也只是笼统的知识。我跟其他的工程师只能想办法研究具体的操作方法,看如何建造机器,产出并稳定的黑洞尘。研究完后,我们还得在这儿做模型测试。一切就绪后,才能把方法念给你们听。所以,这一切需要大量的时间。"

库仑力和牛顿–爱因斯坦灰心丧气,琪琪却努力在足盘里加上快活的音调:"那你就别愣着啦,快去跟人类联系。他们不管做什么,都得花掉无穷无尽的时间。对了,跟他们联系的时候,记得问他们要一份叫作'欧洲黑暗时代'①的历史胶囊。我得学学他们那儿的有识之士如何在无知和野蛮的包围下,留住知识的孤岛。这些办法,我对付这儿问题的时候,说不定能用上。还有,你们那儿有人会魔术吗?"

三人回到光神天堂的迷宫。全息内存水晶中的资料从人类的控制端一点一点地传到了东极空间站。空间站里的人们研究这些资料,做完测试,接着再把资料传送到蛋星表面。库仑力死去的时候,他已经想办法建了好几台真空通信设备。年轻的抄写员们——因为字迹娟秀,被挑选出来担任这一荣耀职位的学生——抄录下从太空传来的资料。一份份手册和教材传到机器建造者手中。他们利用有限的工具和资源,想法子造出手册和教材中描述的机器,学着操作。在频繁出现的长时间未接收到太空发来的资料时,百无聊赖的抄写员们就在卷轴边缘以及技

---

① 原指欧洲历史上,从西罗马帝国灭亡到文艺复兴开始的一段经济、文化、社会衰落时期。从19世纪开始,学者们逐渐了解那段时期的成就,对这段时期黑暗腐朽的传统看法提出了挑战。现在,黑暗时代这个说法在学术界已很少使用,则取而代之的是中世纪前期。

术图表内部,绘制精美繁复的插图。

琪琪的大部分时间都花在飞行上。她驾着飞行器,搜集食物、招募人手。渐渐地,周围的部落将她称为闪光的"青春与知识之神""蛋星之母"。她能飞过天空,还能跟星星说话。她永远美丽,永生不死。

琪琪会驾着飞行器,高高飞过天空,在每个部落头顶盘旋,直到部落里的每一个人都看到她。接着,她会滑翔到低处,靠近部落为她竖起的长方形石制大祭坛,悬浮在空中。祭坛上堆满了部落进献的食物,她的侍从把食物装进飞行器的一侧开口处,而"青春与知识之神"则从另一侧开口滑出,停在几乎看不见的透明平台上。这样,她就好像飘浮在空中,浑身布满鲜艳的闪光花纹——她在顶面装了一只小型的离子发生器,制造出这样的效果。

琪琪会让部落的雏仔和幼仔出来见她。接着,她会"凭空"变出送给小家伙们的礼物:教育玩具、特别好吃的点心(里面满是重要的微量元素),还有入门读物。在幼仔成年之际,他们会得到特别优待——乘坐飞行器回到光神天堂的迷宫圣殿,接受测试。只有极少数能被选中留下。其余的人则满怀对所见之物的敬畏之情,回到自己的部落。每过三打大数转,琪琪会把自己关进迷宫神圣中心的一间特殊房间里。过半个大数转,她会再度以青春之态出现。

时间:2050年6月21日 星期二,格林尼治时间08:26:37

最后的三艘侦察飞船一同从深空返回。远巡者向太空委员会报告道:"找到的时候,他们已经接近核心地带。那儿有很多中子星,有些还存在生命。不过,没有任何一颗中子星生命的发展程度高于蛮荒阶段。通常，中子星上的生活太轻松舒适，没有竞争，也就没必要发展智力。看来，我们应该感谢人类，在许久之前，就引发了我们心中的好奇。"

"蛋星情况如何？"切钢者问霍曼转移。

"糟透了。"她回答，"星震之后，已经过了人类时间整整一小时，蛋星上的情况还在持续变糟。我已经受够了。我受够了不停地做决定，受够了不停地奋斗前进。我受够了不停地活着。"

"或许，你该提早接受回春。"切钢者上将建议。

"不，我也受够了回春。我要辞职。你来接受回春治疗吧，然后接手我的工作。我要去照顾蛋。"她从覆膜上扯下十二角的星星，递给切钢者，前往了碗形主会议室——也就是如今的雏仔圈和托管学校。

时间：2050年6月21日 星期二，格林尼治时间09:31:11

经过一代又一代的使用，尽管地面和太空中的工程师已尽了最大努力，老飞行器还是没法再飞了。部落只能自行前往迷宫圣殿，呈上食物奉献。周围的部落也增加了，很多选择留在迷宫圣殿附近，用食物交换节省劳力的机器。最远处的部落慢慢开始遗忘，远离了"青春与知识之神"的影响，重返蛮荒。

在特殊的日子里，琪琪仍然会飞上天空。不过，现在她只能升到迷宫圣殿顶上。她的侍从们想办法制造了一个小小的模型重力弹弓，依靠弹弓的斥重力场，琪琪才能上升。这个模型用的是致密核子流体，因为他们仍然没弄懂该如何制造单极稳定黑洞尘。

一转又一转，就这么过去了。

蛮 荒

他从北方来，所到之处纷纷臣服。他名叫"凶猛眼神""可怖者"，坐骑是一头巨大的迅猛兽。他个头不大，身材精瘦、浑身斑点，但军中的任何武士都不是他的对手。武士们畏惧他十二只粉红色眼睛的凶猛怒视，更甚于他的鞭剑。

他还是雏仔的时候，才活了两个大数转，话都没说利落，就遇上部落食物短缺。这只浑身斑点的小东西，连一只正常眼睛都没有，视力很差，将来在田里一点活儿都干不了，所以长者们把他丢到了离乡火山的北坡上。在被迅猛兽发觉之前，被丢弃的饥饿雏仔抢先发现了一对迅猛兽的巢穴。等这对迅猛兽回来，发现小东西正心满意足地坐在窝里，身旁一片残蛋狼藉。于是，迅猛兽把他当成自己的幼崽抚养。很快，他就参加了迅猛兽群对周围部落的突袭。

许多转之后，他已经成了幼仔，骑着同一窝长大的迅猛兽兄弟，挥舞着鞭剑（这是他发明的武器，在长长一束交织的纤维中，绑上了锐利的龙晶碎片），突袭了他过去的部落。他座下的饥饿猛兽张着五齿利口,无人能近,因此他战无不胜。他把部落首领鞭成了碎条,喂给坐骑食用,彻底占领了部落。直到此时,他还没有名字。他在部落宅院中骑兽而过,听到周围敬畏的窃窃私语:"凶猛眼神,凶猛眼神"。于是他便把"凶猛眼神"取作自己的名字。

三打转数后,凶猛眼神心满意足。他的进食囊中塞满了食物,脑结中塞满了命令老者讲出的故事,虚荣心也塞得满满的——奉承讨好的奇拉,纷纷争抢他丢出的食物残渣。但是,他对权力的欲望还没有满足。他永远不会原谅奇拉这一种族,曾经因为他斑点太多而抛弃他。

凶猛眼神在部落中挑选出三个身上带有斑点、粉红色眼睛数目最多的奇拉,教他们如何骑上迅猛兽。对斑点奇拉来说,要做到这一点很容易。他们的粉红色眼睛能看到迅猛兽的眼睛和覆膜底下微妙的色彩变化,借此读懂这些危险动物的情绪。凶猛眼神留下一名新武士负责看守部落,带着小小的军队,出发前往征服下一个部落。

可怖者征服的模式很简单。他的军队会包围某个部落住处,他和一小队保镖则骑着迅猛兽突袭进去。他个人挑战部落的首领,如果首领竟然蠢到应战,很快就会变成凶猛眼神座下迅猛兽的美餐。接着,凶猛眼神的军队会在此逗留许久,士兵和坐骑饱餐一顿后,便解除部落的武装,令其臣服,选出并训练新士兵,最后留下一两个武士控制部落,其余人继续上路征服。一开始遇见的部落当中,还会有人抵抗。等到战斗结束,任何幸存的对手都会被削去眼睛,只放走最后一只,为下一个部落带去警告。

此时,可怖者已经成了一支颇具规模军队的首领。他手下有六名队长,各自带领一打骑着迅猛兽的精选武士。武士之后是人数众多的大军,从臣服部落取来食物和补给,由挑夫扛着,从西极、北极或东极一路送来,送到军队所在之处。长长的补给线,此时正向光神天堂北边郊区汇拢。

"哦,可怖者呀,我们快到光神天堂了。"下落飞刀说,"那是琪琪——青春与知识之神——的家乡。她住在受到魔法保护的迷宫里。据说,除了她,没人能找到通向迷宫中心的路。"

"她是神,那我也是。"凶猛眼神说。

"可是,他们说,她能跟星星说话,还能在空中飞行。他们还说,她永远美丽,永生不死。"

"这些,大星震之前的古者也都能做到。"凶猛眼神说,"不论是不是神,我打赌,如果往她身上丢下落飞刀,她身体里也会流出液体来。"

他的迅猛兽吼叫起来,大嘴咬向载着下落飞刀的迅猛兽。两人只得各自朝坐骑敏感的眼睛揍了几下,这才让两只猛兽安静下来。

"迅猛兽饿了。"她说。

"我们在这儿停一停,杀一只悠游兽给他们吃。"凶猛眼神从坐骑尾部滑下,足盘在星壳上拍打出命令。

"带着气泡酒的奴隶在哪儿?"他命令道,"我渴了!"

"可怖者已经到了城市北边。"信使报告道,"他们停了下来,正在吃东西、喂坐骑。"

"可怖者。"琪琪沉思道,忽然觉得疲倦非常。回春机器人一直在催促她接受回春治疗,但因为可怖者的消息一个接一个地传来,她只能往后拖。

"蛋星历史似乎成了地球历史的重演,甚至连阿提拉①都出现了。不过,跟地球上的匈人王阿提拉不同,他不是'上帝的灾难',而是'光神的灾难'。"

"我们还是逃吧,"机械工程师线性弹簧建议,"可怖者无人能敌。"

"不。"琪琪说,"如果他真像地球的匈人王阿提拉,他要么征服整个蛋星,要么就死,二者必居其一。就算我们逃走,他也会追来。我们必须留下、战斗。"

"可他有六打骑着迅猛兽的武士,还有几十上百打的预备队。"

"我们必须留下、战斗。"琪琪捡起一把匕首、一根长矛,"不能让他赢。如果他赢了,蛋星就会和地球一样,陷入黑暗时代。"

凶猛眼神一路经过光神天堂废弃的城镇,没有遇到抵抗。到了迷宫圣殿,他让大军暂停,和下落飞刀两人沿着外墙绕了一圈。高墙上有几扇窗户,全都封了起来,推拉窗框紧紧关着。墙上每隔几毫米就有几个开孔,有些跟星壳齐平,有些跟眼睛齐平。透过其中几个洞口,他们看到了一闪而过的眼球,盯着自己。墙顶上有金属螺旋,圈圈当中不时闪过火花。

"这些肯定就是新奴隶告诉我们的'磁力障'。"下落飞刀说。

"奇怪,一点不热也不发光的东西,居然会烧人。"凶猛眼神突然鞭策迅猛兽,直接朝两个开孔之间墙壁冲去,形成卷须,迅速触碰墙顶,接着立即退开。

"确实烧人。"他吸吮着卷须说,"我们过不去。"

迷宫圣殿只有一处入口。入口很大,没有门,也没有封死,

---

① 古代亚欧大陆匈人的领袖和皇帝,欧洲人称之为"上帝之鞭",通常被看作是残暴和野蛮的象征。

让人心生疑惧。入口后有四条狭窄的通道,曲曲折折,消失在迷宫里。通道太窄,迅猛兽过不去。

凶猛眼神集合起武士。

"下落飞刀,你跟你的武士滑下坐骑,准备进入。一共四条通道,三人进一条。用短剑和匕首武装自己,准备近身作战。其余人骑着迅猛兽,围绕入口两侧的围墙,往开孔里捅长矛和刺刀。只要夺走他们的眼睛,他们就没法再战斗了。"

被选中的斑点前锋做好准备,站成不太齐整的一排,一只视力好的普通眼睛盯着头领。头领掏出一对软剑,挥出一个复杂的图形。

"攻击!"他喊道。

武士们冲了出去。迅猛兽骑手很快便超过了以足盘行进的下落飞刀,以及她手下的一打武士。迅猛兽从光秃秃的星壳上踏过,忽然狂吼起来,任凭骑手如何控制也不听命令,径直转头冲向两侧。墙上的孔洞中,一只眼睛看到了这一切。

"星壳下的磁力障已经把他们赶到了射程内。"韦伯高斯向控制室报告,"打开恐怖顶!"

凶猛眼神忽然听到,从迷宫外墙沿线传来高音尖叫。跟星壳齐平的孔洞中,突然弹射出大批旋转尖叫之物,在星壳之上舞动。这些东西上宽下窄,底部只有一个细小的尖。不知用了何种魔法,这些东西居然能靠尖头立住保持平衡,不会像普通东西那样倒下。

尖叫旋转之物上伸出尖锐的刀片,在迅猛兽和武士身上割出长长的口子。受到高音尖叫的惊吓,迅猛兽停止了前进,武士们纷纷逃窜。

一个尖叫之物直直地扑向凶猛眼神。见它逼来,凶猛眼神掉出鞭剑一挥，剑尖打在尖叫之物上，让它掉转方向，绕过了凶猛眼神紧张的坐骑。凶猛眼神骑着迅猛兽，截住逃窜的下落飞刀。

"我的命令是攻击！看着我！"

下落飞刀立即停下，所有的眼睛直立在僵硬的眼柄上。凶猛眼神来到最近的眼球旁，形成钳子似的操作肢，慢慢地捏碎了这颗眼球。

"攻击。"他说。

下落飞刀集合武士，带着他们重回开着口等待的死亡迷宫圣殿。迅猛兽拒绝靠近围墙，所有的武士只得滑下坐骑，依靠足盘穿过面前的空地。

旋转尖叫之物又冒了出来，但斑点武士们已经有所准备，没被吓住，继续前进。他们躲开尖叫之物的攻击，举起长矛和剑朝它们刺去，想把它们推倒在地。但这些尖叫之物在星壳上的行动路线极为奇特，而且极难推倒，造成了大量武士伤亡。剩下的武士终于躲过尖叫之物的攻击范围，接近了围墙。

"恐怖顶把他们逼到了火焰管的攻击范围。"韦伯高斯向控制室报告，"一到八号区域，启动密集波浪火力！"

迷宫圣殿内部响起一系列爆炸声。前进的武士们停了下来，警惕地四处张望。他们什么都没看见，却一个接一个地死去。沉重之物从天空落下，洞穿了他们从顶面到足盘的身体。但凶猛眼神的软剑仍旧画着"攻击"的图案，剩余的武士只能继续前进。

"他们到了火焰筒的攻击范围。"韦伯高斯报告。

齐眼高的孔洞中射出紫热的火焰，左右扫射，留下一摊摊着火的体液和灼伤尖叫的武士。一名武士终于突出火焰重围，贴到墙边两个孔洞之间,用盾牌堵住了一个喷射火焰的开孔。堵住后,火焰筒喷出的火焰改变方向,朝后发射,在墙后造成一片爆炸。墙后火焰腾起,身体的碎片飞到空中。斑点们趁机移动到墙上孔洞前,不断用长矛柄堵住开孔,以免孔洞继续喷射火焰。火焰筒一个接一个地哑了火,孔洞纷纷被星壳岩或者长矛柄堵住,每个洞口前都有受到烧伤和割伤的愤怒的斑点武士把守。

下落飞刀手下的武士只有六人到了入口。她把六人分成三组,每两人进一条通道,自己独自进了第四条。

"压力探测器发现了七个目标。"兆巴①在控制室,监视西墙上的迷宫地图指示器,"有两组人进了死路通道,每组两人。还有一个进了迷宫主通道。"

"让他们通过第一批陷阱,让陷阱在他们身后激活。"中子气体说,"这样,我们就能控制他们的来去方向。"

下落飞刀沿着通道慢慢移动。每经过一个孔洞,她都往里面塞一把匕首才往前走,同时小心张望,留神是否有陷阱。

远远地,她听到了爆炸和尖叫。声音听着像是丑陋疤痕。几乎同时,又响起了刺耳的爆炸和尖叫声。她来到一块条纹区域,把盾牌垫在足盘底下,想借着盾牌滑过去。响亮的爆炸声响起,震麻了她的足盘。垫在下面的盾牌凹了进去,飞上了天空。下来的时候,盾牌正好落在墙顶,压下了磁力障,压得它发出闪光和嗡嗡声。接着,盾牌落回通道,差点打到她。

凶猛眼神等了很久,一直不见下落飞刀和她的勇士回来。最后,一个接一个,他们的尸体被一架恰好嵌进狭窄通道的机器运了出来。其中三人被奇特的火焰烧灼洞穿好几处,另外三人

---

① 压强的单位,常用于描述大气压力。

从足盘到顶面都有致命的洞穿伤。

最后一个推出来的是下落飞刀。凶猛眼神派屠夫去处理尸体，屠夫们却把下落飞刀带到了凶猛眼神面前。她没死。尽管身上有一个渗液的大洞，但是她还活着。因为脑结受伤，她三分之二的身体已经麻痹，但还能用足盘的其余部分说话。

"他们有陷阱，能打开也能关上。进去的时候，我通过了一处；等我出来的时候，踩上了这处陷阱。我装死。他们只从墙上的洞口戳了我几下，就不再管我。他们是弱仔，还不习惯杀人。换作我，肯定先戳脑结，确保万无一失。"她举起凹陷的盾牌。

"我的盾牌砸在'磁力障'上，却没有被烧化。或许，多用几块盾牌，或者制造一块大盾牌，我们就能保护自己不受磁力障的烧伤。"

凶猛眼神在墙外空地用她的盾牌试了试磁力障。果真，只要缩小身体，躲在盾牌背后，就能通过障碍。可惜其余盾牌却不起作用。他们审讯了当地部落抓来的新奴隶才知道，只有某种名叫"超导体"的特殊金属才能起效。奴隶们被派往光神天堂，收集超导体碎片，用来制造盾牌。

转宴时间到，是时候喂饱武士和坐骑了。转宴的肉食非常丰盛——毕竟自从战斗结束后，屠夫们就一直忙个不停。但迅猛兽可吃不到奇拉肉。奇拉肉如此鲜美，给迅猛兽吃太浪费。再说，让它们知道骑在自己身上的人原来这么好吃，这可不是好事。喂给迅猛兽的，是随军前进的悠游兽。

凶猛眼神觉得无聊，决定不用屠夫，自己亲自下手屠杀悠游兽。一名屠夫顺着悠游兽拖后的体缘，急急忙忙爬上悠游兽背部，把它驱赶到领袖身边。

凶猛眼神竖起长矛，等待悠游兽优哉游哉地朝他移来。这头悠游兽块头很大,比迷宫神殿的墙壁还要高出一倍,身披一块块盾牌一般大小的方正骨质护甲。凶猛眼神仔细看着护甲流过悠游兽头顶,接着再度滑下。他对准两块护甲之间的薄弱部位,冲上前去,把长矛插入缝隙中,接着足盘倒退,从悠游兽身下退开。悠游兽被长矛扎穿,立即流逝。

凶猛眼神把剩余的工作交给屠夫,离开了现场。眼柄波动模式表明,他处于深思之中。他没跟武士分享同袍肉的盛宴,只从下落飞刀的尸体上抓了一支烤眼柄,一边吸吮眼球,一边朝制造超导盾牌的奴隶住处移动。忽然,他停了下来,失望地注视着手里的眼柄。他运气不好,抓了一只眼球碎裂的眼柄;所以吸吮的时候,进食囊里没有感受到眼球喷射而出的浆液。

来到奴隶圈的时候,凶猛眼神心情恶劣。负责制造兵器的奴隶正在吃他那一份少得可怜的转宴,被凶猛眼神打断,召唤到前面。

"有没有看到那边的大悠游兽?"他的眼柄指了指在附近吃草的兽群,问奴隶道,"大个头的雌性。"

"哦,可怖者呀,我看见了。"奴隶回答。

"你不要再用超导体金属制作盾牌了。我要你用这种金属做成护板,钉在悠游兽的护甲外面。"

"可怖者呀,别逼我做这个。"奴隶回答,"悠游兽生气起来,也会很危险。要是往它身上钉钉子,它肯定会生气。"

"给你三转时间。"凶猛眼神道,"如果没完工,每多一天,就砍掉你一只眼睛。"说罢,他抛下那只让人失望的眼柄,回到转宴上,去拿另一只。奴隶拾起被丢弃的食物。可不知怎么,眼柄却没有他想象的那么好吃。

"五转了，他还是没有任何行动。"琪琪说，"武士们围成一团，围在恐怖顶的射程之外，不让人进，也不让人出。但他们就是不进攻。肯定是在谋划计策。是什么计策呢？用重力机器让我升起来，说不定能看见些东西。"

"要启动重力机器，就得关闭防御能源。"韦伯高斯道，"不过，如果时间短，我们应该不会有事。"

一杜斯转后，迷宫圣殿周围的斑点武士们听到星壳内部传来低沉的嗡嗡声，都吓了一跳。接着，嗡嗡声升高，成了啸叫。迷宫中央升起了青春与知识之神。她升起十厘米高，随即停下。她看到，在光神天堂郊外，有个像是大型机器人的东西。不，不是机器人，是悠游兽，护甲外罩着金属。悠游兽顶上坐着个小个子斑点生物。

护甲悠游兽身后跟着斑点武士群，他们的伤口已经愈合，力量也全部恢复。重力机器带着琪琪下降的时候，她只觉得自己的心情也跟着一同低落下来。

凶猛眼神从不浪费时间做准备——用护甲悠游兽进攻迷宫圣殿，要么成功，要么失败，二者必居其一。他坐在悠游兽顶上，悠游兽移动时，顶上的金属护甲会不停往前移，他的足盘则跟着往后波动；身旁还坐着两个保镖，不时用尖刺扎进悠游兽护甲之间，以此驱赶它前进，并保持既定路线。他们轻易通过了外围的磁力障。磁压增加到超过线圈承受的限度，线圈失灵，星壳上爆出了阵阵电光。

凶猛眼神没急着前进，而是等武士们让一面墙上的火箭筒开孔都哑了火，这才驱动庞大的金属坐骑前进。垂挂下来的超导体，加上悠游兽巨大的重量，压在外墙顶上的超强磁力障上。磁力障抵抗着压力，线圈嗡嗡直响。接着，线圈失灵，大气中爆出电火花。

护甲悠游兽感到坐在顶上的小东西不停地刺它,恼怒不已,愤怒地撞倒了外墙。外墙倒在迷宫内侧围墙上。悠游兽顺着倒下的墙壁继续前进,进入了一个秘密房间。这是迷宫外侧防御的控制室之一,原本只能通过地下通道才能进入。凶猛眼神两侧的保镖掷出飞刀,把控制室中的侍从钉在星壳上。

悠游兽从他们的尸体上移过,撞倒了另一堵墙,朝迷宫中心前进。经过一条通道时,他们引发了陷阱,通道内的管子射出重物。重物落下时,砸在一名保镖身上,重物当中的坚韧纤维把她从悠游兽顶上拖了下来,掉到星壳上,炸裂开来。

凶猛眼神重重地刺向悠游兽,逼它更快冲倒了下一堵墙。这堵墙后是一间宽大的内室,里面有好些侍从。凶猛眼神能听到他们用足盘快速讲话,却好像并没有相互交谈。

地板上嵌着一扇魔法窗户,窗户中央浮着一个奇怪的肿胀奇拉,图像不停闪烁。

“阿提拉骑着悠游兽,推倒墙壁进来了。他已经深入了迷宫。”房间墙壁倒下时,方才说话的奇拉抬起眼睛看了看,“阿提拉到这儿了!我们输了!”他想逃跑,却绊了一跤。通信室内的其余奇拉也争相朝出口奔去,他跟同伴们挤在了一起。

又有三堵墙壁倒下后,悠游兽抵达了迷宫中心。凶猛眼神止住悠游兽,环顾房间。房间中央有一堆箱子,连着沉重的管子。一个凶猛眼神平生所未见的美貌女性奇拉靠在墙边。她握着一杆长矛,带着像是匕首的东西。那东西太小,凶猛眼神看不清楚。

“你肯定是琪琪。”凶猛眼神招呼道,“永生不死的奇拉。”他把一支飞刀塞进经过特殊训练的投掷囊袋,“我倒要看看,你的魔法能不能保护你不受飞刀的伤害。"飞刀掷出,射过空气,深深地嵌入琪琪面前的星壳,离琪琪只差一点。他又装了一把飞刀。趁他重装飞刀的工夫,琪琪冲上前去,长矛猛刺。他示意保镖退后,使出鞭剑转动向前,砍掉了长矛的顶端。被砍下的矛尖划伤了琪琪的顶面,她却毫无感觉。

没了长矛,琪琪退到管子和阀门处。这些阀门和管子便是迷宫的中央能源分配系统。制能机则藏在零高斯从前的地下实验室中。

她打算挑衅阿提拉,激他从无敌的坐骑上下来。

"而你呢,肯定是斑点阿提拉。"她说,"我听说你名叫'凶猛眼神',我看,该叫你'糟糕眼神'才对,你居然连这么大的目标都没打中。"说着,她动了动自己靠近底部的眼膜,对他说道,"来抓我呀,我的斑点雏仔小娃。"

被人叫作"小娃",凶猛眼神感觉受到侮辱,气得他险些失控。但他还是冷静下来,鞭剑在身前挥动,刺激悠游兽的后部,逼它朝前,撞上那一堆管子和箱子。琪琪好不容易躲开。悠游兽爬上一个箱子,里面的大阀门被悠游兽的重量压垮,巨大的电流烧穿了悠游兽庞大的身躯。死去的悠游兽摊平了身体,压垮了其他能源连接。迷宫圣殿的自动防御系统崩溃,斑点族武士冲了进来。

琪琪被悠游兽摊开的身体重重地压在墙上。

凶猛眼神从悠游兽身上滑下,靠近琪琪。突然,一部分墙壁滑开,一个圆顶形状的金属物体靠近他们。这东西一边移动,一边说话,仿佛是个活物。

"你准备好接受回春治疗了?"机器人问道。

"不!"琪琪的足盘被悠游兽的身体压住,只能发出沉闷的声音,"别跟他说话! 重启! 停! 关闭电路!"

"不能执行命令。"机器人回答,"我必须照管回春机器。"

琪琪没有回答。机器人移到她身边,用探测器检查她的身体。

"她死了。她等了太久,早该接受回春治疗了。"机器人转向凶猛眼神,在他身周绕了一圈,用探测器检查一番。

"你的肌肉情况极好,随时可以接受回春治疗。"机器人说,"你想不想拥有新的年轻身体?"

"想!"凶猛眼神的眼柄盯着面前会动、会说话的魔法金属圆顶。

"首先,我们得准备好交给联合部落回春委员会的报告。"机器人从隔间里抽出一份卷轴,"名字?"

凶猛眼神想了一会儿。新身体该有新名字,别人都没有的名字。

"阿提拉。"他骄傲地说道。

时间:2050年6月21日 星期二,格林尼治时间10:13:14

太空议会在一处宅院集会,房间顶上正中悬着明亮的球形蛋星。可惜,蛋星的闪光已经失去了所有的温度。

"我们失去了一位好朋友,一位伟大的老师和工程师。"悬崖网络道。

"以及我们跟蛋星表面唯一的联系。"切钢者上将补充,"看来,在阿提拉掌控蛋星期间,我们会一直困在这里。要是能想办法杀了他就好了——比如往他头顶上丢个什么东西。"

"我们可以进行发射,让发射物脱离轨道,这很容易。"悬崖网络说,"可是,发射物会被蛋星的磁场撕碎,变成一团离子云,没等到地面就消散。要造成伤害，只能让大质量物体脱离轨道。我们没有这样的物体，也没有让它脱离轨道的能源。再说，难道为了杀一个人，我们要拉上一整个部落的无辜者做陪葬？"

"想等底下的文明重建，达到能接我们下来的程度，可要很长、很长时间。"切钢者无可奈何道。

"我们只能自己想办法，不依靠地面的帮助，自己下去。"悬崖网络说。

"很困难。"切钢者说，"我们的飞船当中，没有一艘是设计来在蛋星表面降落的。有没有办法造个大气或者磁力减速装置？"

"蛋星的大气很稀薄，派不上用场。"悬崖网络回答，"我可以选择导性恰当的金属，制造磁力减速装置。但是，跟大气减速装置不同，飞船动能会转化为热量，传入金属装置。如果减速快，金属装置会融化；减速慢，如何在飞船上保持足够重力又成了问题。而且，一旦速度降低，磁力减速装置的效力就会跟着减弱。减速能带走飞船的部分动能，但想要安全降落，剩余的动能仍然太多。"

"在最后阶段加上推进装置，行不行？"切钢者问道。

"侦察飞船上的惯性驱动十分节能，但推重比①太低，没法用来降落。"悬崖网络回答，"倒是可以试着改装某艘弹射飞船，在降落阶段用上古老的反物质火箭。但弹射飞船里有沉重的重力生成器，自重极大；哪怕我们能造出数吨反物质，用来加热推进器，我们也没有足够的材料制造弹射飞船需要的数吨推进器。我们手头的物质有限啊。"

"总得想办法从哪儿弄些物质出来。我们要不要牺牲一座

_____

① 指推力重量比(简称推重比)，用来描述利用排气产生的推力以及所负担的重量之间的比例。

空间站呢?"

"我倒是想了另一个办法。我们可以利用围绕人类飞船的其中一个平准星体,剩下五个,人类也够用了。我的想法是:把某个星体当作我们着陆器的'第一阶段'。我们可以在星体上储存所需要的能量,再用某种发射装置把能量传递给着陆器。这样,着陆器就不必携带能量了。"

"你说的发射装置,像弹射圈那样?"切钢者问。

"弹射圈太长,星体上放不下。"悬崖网络说,"我的设想是,在星体上放置大型重力弹弓。我们想办法让星体沿着椭圆轨道环绕蛋星,轨道要靠近蛋星,近到几乎能被蛋星的重力拉下来。等运行到近拱点,重力弹弓就朝轨道轨迹线的反方向发射着陆器。这样,射出的着陆器就会停下、静止,悬在蛋星表面几米高的地方。"

"那样一来,降落就很容易了!"切钢者接口,"我们可以放下一组工程师,在地表建造重力弹弓,把太空中的其余人接下去。"

"我还想从一株单莓上摘下两颗莓子。"悬崖网络说,"我在想,设计的时候,我们让着陆器和重力弹弓二合一,好节省时间。"

"重力弹弓怎么能飞呢?重力弹弓只能依靠内部超致密物质流的增加制造引力。还有,你打算如何给重力弹弓的液体泵供能?难道用长长的能源线连接平准星体?"

"物质流减少,也能制造出引力来。"悬崖网络回答,"不用顾虑物质流的方向。真正制造出引力场的,是弹弓圈环内部的引力磁场的增加或减少。我想,我们能设计出无须外部供能的重力弹弓。这种弹弓无须改变物质流的速度,只需改变方向,就能让引力场改变。说起来,这还真是个好项目,正好给我的重力工程师研讨班用。"

时间：2050年6月21日 星期二，格林尼治时间10:13:26

"各位，是时候做团队汇报了。"悬崖网络说，"着陆器设计得如何？谁是着陆器组的负责人？"

后排的一名学生站了起来，"我们已经完成了基本设计。我们打算设置两根长长的多通道细管，层层围绕圈环，让内部的力场更加一致。着陆器起飞时，一根管子保持空心，另一根充满高速黑洞尘，制造出最大值逆时针引力磁场。需要重力斥力时，我们就打开转向阀门，让第一根管子中的部分物质流进入通道，反方向流入第二根管子。反方向的物质流会抵消内部的部分引力磁场，即减弱磁场的力量。减弱的引力磁场会制造出斥重力场，让着陆器在蛋星保持悬浮。"

"能悬浮多久？"悬崖网络问。

"目前只有三麦斯转。"着陆器负责人回答，"基本设计完工后，我们就能从头开始，着手想办法减轻着陆器的重量。我们的目标是悬浮六麦斯转。这样，我们就能有将近一格莱斯转的时间来降落。"

"继续努力吧。"悬崖网络说，"发射器组的进展如何？"

"我们的工作相对容易。"另一名学生汇报道，"发射器的设计，跟蛋星上的重力弹弓没有本质区别。我们专注的目标是：如何让中心的斥重力场尽可能一致，以此让着陆器在发射时受到的压力最小化。为了达成这个目标，发射器的设计规模变得非常大，足有二十厘米，人类的平准星体上肯定放不下。我们需要他们的变轨大星体。我想人类称之为'奥的斯'，用来纪念第一位建造太空喷泉的人。"

"不是太空喷泉,是升降机。"悬崖网络纠正。

"什么是升降机?"学生问。

"没什么。发射基地组呢?"

"发射器越来越大,我们的发射基地倒是越来越小。"第三名学生回答,"我们跟天体物理班组成了联合研究组,导师是天体物理学博士等离子体鞘教授。我们学到了粒子和等离子体物理中的真实,他们则领略了重力工程师这活儿的趣味。我们组已经起了新名字,叫'行星破坏者'。我们乘坐侦察飞船去看了看奥的斯。奥的斯表面太过疏松,不合用。我们得往里面注入磁单极子,让它收缩以提高密度。幸好人类的磁单极子工厂还在运作,所以有大量存货。"

"你们都干得不错。"悬崖网络道,"你们有二十四转时间完成团队报告。在进行下一步之前,等离子体鞘和我本人,最好跟人类谈一谈。"

时间:2050年6月21日 星期二,格林尼治时间10:13:32

"东极空间站打来电话,皮埃尔。"珍说,"是悬崖网络,还有一名叫等离子体鞘的天体物理学家。他们传输了一大堆详细资料数据,还想跟你当面谈谈。"

皮埃尔正在检查飞船的电脑。他停下手边的活儿,把屏幕切换到通信频道,看到两名奇拉出现在屏幕上。个头小些的是悬崖网络。不过,作为男性,他已经算是大块头了。另一个的覆膜上别着徽章,徽章中心绘制着星爆。皮埃尔现在越来越善于分辨奇拉的性别——当然,等离子体鞘的低垂大眼膜也帮忙不少。

"我们找到了回蛋星的办法。"悬崖网络开门见山,"我们在太空里可用的物质太少,所以想问你们借些星体和磁单极子。不幸的是,你们的平准星体大小,只有变轨星体才能用。我们打算往变轨星休里注入单极子,让它变成缩微版的中子星,作为建造着陆器和发射器的基地。"

皮埃尔感到莫名其妙,"我觉得这行不通啊。哪怕你们能把它的表面密度增高到接近中子星,这种状态也无法稳定,它会坍塌成迷你黑洞的。"

"这一点我们已经想到了。"等离子体鞘说,"我们打算只往变轨星体中注入一种单极子,这样,就能形成单极化,增加星体中心的密度。因为拥有相同的磁电荷,单极化原子会彼此相斥。我们希望通过这种办法控制压缩后的变轨星体,不让它坍塌成黑洞。"

"听起来风险很大。"皮埃尔说,"你们确信计算没错?"

"不确信。"等离子体鞘回答,"这是我们必须要冒的风险。"

突然,屏幕上出现了另一名奇拉。皮埃尔认出了覆膜上挂着的双星簇徽章:是切钢者上将,太空奇拉的领袖。

"我们担心的不是这个。"他说,"我们需要用到你们的变轨星体,不止用作重力弹弓建造基地,还要靠它把弹弓送到蛋星表面。所以,我们只能让它脱离平常的轨道。"

"这倒没关系。"皮埃尔说,"我们需要的只是引力场,无论是简并态小行星、迷你中子星,还是黑洞都没关系,它们的外部引力场是一样的。只要你们保证用完后把它送回原先的椭圆轨道就行,我们得靠它返回'圣乔治号'。你们不会用很久吧?我们的任务计划只有八天,所以只带了几个礼拜的供给。"

"问题就在这儿。"此时,屏幕上只剩下切钢者一个人,"把重力弹弓送回蛋星的过程,有可能摧毁这颗变轨星体。"

皮埃尔闻言惊呆了,愣了几秒。接着,他意识到自己已经浪费了奇拉时间尺度的好几个礼拜。面前屏幕上的奇拉身影闪动,说明他每过五分之一秒就会来看一看,看看是否有回音。

"没有了变轨星体,我们就得困在这儿……概率有多大?"

"我们一直在想其他办法,"切钢者答复,"不过,目前的概率是十二比一。"

"嗯,"皮埃尔说,"存活机会还挺大嘛。"

"意思是说,十二次当中有十一次,变轨星体会在送重力弹弓回蛋星的过程中被潮汐力撕碎,只有十二分之一的机会能幸存。一切都得看传送过程中,轨道力和潮汐力这两股力量如何合力,如何影响变轨星体内部的振动模式。"

皮埃尔又沉默了几秒。这一次,他脑中担忧的不是奇拉。

"还有另一颗大些的小行星体,奥斯卡,是用来让变轨星体进入椭圆轨道的。你们能不能用那一颗?"

"我们资源有限,无力改变低密度大型天体的运行法则。"切钢者说,"这颗小行星即将远离蛋星系统。靠我们现在的力量,要把它拉回来,无论如何也需要六个月时间。这段时间,对我们来说,无异于永恒。"

"嗯……"皮埃尔考虑了一下,回复道,"我想,我最好跟斯文森指挥官,还有我的船员们谈谈。"

众人选在景观舷窗休息室讨论这一问题。大家进来的时候,王医生遮住了舷窗。没人提出异议。做决定本身已经够困难,实在经不起舷窗外明亮的黄色太阳闪烁光芒。

"斯文森指挥官说,我们自己做决定即可。"皮埃尔说,"她只有一个要求:进行秘密投票,投票必须全体一致通过,奇拉才能使用奥的斯。"

"要是存活概率高些，说'行'就容易多了。"珍说，"百分之八，这概率可真是不怎么大啊。"

"是百分之八又二分之一。"圣了纠正，"我们必须考虑牵涉其中的智慧生命数量。我们这五条命虽然要冒风险，但我们能阻止一整个智慧文明的灭绝。"

"我只是不喜欢我们离世的方式。"阿卜杜说，"在我看来，活活饿死可不算有趣。我宁可走得干脆些。"

塞萨尔开口道："我想提醒各位，就在三小时前，我们这几个人差点就'干脆'地死掉。全靠两位奇拉，切钢者上将和悬崖网络工程师，我们才活了下来。而这两人，现在正在请求我们帮助。"

皮埃尔等着其他人继续，但没人再说话。于是他下发了空白纸张。

"如果同意让奇拉使用奥的斯，就写'赞成'。如果认为风险过高，就写'反对'。"大家写完后，皮埃尔回收投票纸，迅速浏览。

"四票赞成，一票反对。我去通知切钢者上将，他们得另想办法回蛋星了。之后，我会给引导火箭编程，改变奥的斯的轨道，我们就能回家了。"

"等一等。"阿卜杜提高声音，"我改主意了。我投赞成票。阿玛丽塔的死并不是奇拉的错。生一颗中子星的气，也太蠢了。它没有情感，不会在乎。"

时间：2050 年 6 月 21 日 星期二，格林尼治时间 10:25:02

切钢者和刚刚接受了回春治疗的悬崖网络，坐在侦察飞船里，看着货运飞船从远处的磁单极子工厂运来第一批北磁极单极子，倾倒在人类的变轨星体上。从货运飞船出来后，因为彼此相斥,这批单极子四下散开,成了不断扩散的云团。接着,云团被变轨星体的引力场吸引,落了下去,被直径一公里星体的疏松表面吸收。再往后,等星体磁化,他们就得用电磁加速器,把单极子射入这颗大球中。

"第一批完成。"悬崖网络说,"接下来,还有无穷无尽的批次等着我们。"他吸吮着新食物机器制造的耐嚼红色肉丸。

"漫长无聊的工作。"切钢者应道,"整整四十代人,同一条单调的路线,来回于工厂与变轨星体之间,运送单极子。这种情况很容易造成疲倦、错误,甚至兵变。我要托管学校加入大量的历史课程,运送单极子的工人能有大量的娱乐中心休息时间,还要在货运飞船里装上最新、最好的食物机器。"

他们看着第二艘飞船倾泻下第二批北磁极单极子。

"我们去西极空间站翻修处看看。"悬崖网络说,"他们要把探索飞船'阿卜杜号'改成货运飞船。我去看看情况如何。"

时间:2050年6月21日 星期二,格林尼治时间20:55:45

许许多多个大数转之后,切钢者和悬崖网络才再次拜访奥的斯。切钢者刚刚接受了第三十四次回春治疗,看起来很年轻。悬崖网络和侦察飞船却都上了年纪,十分疲倦。侦察飞船中心的黑洞比之前明显小了很多——在过去的一千三百个大数转中,许多黑洞物质都用来维持惯性驱动的运作了。两人望着货运飞船卸下最后一批北磁极单极子。一束单极子从飞船长长的电磁炮货仓中高速射出,深深地穿透变轨星体业已坚实的星壳。在如今直径只有十米的变轨星体中心,尽管超致密核心中已有的单极子用磁斥力排斥这批单极子,变轨星体强大的引力仍然牢牢地抓住了最后这一批货物。

单极子流全部喷射完毕后，通信链接中响起了欢呼声，足盘叩击，夹杂着舞蹈，持续不断。图像出现：最后的单极子流，以比光速慢得多的速度，扩散到蛋星周围的太空中。欢呼声随之高涨。

"我们完工了！"悬崖网络年迈的足盘努力跟上手下工程师们胜利的叩击。

"这是全体奇拉的一个足盘大波。"切钢者很平静，知道前面的路还很长，"我们得等上八至十二个大数转，让它变凉。然后，我们就能在漫长的回家路上迈出下一个足盘波。"

"我的重力工程师新班会做好准备。你有没有优秀的重力井①飞行员带我们下去？"悬崖网络问道，"虽然奥的斯的表面重力和逃逸速度都只有蛋星的几分之一，但对习惯了太空飞行的人来说，降落还是挺困难的。"

"我的下一轮飞行员班，已经开始在人类飞船'屠龙号'周围的一圈星体上接受训练。"切钢者说，"再过两个大数转，他们就会转到奥的斯上方，开始五十米高度的模拟降落训练。这个班当中最优秀的学员会给你当飞行员，他或她还会得到准许，选一个新名字。班级学员一致同意，他们想要的新名字是'奥的斯升降机'。"

---

① 天体引力场的概念模型。大质量的天体会让周围的空间产生凹陷，周围的小天体会向凹陷里下落。天体质量越大，重力井越深，范围越大。

降　落

时间:2050年6月21日 星期二,格林尼治时间21:00:10

"南半球的人全部撤离!"奥的斯升降机船长对着足盘波动放大器说道。命令从巨大货运飞船的"北极"控制甲板一波一波传出,传到球形飞船底部空无一人的货舱,在船壳中来回振荡——无须警告,底下的人早就逃光了。飞船正快速接近奥的斯表面;从"南半球"看出去,简直像是小行星正从头顶飞速砸下。

惯性驱动有力地嗡嗡响着,巨大的货船接近了小行星。奥的斯升降机悬浮在五十米高处,望着底下的小行星慢慢转动。此时,小行星奥的斯的引力,已经超过了货船中心黑洞的引力。

"能再次感受到重力,真不错。"悬崖网络说。

"我可说不好,我这辈子从没离开过太空。"奥的斯升降机回答。他沿着垂直轨迹线慢慢下降,离得越近,引力越强,开始接近蛋星的重力。甲板中传来阵阵呻吟。

"我的眼睛抬不起来了。"奥的斯升降机说。

悬崖网络瞧瞧飞行员。强大的重力场下,他正拼命努力,想抬起眼睛。他的眼柄很细,正不停地颤抖,努力平衡顶上沉重的眼球。悬崖网络自己的眼柄已经自动加粗,变成了恰当的指数形状。由于许多代时间内极少使用，眼柄有点酸痛；但好歹自动平衡反射仍然存在，能保持眼睛稳定。

"你在高重力下可能没法正常工作，这我可没想到。"悬崖网络说，"要不要我接手？"

"不，我能处理。不过，我得切换到足盘屏幕控制。"他把眼睛收回眼膜底下，注意力集中到足盘下的甲板品尝屏。

最后几米，他们快速下降。接着，奥的斯升降机慢慢把货船停在星壳上。奥的斯的引力拉扯着货船中心的黑洞，使得飞船的球形顶部明显扁平。一块块甲板中不时响起尖锐的挤压声和爆裂声，稳定飞船中心黑洞的力场终于到达了极限，黑洞穿透船壳，坠入奥的斯中心，随即蒸发。飞船顶部稍稍回弹，接着稳定下来。

悬崖网络本以为一落地就能开始工作；谁知，在强大的重力场作用下，足足等了一打转数，食用了大量的食物，生于太空的奇拉才恢复到能工作的状态。悬崖网络本人则很快恢复了平常的敏捷状态，趁其他人积蓄体力的时间，在这颗直径十米的大球上四处考察。

"便携分析机说，这儿的星壳中高强度金属的含量很高。"考察回来后，他汇报说，"我们注入单极子的火山区，喷出物中含有某些富中子的稀有同位素，合成金属时可能用得到，除此之外，星壳各处的成分几乎一致。把制能机装好，让物质分离器和铸造厂赶紧开工吧。"

半个大数转内，物质分离器就产出了粉末状的原材料，铸造厂再用这些原材料铸造出可用的元件。他们的第一个建造物是简化的太空喷泉，这个喷泉只有一条圈环流，只能喷上五十米的高度，连接着粗糙的顶层平台。不过，作为其他飞船的降落码头,它已经足够了。很快,大部分太空奇拉都转移到了奥的斯上,一同建造重力机器,好让大家结束被迫流放状态,回到蛋星。

下一项任务是建造大型重力弹弓,能够以比蛋星大几倍的重力给着陆器加速,让着陆器在十厘米之内达到蛋星的逃逸速度。沉眠在蛋星上的古重力弹弓只需要把小小的飞船抛上天空,新建的大型弹弓却不一样。它必须能抛起缩微版的自己,以预定速度进入太空。花了几乎四个大数转时间,直径为二十厘米的圈环方才造好。圈环有着一米又一米的高强度管道,里面装满了超致密流体,还有蓄能块供能的流体泵,能在短时间内让流体达到高速。让流体产生的斥重力场保持一致,这点很重要。

"再运行一次。"悬崖网络命令。重力弹弓圈环内,排开一列重力探测器。悬崖网络监测着探测器的读数。圈环的直径很大,但厚度很小。为了达到这一点,悬崖网络几乎打破了所有的重力工程法则的底线。这架重力弹弓只需起效一次。一旦这次成功,一切努力都是值得的。他们目前进行的测试,能量只有实际运作水平的几分之一。这样就可以了。马力全开只有一瞬间,只能用于实际弹射。机器嗡嗡响着,探测器显示出重力等压线图。

"中央一厘米区域,重力差只有十亿。"工程师推拉报告,"着陆器肯定吃得消。"

悬崖网络仔细查看图表,对某些光滑的圈子进行微调,随后关闭显示。

"发射圈环已经备好。下一步,造着陆器。"他说,"我们已经过了远拱点,所以,时间只剩下四个大数转。"

"不用这么久,很快就能造好。"推拉回答。

"这一点我相信。"悬崖网络回答,"不过,在着陆器成功发射之前,我们还得跟另一个人商量一下。"他重启了自己的足盘屏,键入一段简短的正式消息,随后没等回复,径直离开——因为回复要过很久、很久才能到来。

时间:2050年6月21日 星期二,格林尼治时间21:02:03

皮埃尔害怕的通信终于来了。

"请求对小行星O-1重新编程,移至下列坐标显示的时空点。"图像中,悬崖网络说。接着,由 x、y、z、θ、φ、λ、τ 组成的龙蛋时空系统坐标出现。奇拉要求的轨道在蛋星重力井深处。所以,深空与中子星表面百分之十的时间速率差,以及两者的参考系拖曳[①]差,显得尤为重要。

悬崖网络不习惯跟人类对话。每次来屏幕前查看是否有回复时,他总是忘记保持同样的位置。所以,他的图像每秒钟会闪动五次。

皮埃尔一时犹豫。图像便又闪动了。

真正的决断早已做下。于是,皮埃尔伸手触碰面前的屏幕,将坐标输入一直使奥的斯保持原本轨道的引导火箭。接着,皮埃尔又按下触摸屏上的"执行"方块。引导火箭喷出火焰。几秒钟内,奥的斯进入了新的轨迹线。这条轨迹线会让它进入离蛋星表面只有几米高的轨道。

时间:2050年6月21日 星期二,格林尼治时间21:02:03

推拉从测试设备上抬起眼睛,注视着围绕奥的斯的引导火箭,"我们周围的大型人类航天器好像有动静。"

[①] 处于转动状态的天体对周围的时空产生的拖拽现象,由爱因斯坦广义相对论预言。

"我也注意到了。"悬崖网络说,"高流速管子情况如何?"

"它们通过了流体测试,一直抗到两倍设计压力。再往上,就扛不住了。"推拉回答。

"好,不过好过头了。把厚度减小二十四分之一,然后再测试。我想让这机器分量够轻,能跳到蛋星上空四十米的高度。"

直径四厘米、具备自动升空功能的重力着陆器,建造时间比第一个大型重力弹弓少得多。等到完工,离奥的斯到达近拱点还有将近一整个大数转。

切钢者过来参观完工的着陆器。着陆器是个小圈环,安置在重力弹弓大圈环之内。

"它叫什么名字?"切钢者问。

"一个着陆器而已。"悬崖网络答道,显然有些不耐烦,"正式点的话,它就叫蛋星表面降落器。"

"飞船都得取个名字。"切钢者说,"它要在蛋星表面飞行,就得取个飞行动物的名字。"

"蛋星上哪儿来的飞行动物!"悬崖网络越发恼火。

"人类的地球上有飞行动物,"推拉插嘴道,"老鹰就是其中之一。"

"那就叫'老鹰'①。"切钢者宣布。

"你高兴就好。"悬崖网络回答。

"我们还有什么能做的?"

"我得好好想想。"悬崖网络说,"一旦完成蛋星降落,在文明重建之前,我们无法再次起飞。我们资源有限,只能带走必需之物。万一忘了什么东西,那可没法回来拿。告诉我,重建文明最少需要多少各类熟练技师和设备?"

---

① 人类首次登月时,登月舱的名字便是"老鹰"。

"我不知道。"切钢者回答。

"我也不知道。但是,从现在起一百二十二转后,我们最好能有个答案。"

时间一转转过去。着陆队人选已经决定,设备也都装上了"老鹰"顶面的一个个小间。"老鹰"在空中变大,接着消失在迷你行星的地平线上。此时,在人类引导火箭的作用下,奥的斯已经把重力弹弓转回,重新面对轨道轨迹线。"老鹰"发出的光芒从天空消失后,他们只能依靠奥的斯表面暗淡的光线照明。红色的冷光给最后的转宴蒙上了阴影。

食物制备者尽了全力。除了食物机器造出来的大量人造食品,还有好几只整个的宠物悄悄,是为了这一时刻特别喂肥的。悄悄上还装饰着美丽的新鲜坚果和水果。一搬到奥的斯上,他们就开垦了花园,用人造种子种出了坚果和水果。转宴的中心,是一整只烤奇拉。这位奇拉不慎从重力弹弓脚手架上坠落,所以身体摔成了扁平,但这不影响口感。切钢者和悬崖网络决定不跟人群争抢,吃一只悄悄就罢。

"悄悄味道很好。"切钢者从眼柄上吸下眼球,评论道。

"比不上蛋星的肉用悄悄。"悬崖网络回答。

"我一直努力忘记它的存在。"

"当初在蛋星上,我从没在食物上花过心思。"悬崖网络说,"每逢转宴,我只会随便塞饱进食囊,就好像给机器充能似的。现在,我们离重回蛋星的时间越来越近,我的进食囊开始渴望一块上好的悄悄肉,或者一股南极单莓汁。"

"实在是太久了……"切钢者回想起天上地下的两部分奇拉,隔绝了几十代,各自经历过多少痛苦和绝望,不由得陷入沉默。尽管刚刚接受过回春治疗,他还是感觉自己年迈而疲倦。

　　下一转过得飞快。太空喷泉的升降机不断运作,把大部分奇拉送回飞船。奥的斯上的发射基地已经完成了使命,即将废弃。仍然留在奥的斯上的,是一百四十四个勇士,即将飞向蛋星表面。

　　在奥的斯星壳上,悬崖网络望着货运飞船从太空喷泉顶部起飞。等飞船安全升空,他朝等在控制端旁的工程师点了点眼柄。工程师调整一番,星壳内部传来的高音啸叫降低了调子。慢慢地,喷泉越来越低,越来越短。很快,便只剩下一堆金属环,还有几层平台。直接关掉圈环流,让喷泉倒下会更简单,但可能会有某个圈环飞出去,留在环绕奥的斯的轨道上,最后砸在"老鹰"上。悬崖网络不想冒险。

　　下一步任务,是给"老鹰"的流体管充能。

　　"给一号管阵的流体泵连上能源线。"悬崖网络下令。星壳上一个个洞中竖起一条条杆子,跟散布在"老鹰"外围的两打流体泵合在一起。流体泵嗡嗡作响,超致密黑洞尘在一排排管子里越转越快。流体到达相对论速度的时候,"老鹰"的船壳吱嘎作响。流体泵继续施加推力,流体的速度没有加快,但重量越来越大。"老鹰"圈环内的重力位①强度,已经超过了古老的爱因斯坦理论的描述范围。不过,因为流率的变化率很慢,所以,圈环中心洞中产生的斥重力,小到可以忽略不计。

　　悬崖网络感到流体泵的啸叫到达高峰,转而平稳。"老鹰"的一条管阵已经充满了以高速超致密物质形式存在的能量。是时候离开了。

　　"切换到内部能源。"他下令。流体泵从外部能源切换到内

---

　　① 在重力场中,单位质量质点所具有的能量称为此点的重力位,也称重力势。

部能源,啸叫声稍有停顿。内部能源会补偿摩擦力和重力辐射损失,但只能坚持几毫秒。所以,他们现在就得起飞。悬崖网络望着给"老鹰"充能的高大能源导线从船壳连接处抽回,慢慢降低,回到星壳洞中。停在发射垫上的"老鹰",现在可以自由飞行了。

悬崖网络的工程师任务已经完成,四只眼柄停止了平常的波动模式,转向奥的斯升降机。

"船长,'老鹰'准备就绪,可以发射。"悬崖网络说。

奥的斯升降机的足盘踏在屏幕上。屏幕上有一条预定路径,路径上有个小点,他在等待奥的斯到达这个小点。奥的斯现有轨道,会把奥的斯带到距离蛋星表面不到一百米处,以三分之一光速掠过蛋星表面。蛋星的巨大潮汐力撕扯着小行星,奥的斯的星壳发出隆隆声。悬崖网络担忧地四下张望,只希望这个区域的星壳能多撑几毫秒。

掐在小行星到达近拱点之前,船长有了动作。"发射!"奥的斯升降机发出命令,足盘在身下的触摸屏上迅速移动,中子束发出加密信号,从"老鹰"发向环绕周围的机器。制能机一直将能量储存在临时蓄能块中,等待发射的命令。一接到信号,所有储存的能量,加上制能机此时能够产生的全部能量,都切给了大型重力弹弓的流体泵,推动致密黑洞尘。

高压之下,流体泵尖叫起来,用难以置信的加速度推动二十厘米直径圈环内的黑洞尘,流动的黑洞尘在圈环内部产生出重力磁场。随着重力磁场的迅速增加,圈环中心随即产生出相应的斥重力场。"老鹰"以数倍于蛋星重力的加速度弹射出去,但身处其中的船员们却没有任何感觉——因为利用的是重力。两纳秒之内,"老鹰"的速度便达到光速的三分之一,离开了奥的斯表面,一动不动地悬浮在光神天堂郊外一百米高处。接着,"老鹰"开始坠落。

"把十二分之一的流体从一号管阵转到二号管阵。"奥的斯升降机下令。

片刻后,大副报告:"船长,没有反应。"

"再试一次。"

"老鹰"下落的速度越来越快。

"我试了,"大副太空足盘回答,"信号发送成功、接收成功,但转向阀门没有反应。肯定是卡住了!"

"没卡住。"悬崖网络插嘴道。他把自己工程师屏幕上的转向阀门图像传到两位长官的屏幕上,"有人忘记拔下保险栓了。图像上能看到保险栓尾部的发亮标签。"他流下屏幕,朝环绕圈环中心洞的内侧栏杆移动。

"动用蓄能块,减慢一号管阵的流体速度。"他一边从栏杆中间挤出去,一边说,"这办法没法让我们降落,但能减慢下坠的速度,争取时间。"

"你去哪儿?"奥的斯升降机问道。悬崖网络的回应听来发闷,而且十分遥远。因为他的足盘振动得沿着"老鹰"的管状引擎绕一圈,才能回到控制甲板。

"我去拔保险栓。"悬崖网络说。

悬崖网络找到了二号管阵,沿着巨大的管子堆移动。一条条管子,层层叠叠,环绕着"老鹰"圈环状的船身。幸好"老鹰"上的引力足够抓住他,让他不至于下坠。他靠近圈环中央洞,望见了底下的蛋星星壳。船长已经打开了一号管阵的流体泵,但"老鹰"仍然在快速下落。悬崖网络来到一号和二号管阵的连接处,找到了转向阀门。越是靠近一号阵列,足盘就越是打滑——管阵内高速流动的超致密黑洞尘，企图把他拉入自己的惯性参照系。悬崖网络的足盘抓紧二号管阵的光滑表面，小心翼翼地移向转向阀门。他拔下保险栓，举到视频监控探头前。

"让流体转向！"他叫道，希望自己的声音能通过船壳，远远地传到他们那儿。

"我等你！"船长放大的声音，通过飞船的主播音系统传来，"快！"

悬崖网络看了看飞速接近的星壳。那儿有几十打、几百打南极单莓汁，他再也尝不到了。

"没时间了！"悬崖网络叫道，"马上转向！"

转向阀门猛地关上。超高速、超致密的黑洞尘，从一号管阵流向二号管阵。重力位的突然变化，造成了超强的斥重力场，把转向器阀门附近的悬崖网络扯了下来，掷向底下的星壳。一道白炽的等离子光闪过，他不见了。

"老鹰"的斥重力场从圈环中心洞生出，有力地推向底下蛋星大气中的物质。飞船减慢了坠落速度，奥的斯升降机船长终于重新控制了飞船。不过，一旦黑洞尘从一号管阵全部流到二号管阵，他们就没法继续悬浮。时间不多了。船长驾着"老鹰"朝附近的小山脉飘浮而去，一路寻找适合降落的平坦地点。

依靠斥重力场，"老鹰"慢慢滑行，靠近山脊。斥重力场在山腰处划出深深山谷，造成了小型星壳震。他们经过一群正在吃草的动物，吓得它们四散奔逃。接着，最后一点储备的能量冲入流体泵，增强了最后一点转向流体的速度——飞船慢慢降落。大副太空足盘监视着飞船底部的探测器和视频监控。

"……二百毫米……降落角度四点五度……接触指示……引擎停止……"

沉重的机器落在星壳上,星壳微微凹陷。沉默片刻后,足盘叩击声和电子口哨声响了起来。奥的斯升降机船长用中微子通信链接向等候在轨道上的飞船汇报道:"东极站!这里是龙蛋基地。'老鹰'已经降落!"

欢呼声响彻"老鹰"的船壳,也回荡在切钢者上将足盘下的通信端中。切钢者却没有跟着欢呼。他的十二只眼睛都抬了起来,望着变轨星体奥的斯撕裂成碎片的残骸。他们拯救了一个世界,而那五位无辜的朋友,却不得不缓慢痛苦地死去。

时间:2050年6月21日 星期二,格林尼治时间21:02:46

识字者收到的第一条大灾将临的警告,是附近小山传来的星壳隆隆声。他的眼波模式犹豫了一瞬,脑结随即将这种隆隆声识别为另一次星壳震,眼波模式随即恢复正常,四只非粉红色的普通眼睛继续阅读摊平在星壳上的卷轴。卷轴里提到了能跟天上星星交谈的魔法机器,记录了它的操作方法。里面有好些识字者不认得的字,但他心存希望,指望通过一再阅读,弄清这些字的含义。

星壳震还在持续,而且越来越近。识字者粉白相间的足盘中与生俱来的狩猎反射向脑结发出了警告。他停止阅读,开始分析从星壳中传来的震动:听着不像是野生迅猛兽;那么,他放牧的肉用悄悄没有受到攻击的危险。不过,来者肯定是陌生生物,而且正冲着他过来。

识字者朝足盘指示的方向望去。起先,他什么都没看到;接着,他发觉星壳上腾起尘土,顺着附近一座小山一路下传。他抬起头,发现天上有颗星星正在下落,而且正冲着他的头顶砸下来!他的足盘发出尖叫,跟放牧的动物们一同恐慌逃窜。

切钢者等待奥的斯升降机关闭"老鹰"的流体泵，稳定好蓄能块，这才开始说话。

"降落非常出色。蓄能块还剩多少？"

"只有悬崖网络预计的四分之一。"奥的斯升降机回答，"不过，一打转数之内，应该足够维持飞船系统运行。"

"一打转数后，我们得建好一台新的制能机，让它开始运作。"切钢者说，"把高级工程师都叫到控制甲板上来。你手下的高级船员也来。在外侧栏杆设置四名太空员警戒。我们离城市很远，但下来的时候还是看到了人。""老鹰"的船员甲板空间不大，没多久，高级船员就到齐了。

"现在，我们已经来到了蛋星表面，太空人的任务暂时结束，得等你们工程师让这台重力弹弓重新工作，接一艘飞船下来，我们才有活儿干。"切钢者说，"悬崖网络不在了，我来接手管理工程分部，希望奥的斯升降机船长接手太空分部。太空人们目前的职责是支援、安保、跟蛋星奇拉接触，以及为工程师们提供需要的技术。想要乘坐超级复杂的航空器四处飞行、制备食物、跟野蛮人交流，我们的路还很长。不过，工程师们越早在这片受光神折磨的地方重建技术，我们就能越快回到太空。"

"我们会一同奋斗，"奥的斯升降机说，"我的太空人队员随时候命。"

"为了节省能源，最好不动用食物制造机。"切钢者继续，"降落的时候，我注意到有一群动物逃散开去。如果你能组建一支食物收集队，找几只动物来喂饱大家，你的船员就是真正的英雄了——不仅能帮我们度过能源危机，还能安慰饥肠辘辘的工程师们。"

"我们很快回来。"奥的斯升降机领着高级船员们离开。

切钢者继续对工程师们说:"我们的首要任务是取得能源。谁负责建造迷你能源厂?"

"我负责。"工程师能源包回答,"我的队伍正在搬运零部件,往升降机里装。"

"我跟他们一起下去。"切钢者说,"你们还需要什么?"

"需要一台物质分离器,一台单极子生成器,"能源包说,"还有数百米长的高强度管子,通到星壳底下富中子的岩浆层。"

"等你们需要用到的时候,这些都能准备好。"工程师德尔塔质量保证道,"绝对不泄漏。"

"我预感,管理网络建筑公司的工程进度,会是我干过的最容易的活儿。"切钢者说,"咱们赶紧波动足盘吧。"

"升降机下得很慢啊。"切钢者说,"是因为能源厂零部件的重量太大?"

"不是。"能源包回答,"悬崖网络给升降机控制端设了程序,目的在于尽可能吸收能量,而不是尽快安全卜降。我们一边给'老鹰'卸货,升降机引擎一边会给蓄能块重新充能。悬崖网络总喜欢盘算如何降低工程成本。"

"这一次,他这习惯很可能救了我们大家的命。"切钢者说,"他真是个了不起的工程师。"

"是的,没错。"能源包赞同道。升降机内陷入沉默,两人一路无言。

到达星壳表面时,能源包拉开低推拉门,随即后退,让切钢者先行。切钢者犹豫片刻,滑下电梯,来到蛋星星壳上。

"我回来了。"切钢者上将对着温暖的黄白色星壳轻声地道。他望着电梯里的其他人纷纷流下,将自己围在中心。终于回到家园，让人们心生敬畏。

切钢者发声道："别再叫我切钢者上将，我曾经的名字是星翔者，从现在起，叫我星壳爬行者。我厌倦了太空，也厌倦了同春。我要待在星壳上，直到流逝。"

识字者照管着剩余肉用悄悄。其中一只悄悄似乎生病了。他收起深红色的普通眼睛，只留下三只粉红色的眼睛，查看面前的动物。肉用悄悄体侧有一块超红亮斑，说明有问题。识字者暗暗感激自己的斑点族特有的粉红色眼睛，又救了一头牲畜。他伸出操作肢，探入这只动物的进食囊，掏出好几块小石子。这笨家伙误把石子当作坚果了。治疗完后，他放开这只肉用悄悄，让它回去吃草。

就在这时，他听到了远处陌生人的声音。他们的动静可真大。识字者在一块星壳岩后摊平身体，拉低眼柄，让足盘代替眼睛。他庆幸自己的覆膜上有斑点，很难被发现。

应该不是来自光神天堂中心的"十二贡"收取者。现在时间还太早；再说，收取者会骑迅猛兽前来。而且，哪怕下了坐骑，他们也绝对不会像那些陌生奇拉一样，发出这么多不必要的噪音。

他仔细地听着，分辨出了几个声音，说得又快又急，还有好些他听不懂的词。

一行人排成单列，推开磁场移动，穿过扬起的星壳尘。"我们下来的时候，'老鹰'在星壳上犁出的沟可不浅啊。"奥的斯升降机说。

"我看到前面有东西，"数星者中尉说，"它身上有黑色条纹。"

"肯定是刚才那群动物当中的一只。"医学博士莱恩-麦考伊看看卷轴，"我列出了一份清单，记录下了据说在星震中幸存的动物和植物。"她迅速浏览卷轴，很快找到目标，"就是这个，肉用悄悄。身上有条纹，连肉里也有条纹。黑色的肉吃起来像地坚果，白色的肉据说有单莓的味道。"

"我的进食囊已经开始分泌汁液了。"数星者说，"快捉住它，带回基地吧。"

"捉它应该不难，"奥的斯升降机说，"它一动都不动。不过，为保险起见，还是包围过去。"

识字者抬起一只眼睛。陌生人发现了飞行星星降落时死去的肉用悄悄。他们移动得很小心，想必是以为悄悄还活着。可那只悄悄很明显已经死了——星壳中没有传来体液泵的脉动声。要是连这一点都感觉不到，陌生人的足盘肯定出了问题。

莱恩-麦考伊接近一动不动的黑白条纹肉用悄悄，终于发现了这只动物顶面上的大伤口。肯定是下落的星壳碎片砸到了它的脑结。

"它死了，船长。"

"很好。我们切了它，拖回基地去。"

莱恩-麦考伊从储物囊取出医疗包。很快，外科大夫的手术刀就干起了屠夫切肉刀的活儿。

"不知道悄悄吃什么？"数星者装起了一大块肉，"这儿什么都没有，只有这种带尖刺的灌木。"他的操作肢沾上了悄悄的体液，一直往下滴。他把操作肢伸进进食囊吸干，"嗯，好鲜！有地坚果的味道。"

"那丛灌木就是地坚果。"莱恩-麦考伊告诉他，"这些肉用悄悄受过训练，会挖开这种植物附近的星壳，吃下面的坚果。"

"我们也带些坚果回去。"奥的斯升降机说,"医生负责切肉,其他人负责挖地坚果。等食物制造机造出白色肉糜,这些坚果能做漂亮的装饰。"

"什么都比光吃肉糜好。"一名太空人说罢,开始挖掘。

识字者终于按捺不住,不得不行动了。毕竟,保护部落的牲口群是他的工作。看起来,这些飞行星星上下来的陌生人,打算把悄悄带走吃掉。部落里还有很多饥饿的幼仔,急需这些肉食。他收起身体,移动到藏身的岩石顶上。他并没有特意隐藏动静,可是陌生人并没有感觉到声响。他准备好牧人的长矛,松开囊袋里的一袋足盘刺,以防陌生人追击。

"向你们问候,伟大的陌生人。"他朗声道。他们没听到。

"向你们问候!"他提高了音量。终于有个陌生人看到了他。

"有个土著。"奥的斯升降机说,"大家回来,跟他聊聊。我们切开的很可能是他的肉用悄悄。他到底是怎么偷偷来到我们身边的?留几只眼睛观察四周,说不定还有其他人。"

"问候你们,伟大的陌生人。"识字者说,"如果你们来自光神中心,来收取'十二贡',那你们来早了。很抱歉,我们损失了一头动物。不过,是你们跟星星一同移动的新坐骑造成的。"

面前这位幼仔说的话,奥的斯升降机大部分能听懂,他不由得松了口气。幼仔的口音低沉迟缓,还说了几个他没听懂的词。"光神中心"指的可能是光神天堂的中央部分,"坐骑"这个词的词根表明有人"乘坐着"什么东西(虽然这儿没有任何可乘坐的机器)。至于"十二贡",他完全摸不着头脑。

"向你问候。我是奥的斯升降机,"船长说,"我们不是从光神中心来的。我们来自附近的星星,就是不旋转的那些。"

"我是识字者。"幼仔回答,"我在卷轴里读到过,附近的星星上有奇拉生活;但在亲眼看到你们之前,我一直不相信。如果你们不是从光神中心来的,就不能带走这只瘤牛悄悄。要是光神中心来的收取者知道你们拿走他们的'十二贡',会很生气的。"

"收取者是谁?"奥的斯升降机问道,"'十二贡'又是什么?"

"每过七十二转,光神中心的皇帝就会派来收取者,命令我们把部落的牲口集中起来。我们会交上给皇帝的'十二贡',收取者会带着牲口离开。他们还会带给我们一百四十四颗肉用悄悄的蛋——他们下一次想吃什么口味的悄悄,就带给我们什么口味的蛋——然后,我们孵化这些蛋,照管它们,等收取者下次再来。"

"他们要拿走你们牲口的十二分之一,不付任何报酬?"奥的斯升降机没法相信听到的话。

"不,"识字者解释,"是我们能留下牲口的十二分之一,如果照管得当的话。"

"你们为什么不畜养自己的牲口呢?"奥的斯升降机问。

"我们没有悄悄蛋。"识字者说,"皇帝不准我们拥有牲口,它们会吃掉皇帝的地坚果。我们自己只能在山区挖地坚果吃,那些地方是不许悄悄进入的。这个大数转,我的部落恐怕要挨饿了。迅猛兽吃掉了六只瘤牛悄悄,你们的机器杀掉了两只,还有六只跑散了,没找回来。你们切掉的肉属于皇帝,要是皇帝的收取者发现这些肉不新鲜了,会生气的。"

"告诉收取者,我们会为这只肉用悄悄付账。"奥的斯升降机说,"目前,我们需要食物;但再过一打转数,我们就会有充足的食物。收取者和你的部落都可以来取,想要多少就取多少。"

"你没说真话。一打转数之内不可能种出食物来。"

"我们不种,我们制造食物。"奥的斯升降机说,"我们使用机器,能造出很多种口味不同的食物。等过了一打转数,你可以来尝尝。"

他探入囊袋,掏出一枚闪亮宝石眼环,放在地上,接着退后,"这是给你的礼物。我们的飞行机器吓坏了你和你的牲口,我们很抱歉。转告你的部落,我们不会让他们挨饿的。"

识字者没注意闪亮的眼环,四只眼睛却盯着莱恩-麦考伊拿着的银色金属卷轴。

"那是卷轴吗?"识字者问道。

"是的。"莱恩-麦考伊回答。

"上面有字、有词?"

"对,还有些图片。"

"眼环很漂亮,不过我更想读些新东西。"识字者说,"我用我的卷轴,换你的卷轴。"他伸进囊袋,拉出一份皱巴巴的脏卷轴,"这份卷轴很老,不像你的卷轴那样闪闪发亮。但上面写的话仍然能辨认。"

"我可以给他。"莱恩-麦考伊说,"等我们回基地,我让电脑打印一份新清单就行。"

交易达成。船长还额外赠送了眼环。交换后,船长小心地打量着这份古老的卷轴。

他摊开卷轴,慢慢展开到底部的个人签名处,"是日志的一部分。是琪琪写的!"

"我们一定得弄清楚他从哪儿找来的。"莱恩-麦考伊低语。

"以后再说。眼下,我们得先启动重力弹弓,确保部落不挨饿,还要想办法跟独裁的皇帝交朋友——看样子,蛋星上所有的肉用悄悄和坚果都属于皇帝。"他停下电子低语,移动足盘,再度转向识字者。

"你说的皇帝是谁?"奥的斯升降机问。

"他是强有力者、可怖者、不宽恕者、永不流逝的奇拉——斑点阿提拉。"提起这个名字,识字者的斑点足盘不住地颤抖。

与此同时,工程师能源包正在基地中建造能源厂。想活下去,必须得有能源。

"我们离基地大约二十厘米,"他说,"这个距离应该足够。能源厂造成的星壳裂缝不会影响到重力弹弓的底座,重力弹弓的散逸重力场也不会干扰到能源厂。我的团队就在这里设置钻孔机,开始打孔。"

"目前,洞孔内壁衬管有六厘米,足够你们开工使用。"工程师德尔塔质量回答,"等到你们钻到六厘米深度,我的团队会造好另外的十二厘米衬管。之后,我们造管子的速度就会超过你们钻孔的速度。"

"我们走着瞧。"能源包说,"悬崖网络设计的反物质喷射钻能轻易刺穿星壳,就像黑洞刺穿人类一样容易。"

德尔塔质量返回基地,一路移动很慢,思考着连接基地与能源厂的二十厘米能源线该如何规划走向。回到基地时,她的团队已经启动了物质分离器,掘起了大堆星壳喂给分离器。进入分离器后,大部分星壳都会变成粉末,通过管子喷入废料堆。稀有元素、有用的金属与化合物则被收集起来。此外,高强度的金属会铸成坚固的合金,变成粗粗的管子,挤压出来。

一段长长的管子落在星壳上,发出响亮的"哐啷"声。"最初的三厘米完成了。"德尔塔质量对手下说道,"咱们提早休息,吃转宴去吧。一想到肉用悄悄的味道,我的进食囊就不停地分泌液汁。肉上面还会加上地坚果和单莓——我等不及啦!"她领着队员离开,已经完成的管子则由运输队装上货运滑翔机,拉到远处的能源厂建造处。

德尔塔质量在基地外围停下,询问餐区的方位。这一转里,她的团队一直忙着操作物质分离器,金属弯折者带领的基地建造团队则把"老鹰"的货运及生活平台几乎拆了个干净,把拆下的材料在星壳上重新组装,建造带围墙的居住宅院。

"餐区造好了吗?"德尔塔问。

"我们最先造的就是就餐区。"金属弯折者回答,"穿过外墙上的东门,直接朝中心方向去就行。那儿既是餐区,也是会议区。"

"太好了!"德尔塔质量领着团队朝东门移动。

"你肯定会喜欢肉用悄悄的。"金属弯折者说。

"但愿你和你迅猛兽似的团队,没把肉全吃光。"德尔塔回应。

"当然没有。备餐团队想让这只肉食悄悄多维持一阵。你得先吃完一大份肉糜,他们才会给你一小块肉。"

听到肉糜这个词,队员的足盘呻吟起来。人工食物制造机很能干,能造出各种各样不同风味和质感的食物。尽管如此,只吃人工食物,一连吃上几十打大数转,也会让囊袋强烈渴望不同的食品。

反物质钻头在星壳里迅速移动。能源包的钻孔队已经掌握了节奏,钻出的洞一毫米一毫米地加深。最后,他们终于靠近了岩浆层。在这一层,温度、压力和密度都很高,中子多到几乎形成了液体。这些中子滴让钻头的外罩出现了质变的征兆。

"压低最后一段衬管,在顶上加上压力封。"能源包说,"然后在钻头线上系个反物质炸弹,垂下去代替钻头。我们来制造火山—— 一座受控制的火山。"

反物质炸弹降到了洞底,钻头线撤离。一段加密的脉冲声波输出,炸弹应声炸裂,摧毁了剩下的几厘米星壳。星幔中的高压中子流朝表面冲来。流进低压区域时,一部分中子衰变成电子和质子,释放出能量,同时降低了液体密度,使得流速更快。

"来了!"能源包大声喊道,压过星壳深处的隆隆声,"打开制能机的阀门!"

高速、高压、高温、高密度的核子流沿着钻孔上升,在制能机中旋转,释放出热能、动能和核能,又全部被制能机吸收。剩余的温暖星壳尘被喷射到附近的废料堆;从蛋星腹中抽取的能量则通过输能线,输送到二十厘米外的基地,为基地的机器供能。

原切钢者,现在的星壳爬行者上将,召开高级干部会议。

"我们已经上路了,"他说,"但还有很长一段路要走。悬崖网络的下一步计划是什么?"

"重力弹弓需要的能源厂,规模比我们目前运行的这一座要大上十二倍。"能源包说,"我的震动调查队在光神天堂西部四十厘米处,找到了一处富含能量的岩浆上涌,看起来符合要求。我们已经把钻孔机移了过去,在第一个洞往下钻了一米。不过,我们还需要一座能源厂的支持。"

"我的团队已经完成了基地的居住区,"金属弯折者说,"还在基地外围设好了防止野生迅猛兽的磁力障。能源厂我们可以造。我们有很多计算机控制的机器焊工、打磨工和切割工,能造出精密部件;但我们还需要铸造大型部件的冶炼炉。只要有足够的金属,我们就能开工。"

"最近几转,物质分离器一直在生产金属板。"德尔塔质量说,"不过,按照能源包团队的工作速度,我们很快就得重新改为生产衬管。或许,你们的当务之急,是再造一台物质分离器。"

"说得对。"金属弯折者说,"我立刻吩咐下去。"

"还有其他事吗?"星壳爬行者问。

"别忘了,我答应过附近的部落,一旦有了能源,就会分给他们食物。"奥的斯升降机说,"过去几转,我们已经拜访了他们好几次,增进了不少了解。很明显,他们只能勉强活命而已。我们给他们带了些各种口味的肉糜样品,他们称之为'神的美味'。"

"好啊,"金属弯折者说,"我们用肉糜机跟他们换一群肉用悄悄。"

"他们不会干的。"奥的斯升降机说,"他们把降落时死去的悄悄给了我们,但其余的牧群属于皇帝。说起来,随着牧群收取者到来的时间越来越近,我发现部落首领也越来越忧心忡忡。"

"首领怎么说?"星壳爬行者问。

"她不肯多说。不过,每次提起这个话题,她的眼波模式都会出现古怪的抽搐。当然,这或许是我的想象——部落首领,还有好些部落长者,都缺失了好几只眼睛,抽搐也有可能是旧伤引起的。"

"我们一定得说到做到。"星壳爬行者说,"就从下一次转宴开始。我们邀请他们前来,把转宴变成一次真正的宴会。"

"能为欣赏我的作品的人制备食物,无疑是件快乐的事。"主厨囊袋愉悦者说,"只要工程师们帮忙配个能源包,我可以分给他们一台食物制造机,教他们如何操作。"

"我可以分给他们一台滑翔机,"能源包说,"帮他们把肉糜机运回住处。滑翔机上的能源包可以为肉糜机供能。一旦能源水平降低,他们可以把滑翔机开回来,在我们这儿重新充能。"

"我很了解这个部落,"奥的斯升降机说,"他们很骄傲,一定会坚持自己带食物赴宴。"

"太好了!"囊袋愉悦者说,"我很想多了解本地的各种食物。不只是如何制作,还有最佳种植方法。为了让转宴上听不到大家的呻吟抱怨,我愿意尽一切努力。"

"你说得对,主厨。"星壳爬行者说,"我们不能永远依靠人工食物过活。别忘了,我们的主要目的是:再次成为土生土长的蛋星人。"

"我去邀请部落,让他们在下一次转宴时过来。"奥的斯升降机说。

皇 帝

时间:2050年6月21日 星期二,格林尼治时间21:02:58

离这一转结束时间还早。不过,来自远处部落住处的长长队伍,最前头的几个已经到了基地。除了负责放牧的成员,整个部落都来了。队伍由部落首领凹盾牌领头,她高举着自己坑坑洼洼的盾牌。身后紧跟着部落的武士,扛着现杀的肉用悄悄——这头悄悄是粉红色的,还有发亮的白色斑点。再往后,是部落的幼仔,囊袋里装满了坚果和莓子。幼仔后面是老者。小小的雏仔装在老者的囊袋中,探出小眼睛好奇地观看。队伍最后,是正好不轮值的牧人。

“他们从哪儿弄来的粉白肉用悄悄?”望着队伍越来越近,星壳爬行者低语道。

“东边再远处,有个部落负责放牧这种口味的悄悄。”奥的斯升降机回答,“我发现,我送给他们的闪亮珠宝,绝大部分都没了。他们很可能去了那个部落,用珠宝跟他们换了一只皇帝允许他们保留的悄悄。”

“来自尘土星壳部落的朋友们,欢迎你们!”奥的斯升降机船长致辞,“你们能带来食物,丰盛我们寒酸的转宴,我们非常高

224

兴。趁等候转宴开始的工夫,你们或许愿意品尝些我们放在食物垫上的转宴前点心样品。"

"我们感谢光神,感谢我们的新朋友和他们了不起的食物机器。"凹盾牌答礼,"愿我们永远不必挨饿。"

武士和幼仔们卸下带来的食物,囊袋愉悦者的团队迫不及待地上前抬走。刚刚走完长路的部落成员,饥饿难耐,同样迫不及待地来到食物垫旁,品尝食物机器造出的多种丰富食品。

"你们太空人,这些一点都不吃吗?"识字者问奥的斯升降机。

怕他起疑心,奥的斯升降机挑选了一粒深红色有嚼劲的肉丸,放入进食囊,接着解释道:"我们更愿意等着品尝你们带来的食物。"

"肉用悄悄味道确实不坏。"识字者一边往进食囊里放了两块金黄色透明晶体,一边说,"可是,我不明白,你们为什么宁愿吃地坚果和单莓,也不吃这些美味的块块。"

"我们会给你们一台肉糜机,等你吃上几个大数转肉糜,其他什么都不吃,你就会明白了。"奥的斯升降机说。

"我绝对不会吃厌。"识字者拾起一根黄银相间的小棒,一边吸吮小棒的一端,一边说,"说明卷轴上的每一种食品,我都要试试。"

"由你来操作机器吗?"奥的斯升降机问。

"对。我是部落里唯一一个识字的,所以他们让我管理机器。"

"转宴准备好啦!"囊袋愉悦者主厨在星壳中大声叩击。人们纷纷进入就餐区。就餐区中,那只粉白相间的肉用悄悄,趴在碎坚果和新鲜单莓装饰上,静静地等待着。没多久,悄悄身边就围满了太空人。尘土星壳部落则围在新食物机器周围。识字者试着操作机器，几乎忘了吃东西。他让机器制造出一堆堆金黄色的晶体、深红色的肉丸、蓝白色的蛋、黄银色的圆柱体，一种比一种美味。

凹盾牌与星壳爬行者分享同一袋单莓汁。"真是奇迹般的机器。"凹盾牌说，"不过我有点担忧，有了食物机器，就不必出去狩猎，我的武士们会闲得发慌。"

"他们可以来这儿，我们教他们学习。我们可以教他们识字、算术、操作机器。我们说不定还能教他们自己制造机器。"

"妙极了！"凹盾牌说，"走的时候，我会留下几个人跟着你们学习。他们一边学，一边说不定还能帮助你们，一同建造能把天空中的星星船拉下来的大机器。"

突然，三名牧人足盘全速波动，飞速冲进了就餐区，有一个在慌乱中还丢了自己的牧人长矛。

"收取者来了！"第一个喊道。

"她数了数悄悄的数量，非常生气。"第二个凑近凹盾牌，"她说，让我们带她来你这儿。我们尽快赶来了。"

星壳中响起警报。"五头迅猛兽从东边接近，"电脑声音说，"磁力障已经激活。"

"迅猛兽？"星壳爬行者问。

"皇帝的武士不会在星壳上爬行。"凹盾牌解释，"他们骑在受过训练的迅猛兽背上。"凹盾牌方才一直跟星壳爬行者分享同一块进食垫。此刻，她从进食垫旁边的休息垫上起身离开。星壳爬行者跟在后面。

"这跟你们无关。"凹盾牌说，"我自己一个人出去见他们。让他们生气的是我，不是你们。"

"我想见见他们，向他们解释肉用悄悄的损失，是事故造成的。"星壳爬行者说。

"皇帝不接受借口。"凹盾牌应道。

"或许他愿意接受付酬，又或许，收取者愿意接受贿赂。对了，我想，我该把磁力障关掉，免得皇帝的驯服迅猛兽烧伤足盘。"

"这么做很明智。"凹盾牌说。

星壳爬行者关闭磁力障，站在凹盾牌身旁，等候收取者和她的队伍前来。一共五头迅猛兽，每头都驮着一名身上布满斑点的奇拉。深红和黄白夹杂的无规律斑点一直延伸到他们的眼球。五头迅猛兽后面跟着行动缓慢的一列挑夫，囊袋里塞满了货物。有些身上也有斑点，但远远比不上武士们的斑点多。由于身处陌生环境，武士们的眼睛朝四面八方警戒。不过，看到远处的巨大重力弹弓，还有散落在基地各处的闪亮机器，他们似乎并未吃惊。

"他们那些粉红色的眼球，怎么能看清东西呢？"工程师热导体低语道，"战斗时，他们会处于很不利的境地呀。"

"他们的视力确实不好。"凹盾牌解释，"但这些斑点奇拉能控制动物，弥补自己的缺陷。据传言，皇帝还能跟动物说话。"

"骑着迅猛兽，在战斗时是极大的优势，这一点我能理解。"奥的斯升降机说，"一个骑着迅猛兽的武士，能抵上一打地面上的武士。"

"是两打。"凹盾牌轻声道，"我很清楚。"她的八只眼睛垂下来，望着盾牌上的深深凹坑。她把盾牌放在地面上，不带武器，上前迎接收取者。

"向你问候，皇帝的收取者。"她说，"我是凹盾牌，尘土星壳部落的首领。"

"你失败了。"收取者说。她的足盘发出严厉的声音,但被迅猛兽的身体压得发闷。

"我们来收取属于皇帝的一百三十二只瘤牛悄悄,但你们少了四只。你知道会有什么惩罚。"

"是,收取者。"凹盾牌移近。

"惩罚是什么?"星壳爬行者向立在身边的识字者低声问道。

"一只眼睛。"识字者回答,"缺一只悄悄,就砍一只眼睛。"

"可她只有八只眼睛了!"

"我跟你一同上前,凹盾牌。"一名部落的长者说。

"我也上前。"另一名长者说。

"等等!"星壳爬行者说,"我们是访客,来自天上的星星。我们从星星上驶来的大船降落的时候,意外杀死了几只部落看护的瘤牛悄悄。我们很愿意赔偿皇帝的损失。"

"奴隶,你主动承认罪行,很好。"收取者说,"你确实是陌生人。否则你肯定知道,皇帝不需要钱。钱是奴隶之间交易用的。皇帝想要什么,就拿什么。"

"我们可以给他一台制造食物的机器。"星壳爬行者说,"机器制造食物的数量,比一打大数转的悄悄还多。"

收取者愣了愣,眼柄波动模式从一种换到另一种,表明她正在思索。

星壳爬行者见她犹豫,趁热打铁道:"我们这儿有些食物样品。"说着,他移向食物垫,取了半打红色肉丸和半打金色方块,带到收取者面前。他形成一条强壮的操作肢,把食物托到迅猛兽背上,递给收取者。收取者每种取了一样,仔细观察。接着,她朝下怒视着星壳爬行者。

"吃了它们!"她命令道,"马上吃!"他从她手中拿回两样食物,塞进进食囊。她紧紧地盯着。几赛斯转后,他张开囊袋,让她看到食物已经消失。接着,他又把剩余的食物托到她面前,让她另外挑选。她选了金色晶体,细细吸吮,接着丢进进食囊。

"皇帝要收取这台食物机器。"她说。

"我会把食物机器放在另一部机器上,替你们运回去。"星壳爬行者说。

"我最好给他们一架货运滑翔机,"能源包说,"货运机上的蓄能块很大,足够用。我们可不希望皇帝饿着。"

几麦斯转后,一架货运滑翔机已经备好,载着另一台食物机器,带到收取者面前。

"这个小盒子能控制滑翔机。"星壳爬行者说,"我已经设定为自动模式。小盒子去哪儿,滑翔机就会跟去哪儿。"

收取者收下盒子,叫来挑夫队的队长。

"拿着,奴隶。"她说,"你带着盒子。小心别损坏了皇帝的食物机器。惩罚可是很严重的。"

"是,收取者。"挑夫应道。星壳爬行者注意到,这位挑夫只剩下九只眼睛。

星壳爬行者又递上一份卷轴,"这份卷轴是操作食物机器的说明。阅读后,皇帝就能知道如何操作机器,制造超过一打大数转的各种食物。"

收取者接过卷轴,直接塞进囊袋,一眼都不屑看。"皇帝有更重要的事情要做。"她说,"我会替他阅读。"

"货运滑翔机还很空,"星壳爬行者说,"你们的挑夫可以卸下货物,让滑翔机帮忙运载。"

"啊!对了,还有货物。"收取者说,"卸下蛋!"

每个挑夫都清空了四只储物囊中的三只。很快，星壳上就出现了一堆黑白条纹的悄悄蛋。尽管卸了蛋，挑夫们的身体仍然鼓鼓囊囊的。很有可能，队伍中奇拉和迅猛兽的食物，也是由他们搬运的。

收取者朝下看着凹盾牌，"这里有一百四十四枚悄悄蛋。它们都属于皇帝。七十二转后，我会回来。如果你们照料得好，一百四十四只瘤牛悄悄都完好无损，皇帝将会慷慨大度地给你们十二只，用于喂饱部落。如果你们失败，你知道惩罚。"

"是，收取者。"凹盾牌应道。

"说起惩罚，"收取者说，"你们上次失败，还没有接受惩罚。"

"可是，我们给了你食物机器呀！"星壳爬行者抗议道。

"闭嘴，奴隶！"收取者吼道，"你什么都给不了皇帝。皇帝想要什么，就来收取。"

收取者的眼睛盯着凹盾牌。"皇帝不接受借口。"说着，她从挂在迅猛兽身侧的剑鞘中拔出长长的、鞭子似的剑。

"我明白，收取者。"凹盾牌伸出四只眼睛，伸长了眼柄。

"我跟你站在一起。"一名长者道。

"我也是。"另一名长者上前，竖起一只眼柄。

"我也是！"奥的斯升降机船长说。他勇敢上前，立在凹盾牌身边，竖起一只眼柄，眼睛怒视收取者。

"这事跟你无关！"凹盾牌低语道。低语的电子波动很响，刺痛了奥的斯升降机的覆膜。

"我驾驶的飞船，造成了你部落的损失。"奥的斯升降机说，"我会跟你一同接受惩罚，以此洗清我部落的荣誉。"

收取者手中的鞭剑熟练地划了一圈，斩断了他们的谈话和眼柄。四只眼睛滚落在星壳上，爆裂开来。"我不在乎四只眼睛从哪儿来。"说着,收取者装好鞭剑,催促迅猛兽登上货运滑翔机。另外四名沉默的保镖如法炮制。

"我们的迅猛兽经过长途跋涉,累了。"收取者命令挑夫队长,"你拿着盒子,带着这架飞行机器回光神中心。"说罢,她立即离开,头也不回。

等到收取者走远,凹盾牌这才将注意力转向身边的奥的斯升降机。他剩余的十一只眼柄因为愤怒而僵直,眼球死死地盯着地平线远处的斑点。

"跟皇帝的武士打斗,徒劳无益。"凹盾牌说,"幸好,他们不常来。"她伸出一只完好的眼柄,伸向奥的斯升降机,却没有触碰他的覆膜,而是摩挲他僵直眼柄的底部。这种带有微妙性暗示的触碰,让奥的斯升降机回过神来。

"你的部落和我的部落已经分享了友谊的盛宴。"奥的斯升降机说,"不过,我们不愿只做你们的朋友,希望进一步加深关系。我相信,这句话代表了我们全体太空部落的心声。我们想成为你们的旁支部落。尽管我们没有交换伴侣和蛋,但是,我们可以将战斗中洒下的体液混合在一起。"

他抬起尚在滴液的眼柄残根。她也抬起自己刚被砍断的眼柄残根,触碰他的残根。两人的体液混合。两位共同接受惩罚,做出牺牲的长者略微犹豫,随即上前,将残根体液加入其中。星壳爬行者从囊袋中取出锐器,割开自己一只眼柄的一侧,也上前加入。

几人散开后,凹盾牌对奥的斯升降机说:"你上前共担惩罚,非常勇敢。如果能与你共同孕育一只蛋,我将非常荣幸。我确信,这样的蛋中孵出的雏仔,将为我们部落带来荣耀。你的部落,在战斗体液混合之外,是否还愿意跟我们交换伴侣? 当然,前提是,你不介意跟一位只有七只眼睛的女性交配。"

"我也并非完整无缺。"奥的斯升降机动了动眼柄残根。

"那么,如果你的部落首领准许,你可以跟我们一同回部落的住处。"凹盾牌说,"我相信,我们彼此都需要加深了解。"

"我没有意见。"星壳爬行者说,"你认为呢,奥的斯升降机船长?"

"没意见。"他回答,"但我觉得,现在是时候换名字了。从现在开始,不要再叫我奥的斯升降机船长。叫我复仇之眼!"

凹盾牌集合部落,收集起部落的悄悄蛋,朝东边部落住处而去。识字者操作着载着食物机器的滑翔机,复仇之眼则在他身旁,一边快速波动足盘,一边给予指点。有几位部落成员留了下来。这几个年轻的部落成员留在太空部落的基地,成了工程师的学徒,学习阅读和计算的秘密。

传言很快散布到星壳上,说有来自星星的陌生人,带来了神奇的食物机器。其他部落的首领远道来访,受到星壳爬行者的热情接待,也吃到了机器制造的美味"星星食品"。各个部落的成员都渴望多了解太空人的神奇机器。古时候——星震之前——丰饶舒适生活的记忆,借着蛋圈老者们讲述的故事,口口相传,一直留存下来。所以各部落并不畏惧技术,而是热切地拥抱了它。

没多久,各个部落就放弃了自己原有的居所,在太空基地周围安了家。各部落都小心翼翼地带来了皇帝的肉用悄悄牧群。悄悄们现在不再四处漫游,而是关进了磁力障围栏,用食物机器制造的饲料喂养。食物机器经过改造,能制造出适合肉用悄悄的饲料,还能保证动物们最大限度地生长。不过,现在已经没有人吃肉用悄悄了。经过主厨囊袋愉悦者和工程师金属弯折者的共同努力,食物机器已经能制造出大块悄悄肉,吃起来跟真肉没有区别。

"我的团队,有二分之一的时间都花在建造食物机器上了。"某一转,在高级干部会议上,金属弯折者说。

"是十二分之一才对吧。"星壳爬行者说,"再说部落来的学徒这么多,你的机器建造队伍已经是从前的两倍大了。"

"我的星壳工程队是从前的五倍大。"工程师星壳粉碎者发言,"我们已经造好了支撑重力弹弓的底座,清空了弹弓中央洞底下的星壳,铺上了衬垫。现在,我们的任务转向修筑道路。接下来四转,我们能修好通向基地附近部落住所的所有道路;再过一打转数,我们就能拓宽通向能源厂的路,可容悠游兽通过。"

"多了人手,多了道路,主能源厂的建筑工程能提早许多转完成。"能源包说,"六转之内,第一座能源厂就能开始抽取岩浆。"

"很好。"推拉说,"我的队员已经重新连接了重力弹弓的管线,让它从飞行机器变为标准弹弓。一座能源厂应该能够提供四分之一的测试能量。"

"等你们准备好,我就给东极轨道空间站发消息,让他们派一艘轻载侦察飞船下来。"星壳爬行者说,"我想让飞船带上回春机器。有些部落首领已经上了年纪,眼睛也被收取者砍得不剩几只。在目前这个阶段,他们的经验太宝贵,损失不起。"

"我们可以自己制造回春机器。"德尔塔质量说,"星际方舟的精密车间只需要负责制造细巧的内部机械,剩余的部分金属弯折者团队都能完成。"

"还有个问题,回春酶的生产过程,需要某种罕见的催化剂,我们该去哪儿找催化剂?"星壳爬行者提醒大家。

"这不成问题。"德尔塔质量说,"为了制造金属,我们已经往物质分离器里铲进了大量星壳。作为副产品,我们收集到了许多催化剂,足够四打回春机器使用的。"

"我们跟各个部落的关系如何,复仇之眼?"星壳爬行者问道。

"非常好。"复仇之眼回答,"尘土星壳部落的成员,几乎已经把自己当成了太空人。他们心甘情愿地主动跟其余部落来往,还接手了所有的阅读与计算入门课程的教学工作。不过,最近老者们又开始紧张了。我猜,收取者即将再次到来。"

"这事让我也紧张起来了。"星壳爬行者说,"我们准备好迎接她了吗?"

"但愿如此。"复仇之眼说。

时间:2050年6月21日 星期二,格林尼治时间21:03:12

收取者从西方而来。她跟自己的四个武士护卫骑着迅猛兽,从修好的大路中央一路行来。挑夫们却只能拖着沉重的悄悄蛋,在星壳上缓慢地前进。隔着老远,星壳爬行者就看到了收取者眼波模式中恼火的抽动——她已经看到了各个部落圈养着的肉用悄悄群。

"来得正是时候。"星壳爬行者一只眼睛望着天空,说道。天上,一个巨大物体正冲他们直落下来。星壳发出低沉的呻吟,随即升高为刺耳的尖叫。接着,声音渐渐减弱——在重力弹弓的作用下,天上的球体侦察飞船突然停在半空,缓缓下降,稳稳地停在降落平台上。

附近部落的奇拉和肉用悄悄已经见过一打以上的降落,反应十分平静。但跟在收取者身后的挑夫却吓得足盘连连后退,四散逃窜,有些还把储物囊中的悄悄蛋都推了出去。两头迅猛兽坐骑也猛地窜出,幸好背上的武士护卫驾驭手法精熟,这才控住了迅猛兽。不过,已经有三枚悄悄蛋被踩碎了。

收取者控制住坐骑,瞪了一眼星壳爬行者,接着发出严厉的命令,鞭剑四处抽打,终于重整了队形。整顿好后,大路上留下了三只眼睛。

收取者驱动迅猛兽上前,从囊袋中取出一份卷轴。

"部落首领!上前听命!"

八个住在基地周围的部落的首领一同上前,凹盾牌也在其中。她没带武器,但把盾牌护在身侧。

"向你问候,皇帝的收取者。"她说,"我是凹盾牌,尘土星壳部落的首领。"

"我来收取属于皇帝的一百三十二只瘤牛悄悄。"收取者说,"未经允许,你们怎敢离开指定的放牧地,搬来此处?"

"在这儿,皇帝的悄悄能得到保护,不受野生迅猛兽的伤害。请您数一数,您会发现我们一只都没有损失。皇帝的悄悄在这儿吃得更好。请您看一看,它们都长得极为健壮。"收取者刚才经过围栏时,早就清点了其中黑白色条纹悄悄的数量,还清点了其他种类悄悄的数量。除了白岩部落的黄粉色悄悄少了一只以外,其余悄悄都长得非常好。

"我会从每一群中收取一百三十二只给皇帝。"收取者说,"皇帝慷慨大度,把其余的留给你们喂饱部落。"她朝挑夫动了动眼睛,挑夫们便从囊袋中卸下新一批悄悄蛋。

"这是你们这一次需要放牧的蛋。它们都是皇帝的财产,好生照管。否则,你们知道惩罚。"

凹盾牌的足盘犹豫片刻,终于下定决心,清晰地叩击出自己的回答："我们不希望保留剩下的悄悄。我们甘愿把它们都给皇帝。"

"你们什么都给不了皇帝,奴隶!"收取者怒道,"皇帝要什么,就来收取! 因为你们的傲慢无礼,我要收走所有的肉用悄悄,你们部落就靠挖地坚果过日子吧! 现在,把悄悄蛋捡起来,好生照料!"

"我们也不希望保留皇帝的悄悄蛋。"凹盾牌的声音越发勇敢。

"傲慢的奴隶!"收取者咆哮道,"一切都归皇帝所有,每只肉用悄悄、每颗地坚果、每株植物上的每个水果,哪怕是野生迅猛兽的肉,也都归皇帝所有。把蛋捡起来,否则我就把你们驱逐出皇帝的土地,让你们饿死。"

"我们把属于皇帝的都交给皇帝。我们不需要皇帝的食物。我们有食物机器,可以喂饱部落。"

"那我就拿走食物机器,奴隶。一切都属于皇帝,连你也属于皇帝。"收取者抽出鞭剑,恶狠狠地挥动,"等我结果了你,傲慢无礼的星壳爬虫,看谁还敢拒绝照管皇帝的肉用悄悄。"

收取者催动迅猛兽前进,凹盾牌举起盾牌抵挡。星壳爬行者在星壳中敲出简短的命令,一道几乎看不见的磁力障从大路上升起。迅猛兽的足盘碰到了磁力障,慢了下来,身子立起。超强磁场不断抻长迅猛兽足盘当中的分子,分子终于破裂。迅猛兽哀嚎着连连后退,护住烧伤的足盘边缘。

星壳爬行者上前,立在凹盾牌身侧。

"不用再喂养肉用悄悄了。"他对收取者说,"除了之前的各种食品,现在,食物机器还能造出悄悄肉。如今,我们已经基本完成了在这儿的任务,希望有幸面见皇帝。我们会给他很多很多食物机器、货运滑翔机、私人滑翔机、铺路机，还有各种其他机器，以及为这些机器供能的能源厂。整颗蛋星都能繁荣昌盛，再也不必有奴隶存在了！"

星壳爬行者注意到：听了他的话，琢磨着没有奴隶可供使唤的前景，收取者的眼波模式几乎停止。

"如果皇帝能保证我们的安全，"星壳爬行者说，"我跟我造机器的手下很乐意去光神中心面见他。或者，他也可以来这里。你也注意到了，我们并没有攻击你的队伍，还给了比你索取的更多的东西。我们欢迎皇帝来访。如果他愿意，有一天还能乘坐我们的星船，从天空中俯瞰他的领地。"

话音刚落，仿佛为了给他的话作证似的，星壳中响起越来越高的尖啸，重力弹弓把方才的侦察飞船送回了天空。

面对无法逾越的障碍，以及眼前不得不感到敬畏的技术，收取者决定撤退。

"我要向皇帝报告你们的行为，"她说，"他会决定你们接下来该怎么做。"

星壳爬行者下令降下围栏的磁力障，挑夫们重新装上悄悄蛋，驱赶着温顺的畜群，踏上回光神天堂的漫漫长路。收取者离开前，她带着武士，催动身下的迅猛兽，推倒了部落住处外围的所有矮墙，还把墙里少得可怜的物品踩进了星壳。

"但愿皇帝比这位收取者更有理智。"金属弯折者说。

"如果这位皇帝就是原先的阿提拉，"星壳爬行者回答，"哪怕接受过两打回春手术，也没法让他更有理智。我想，我们还是加紧构筑防御工事为妙。"

收取者回到光神中心，正逢阿提拉刚刚完成回春治疗。他肌肉发达的精悍身体跟从前一样布满斑点，比从前更加强壮。他的储物囊中装满了金黄色晶体，正一个接一个地把它们塞进进食囊。

"来得好，疯狂眼神。"他发现流过身边的悄悄群，说道，"我要一只这种条纹的。"

"可怖者，我会让侍者准备好，供您转宴享用。"收取者回答。

"我现在就要！"阿提拉命令，"我饿了。"他朝近旁的侍者挥了挥眼睛，"蠢蛋回春机器人一直只给我吃肉糜，还叫我吃得慢一点。我用剑打凹了它，它才放我走。"

"我在东边省份碰到了麻烦。"沉默许久后，收取者说道。

"有奴隶不让你收取？"

"不，他们不仅给了该给的所有悄悄，还拒绝接受他们的十二分之一。"

"我就觉得这群悄悄看着比从前多。他们怎么回事？"阿提拉问，"光靠地坚果，他们可活不了多久。"

"他们还拒绝食用您的地坚果和植物果子。"收取者补充。

"疯狂眼神，你说的话，听起来简直像是脑结坏掉了。"阿提拉说，"要不是我了解你，我会说你太老了，不再适合收取者的工作。"

"哦，可怖者呀，我仍是你最强壮的武士。"收取者畏惧道，"但我还有更糟糕的消息——哦，可怖者呀。"

"收起'哦，可怖者呀'这套废话，疯狂眼神。我新换了身体，感觉甚好。而且，你我都明白，皇帝的收取者这一职位，我手下的武士没人比你做得更好——"他顿了顿，一旁的侍者奉上一块生瘤牛悄悄肉。

"除非，在下一次比武中，你没拿第一。"阿提拉把肉塞进进食囊中,响亮地吮吸起来。接着,他又往肉上丢进一块金黄色晶体。

"一起吃,味道好极了。"他说,"好了,告诉我坏消息吧。"

"他们拒绝拿走新一批悄悄蛋。"

"不用说,你切碎了部落首领和几个长者,直到部落里有人怕死,宁愿接收悄悄蛋,对不对?"

"哦,可怖者呀,我确实想这么做。"收取者的足盘因为害怕而发抖,"可是,我们一靠近制造食物机器的陌生部落的宅院,他们便竖起了看不见的屏障,挡住了我的迅猛兽。"她顿了顿,发现阿提拉的眼波模式开始缓慢地、若有所思地动作。"我尽力了,可怖者。"她最后道。

阿提拉打破沉默。"你的迅猛兽,足盘是不是烧伤了?"他问。

"没错!"她答道,十分惊讶,"我没法理解。那障碍里头,我并没有看见热辐射。"

"那个陌生部落,制造的不止食物机器。"阿提拉沉思道,"你撞上的叫作磁力障。光靠迅猛兽是过不去的。你还看见什么?"

"他们有很多机器。有些会在星壳上覆盖上光滑的道路,有些会吐出长长的金属管和金属条,还有些机器会四处爬行,把金属切成一块块,用来制造其他机器。他们甚至还改造了自己的巨大飞行机器,用它接住从天上掉下来的金属圆球。"

"这都是星壳大震之前的老故事里讲过的东西。"阿提拉说,"再接下来,你不会要告诉我,天上的星星里住着奇拉吧?"

"我看见从天上落下的圆球里出来了两个奇拉,还卸下了几样小机器。"收取者说,"卸完货,他们就回了圆球,圆球又被抛上了天空。"

"居然有人能不经我同意,离开蛋星又回来——我不喜欢这事。要是奴隶们决定住到星星上去,怎么办?"

"陌生部落的首领答应,我们想要什么机器,就给我们什么机器,包括能做出所有种类悄悄肉的新食物机器。"她说,"他还说,我们不需要牧人,也不需要食物采集者,所有的工作都能由机器完成。不再需要奴隶了。这话让我不舒服。"

"没有了奴隶的话,"阿提拉说,"皇帝和武士也没必要存在了。"他又往进食囊里塞了一块生悄悄肉,"这是来自天空的叛乱。我会用足盘踏平他们,就像我很久之前做过的那样。"他在星壳上擦擦操作肢,朝光神中心的中央部分移动。那儿立着古老的迷宫圣殿。

迷宫周围没有守卫。奴隶们十分惧怕这地方,从不接近。阿提拉没理会入口,沿着外墙转了一圈,找到了高墙上的大缺口。他从碎石块上流过,收取者在他身后,犹豫着不敢进。

"来吧,疯狂眼神。"阿提拉下令,"你不会被那些老故事吓到,对不对?"

"我听说,里面有死亡陷阱。"收取者说。

阿提拉沿着这条破口通道,一边朝内部移动,一边答道:"没错。"闻言,收取者猛地立住。"不过,那时候,我一破坏制能机,死亡陷阱就都停止了。"

他们终于来到最后一堵被破坏的墙壁前。墙后是一间大房间,房间中央有一堆金属板,还有古老的悠游兽骨头。阿提拉推开骨头,捡起一块盾牌大小的金属板。他弹了弹板子,板子发出响亮的声音。

"听起来还挺结实。"说着,他把板子放在房间的地面上,流了上去,收起足盘边缘,让身体彻底离开星壳。他保持了一会儿这个姿势。

"你能听见我的低语声吗?"他问道。金属板让他的足盘声产生了回音。

"我什么都没听见。"收取者说。

"很好。"阿提拉说,"这东西仍然有超导性。"

他推开其他骨头,把板子一块块地叠起来。

"叫几个奴隶过来,把这些板子都抬走。"他说,"想让他们进来,你恐怕需要用几下鞭剑。"这时,阿提拉忽然觉得足盘刺痛。他朝下一看,发现一把匕首的刀刃,还有几块晶体化的眼柄骨头。

"不刺我一下不罢休,是吧,琪琪?"说着,他足盘一动,把几块骨头踢到房间的另一头。

"琪琪是谁?"收取者问。

"很久以前的熟人。"阿提拉回答。

两人从迷宫外墙缺口出来时,阿提拉说:"我记得之前下过命令,让人造一所动物园。我想看看蛋星上存活的所有动物。动物园在哪儿?"

"我孵出蛋壳之前很久,光神中心就有一所动物园了。"收取者回答。

"带我去。"说着,阿提拉流上自己的坐骑,从迅猛兽尾部流到背上。

到了动物园,阿提拉迅速骑过一个个动物的围栏,来到悠游兽的围栏旁。他下了坐骑,从厚厚墙壁中间的狭窄通道中滑了进去。

"哦,可怖者呀,它们很危险。"动物园看守警告道。

"闭嘴,奴隶!"阿提拉喝道。悠游兽朝他移动过来,"疯狂眼神,到这儿来。"

收取者同样下了坐骑,预备好短剑,进了笼子。

"你在它前面移动,逗引它。"阿提拉吩咐。说罢,他移到一侧,停住不动。悠游兽的注意力转移到收取者身上。她移开去,悠游兽也跟着移动。阿提拉借机冲向这只动物,从背后接近,抓住它身体上一块护甲的边缘。这块护甲正从星壳往上流动,带着阿提拉流到这只不停滚动的动物的顶部。

收取者在悠游兽面前,一会儿用短剑戳它,一会儿大声地呵斥。大块护甲出现在动物身体顶部,看着就像会直接掉在她头上。

突然,她似乎听到悠游兽叫了她的名字。

"疯狂眼神,"那发闷的声音叫道,"看这儿!"

收取者退后,发现阿提拉已经到了悠游兽的顶部。悠游兽缓缓前进,他的足盘也随着节奏不停往后移动。

"这本事我还没丢。"阿提拉骄傲地说。他重重地踩了踩动物的顶面,悠游兽停了下来,困惑不已。他在另一处重踩,动物又开始流动。

"说到坐骑,骑悠游兽是个笨办法。"说着,他的足盘又跟着悠游兽的动作往后移动,免得自己从顶上掉下来,"跟骑迅猛兽不同,骑这东西,足盘始终得不到休息。只要它动,你也得跟着动,只不过方向相反。"他戳了戳悠游兽,让它达到最快的移动速度,接着从这只动物的拖后体缘上敏捷地波动足盘而下,回到星壳上。

"叫几个奴隶来,把超导护板钉在悠游兽的护甲外面。不管什么磁力障,都拦不住我!"

"这东西移动太慢,去陌生人住处得花一整个大数转时间。"收取者说。

"看得出来,你从来没带过军队。"阿提拉说,"几个骑着迅猛兽的武士,在星壳上的移动速度会很快。不过,若是一整支武士军队,移动的速度也就跟悠游兽差不多。而且,跟悠游兽一样,他们也会吃掉路上所有的东西。"他伸进囊袋,掏出几个深红色的肉丸,丢了两个到自己的进食囊里,把剩下的滚到悠游兽的前进路线上。

时间:2050年6月21日 星期二,格林尼治时间21:03:45

"我说,各位,"阿卜杜说,"蛋星上发生了好玩的事情。"他按下手动控制开关,图像出现在所有的屏幕上。

"像一群行军蚁。"塞萨尔说。

"很恰当的类比,王医生。"圣子说,"我一直在监视奇拉的密集新闻播报,降落基地即将遭到阿提拉的攻击。这肯定是他的军队。"

"再过三秒钟,他们就会抵达基地。"皮埃尔说,"要是我们能做点什么就好了。"

"斑点奇拉有粉红色的眼睛。"圣子说,"还记得我们的激光如何影响先知粉目的吗?"

"把激光对准降落基地,阿卜杜!"珍附和道。

"好。可是,激光束什么用都没有,只会让奇拉性兴奋啊!"

时间:2050年6月21日 星期二,格林尼治时间21:04:15

重力弹弓接住了重载的货运飞船,流体泵的啸叫音调随之改变。弹弓将飞船缓缓放在卸货平台上。几打太空奇拉从曲面斜坡下船,开始卸货。数星者离开控制甲板,前来问候星壳爬行者。

"想劝人留在安全的太空还真难。"数星者说,"大家都想下来，参加战斗。"

"我看到你带了武器来。"星壳爬行者高兴地说。

"正电子束发射器、喷泉榴弹炮、反物质地雷、刀片滑翔机，还有几米长的超强磁力障线圈。"

"我马上把线圈交给工程师电磁。"星壳爬行者说，"斑点大军再过几转就到了。"

"下降的时候，我能看到他们。"数星者说，"队伍长达好几百米。你确信我们有机会赢？"

"队伍里大部分都是挑夫和辅助人员。"星壳爬行者说，"让人担心的只有阿提拉自己，还有三打大数左右的斑点武士。只要能打败他们，其余人就会投降。"

"我们只有两个大数的人，却要跟三打大数的武士对抗。"数星者说。

"虽然我们只有二百八十八人，但我们有技术。"

"除了技术，我们还有别的。"数星者补充。

"还有什么？"星壳爬行者问。

"我们知道自己不能输。降低能量，把我托高几米，我看看他们在干什么，好向大家报告。"

时间：2050年6月21日 星期二，格林尼治时间21:04:16

阿提拉骑着迅猛兽，领头走在队伍最前面。队伍分成许多组，每组都由一名"大数长"带头，率领着一个大数的迅猛兽武士。军队沿着铺好的长长道路绵延向西。收取者骑在阿提拉身旁。

"陌生人给我们铺了一条好路，"收取者说，"让自己死得更快。"

"路看着像是新铺的。"阿提拉说，"这点我不明白。还有，路底下的暖点是什么,我也不明白。"

"暖点?"收取者问道。

"把黑眼睛塞回你邋遢的眼膜底下,只用光神给你的粉红色眼睛看。"阿提拉恼火地说。

收取者缩回所有的普通眼睛,只用粉红色眼睛观察路面。果然,路底下散布着不规则的超红斑点,好像埋着什么温暖的东西似的。

"这是什么?"收取者问。

"我不知道。而且,我不喜欢自己不明白的东西。"

他们来到陌生人宅院的外围。领头的武士停了下来。过了差不多整整一转,长长的队伍才集合完毕。

阿提拉渴望作战。这是许许多多代以来的第一次,他在自己的覆膜上感觉到了危险的刺痛。

"把悠游兽带上来!"他命令道,"第一打大数长到我这儿来!"十二名领头的武士骑着迅猛兽上前,围在阿提拉身边。

"我骑着悠游兽,踏过主入口前的障碍。"阿提拉说,"第一到第四组跟我进去。"他转向第四组的大数长,"撕裂足盘!"

"是! 可怖者!"撕裂足盘的足盘音比较含糊,因为迅猛兽在他的足盘上狠狠咬过一口,造成了一条大伤疤。

"你骑着第二头悠游兽,踏过右侧的障碍,第五组到第八组跟你进去。十一眼也骑一头悠游兽,从左侧进去。"

"带我的悠游兽来!"他一边下令,一边从迅猛兽坐骑上滑下。没了骑手的迅猛兽跟自己的配偶——收取者的坐骑——待在一起。

"快到转宴了。"收取者提醒道。

"我们不打算停下来吃转宴。"阿提拉说,"我的武士,会把陌生人的肉当成转宴吃掉。"

阿提拉快速波动,沿着悠游兽的拖后体缘上到顶部,控制住这头巨大的动物。大数长们催动坐骑,驰回整队。武士们看到了悠游兽上的阿提拉,听到了大数长的呼喊,立即冲向前方,喊出的战斗号子跟迅猛兽坐骑的咆哮合在一起。

"他们开始进攻了!"星壳爬行者喊道,"就连谈也不跟我们谈一谈!"

"可怖者已经很久没有发动战斗了,一直找不到借口。"凹盾牌回答,"他怕你们会投降。"

"他想战斗,我们就跟他好好地战一场。"星壳爬行者坚定地说,"激活反物质地雷!"

工程师能源包合上开关。一连串巨响,向西的大路在斑点军队足盘底下爆炸开来,撕裂了迅猛兽和骑手,把他们丢到路旁。碰巧身处路旁,或者夹在两颗地雷中间的武士立即离开大路,撤到两旁。谁知,迎接他们的又是一连串巨响,埋在道路两旁的地雷也相继爆炸。

反物质地雷爆炸时,阿提拉感到闷震从悠游兽身上传来。悠游兽发出低沉的痛苦吼叫,但它顶上的小东西还在不停地刺,所以它只能继续前进。阿提拉能感觉到动物受了伤。但只有底面的一块护甲裂了口,这只动物仍然能正常行动。

他借着悠游兽顶上的高度,巡查军队受到的损伤。跟悠游兽不同,整支军队因为这次偷袭损失惨重。武士们虽然没有惊恐奔逃,仍向着敌人前进,但队形已乱,没有了平常的齐整。所有武士的眼睛,至少有一只都盯着皇帝。

阿提拉抽出软剑,在身旁挥出复杂的图样。见此,武士们不再无序奔跑,转而寻找自己的大数长。大数长们接到软剑的号令,将身旁的武士集合完毕,随即向首领发出信号。幸存的武士只剩下六组——半数武士都死于反物质地雷。软剑挥动,阿提拉整好三头悠游兽后面的队伍,继续攻击。

"让这头野兽动起来!"阿提拉一边叫,一边把匕首的尖端刺入悠游兽护甲的缝隙。悠游兽缓缓前进,他的足盘跟着慢慢后退。他抬起眼睛,看看悬在天空中的圆球,强迫自己收起敬畏之感。只要基地陷落,能源中断,这颗圆球也会跟着落下。

在高高的战场上空,数星者注视着情况进展,汇报给底下的伙伴。

"最前头的两组已经进入了喷泉管的射程。"她说,"坐标一三,坐标一六。"

"一三发射。"金属弯折者合上控制台上的小开关,"一六发射。"一列列长长的、几乎垂直的管子齐射,几十上百打小小的沉重圆球射向天空,接着如同复仇陨石一般,落在斑点大军身上。被洞穿的武士和迅猛兽发出哀号,响彻星壳。攻击却无情地继续着。

"坐标一二,坐标一七,坐标二三。"数星者报告。

下方,阿提拉抽出软剑,挥出另一个信号。大数长立即将队伍整理为"之"字形。于是,下落的致命圆球许多都失了准头。阿提拉听到身边的武士发出一声呻吟——他的脑结被圆球打中,立即死亡。他的尸体被悠游兽移动的护甲挟带到前进路线上,随即被巨大的动物轧过,压进了星壳。

"三三,四七,四二,五七,六七,七七。"数星者道。

"我的管子空了。"金属弯折者说。

"阿提拉的悠游兽快到磁力障了,另外两头也相距不远。"星壳爬行者说,"我们一定得阻止这些悠游兽!激活机器人!"

喷泉管子终于不喷弹药了。进攻者靠近了磁力障。阿提拉放慢悠游兽，留神新陷阱。几乎看不见的磁力障前躺着一块块形状复杂的金属块。这些金属块蓦地活了过来，每一个都伸出好些大型操作肢，会钳、会切、会烫人。这些机器人的程序是专门编制的，只攻击悠游兽和悠游兽顶部的骑手。有些机器人被巨大的护甲板压碎，但其他机器人绕到拖后体缘处，开始往上爬。刀刃伤不了这些机器人，而迅猛兽一旦受到割伤、烫伤和钳伤，就再也不肯靠近它们。

"用飞刀！"阿提拉对周围的骑手喊道。

武士们将沉重的飞刀装入经过特殊训练的囊袋，利用内部肌肉，从高高的迅猛兽身上呈弧线射出飞刀。飞刀扎透了机器人的金属覆膜，留下发亮的伤口。有些机器人停下了动作，另一些被钉入星壳，但其余的仍在战斗。

"有两只爬上了悠游兽！"阿提拉身旁的武士叫道。

"投掷飞刀！"阿提拉重踩悠游兽，让它后退。机器人攀爬的护甲改变了方向，开始朝下移动，减缓了机器人的动作。第一个机器人被飞刀打落，第二个也跟着落地。悠游兽再次发出哀嚎——有一把飞刀扎进了护甲的缝隙。迅猛兽骑手们把悠游兽团团围住，围着它不停地打转，一旦有机器人企图进攻，就用飞刀将之消灭。

"机器人拿下了两头悠游兽。"数星者说。

"我们能听到星壳中传来的声音。"星壳爬行者喊道，以盖过悠游兽的嚎叫，"被建筑机器人切割烧灼，一路切到脑结，那滋味可不好受。"

随着最后一声哀嚎，嚎叫声停了。随着配偶的垂死呼喊，幸存的悠游兽也跟着哀鸣起来，随即转为平常的抱怨呻吟——顶上的小虫豸还在不停地刺它,让它继续行动。

"机器人没能拿下最重要的那头。"星壳爬行者说,"阿提拉马上就要打破磁力障了。"

"跟我来!"阿提拉大声喊道,软剑挥出胜利的剑花,催促披甲悠游兽朝磁力障猛冲而去。制能机奋力维持磁场,星壳发出呻吟——但接着,磁力障倒下。斑点大军的先锋发出胜利的呼喊,涌进缺口。迎接他们的是密集的正电子束,在他们的覆膜上烧出一个个洞眼。在稀薄的大气中,正电子束的射程不远,但还是比飞刀的射程更长。可是飞刀也有其优势,它能朝任何方向发射,正电子束却只能沿着东西磁场线螺旋射出。装备正电子束的太空人与飞刀武士隔着长长的距离打斗,简直像古怪国际象棋决赛中的骑士和主教①。

"牧人们!铺开钉子!"识字者对自己的部落喊道。话音刚落,他便奔到战场胶着处,向迅猛兽的行进路线上投出一个个小小的足盘钉。其余牧人也跟着照做。迅猛兽踩上钉子,痛苦地咆哮,停了下来。骑手大骂着抽打坐骑,催逼前进。借着这个机会,正电子束又打穿了许多迅猛兽。

慢慢地,防御者被无情地逼退。阿提拉再次举起软剑,挥出指令。身边的武士愤怒咒骂,竭力奋战。

"怎么了?"星壳爬行者问凹盾牌。

"阿提拉决定投入大部队。"凹盾牌回答,"先锋没能靠自己完成战斗,他非常恼火。"

"他们的速度加快了。"数星者报告。

阿提拉挥出信号,身边的武士散开后退,返回守卫磁力障的缺口。大部队抵达后,阿提拉滑下悠游兽,骑上自己的迅猛兽。

——————————
① 指马和象。

他以胜利的姿态挥动软剑,率领斑点大军穿过缺口。

"放出刀片滑翔机!"星壳爬行者叫道,"当心放出去的方向! 它们分不清敌我!"

几十上百打充满能量的小小滑翔机飞速掠过星壳。滑翔机顶上,三片长长的、剃刀般锋利的刀刃闪闪发亮。剃刀过处,迅猛兽纷纷重伤,许多武士只得放弃坐骑。但是,哪怕失去了坐骑,斑点族的武士也是可怕的敌人。一个大数又一个大数的迅猛兽和骑手冲入缺口。喷泉管已经重新填弹,再次喷射。正电子束在大气中闪亮,在肉体上烧出孔洞。滑翔车载着不顾一切的太空人,从各处冲出,扔下反物质炸弹,直到脑结被鞭剑或飞刀击中。防御者被逼到最后一道磁力障处,披甲悠游兽再次前进。

一架浑身负伤的滑翔车停在星壳爬行者和凹盾牌面前。驾驶者是复仇之眼。他的囊袋中塞满了炸弹。

"我们一定得阻止那头悠游兽。"复仇之眼说,"我要过去,降低磁力障。"没等回答,他一把将速度控制拨到高速,直冲磁力障而去。

"别去!"星壳爬行者叫道,一边朝工程师电磁示意。磁力障降下,让滑翔车闪过,接着立刻回升。

"那个蠢疯子。"十一眼对阿提拉说,"前进,准备飞刀!"他对着身后的武士喊道。

"他的目标是悠游兽!"阿提拉一拍迅猛兽,冲了出去。收取者的迅猛兽早已动作起来,超过了他,鞭剑出鞘。复仇之眼假装转弯,丢下反物质炸弹朝收取者滚去。但她明白他的目标,没有上当。他加到最快速度,想从她身边绕过;但她的鞭剑缠住了他的身侧。复仇之眼囊袋中的反物质炸弹被引爆,顿时响起巨大的爆炸声。滑翔车四分五裂，残骸滑到正在前进的悠游兽底下。

收取者被震得眩晕，从死去的迅猛兽底下挣扎出来，命令一名武士下来，自己骑上对方的迅猛兽，从武器囊中抽出新的鞭剑。这时，阿提拉也赶到了。

"现在，除非发生奇迹，我们死定了。"星壳爬行者说。

突然间，步步进逼的敌军中响起痛苦的号叫，近处的友军部落中也同时响起了叫喊。

"阿提拉和武士们都缩回了眼球。"凹盾牌观察着，莫名其妙。

"太亮了！"识字者一边大叫，一边收回三只眼睛。

"什么太亮了？"星壳爬行者问道。

"光神六眼中心射出超红光线，刺痛了我的粉红色眼睛。"

"是人类打开了激光！"星壳爬行者激动地喊道。

"大部分斑点族都只剩下了几只眼睛，"凹盾牌说，"没法控制迅猛兽坐骑了。"

收取者缩回斑点眼睛，只用两只普通眼睛观看。为了观察四周的敌情，她只能让两只眼睛来回摆动。

"把光灭掉！"阿提拉吼道。他的十二只眼睛全都缩回了眼膜。从前，他很为这十二只眼睛自豪：它们全都是粉红色的，没有任何一只是普通眼睛。哪怕这意味着他永远没法阅读卷轴的字，他也从没懊悔过。

收取者和阿提拉的坐骑迅猛兽都遭到了刀片滑翔机的攻击，停了下来，料理自己的伤口。超红光线仍在闪耀。

"这些蠢迅猛兽，全是废物！"阿提拉大叫。他抽出三把软剑，滑下坐骑，软剑在身侧不停挥舞，挡开看不见的敌人，同时努力从眼膜下探出眼睛，盯着凶恶的耀眼光线，瞄一眼四周。

一声尖叫从他们身侧传来，接着又是一声，仿佛来自下方。

直到带着无比锋利的垂直刀片的小小飞行器远去，收取者才发现自己的足盘打滑，肌肉也没法照常运动了。阿提拉再次大叫，一边把肌肉发达的小小身体靠在收取者身上，努力抬起足盘，不受刀片滑翔机的折磨。

据星壳爬行者后来回忆称，迅猛兽坐骑很容易被捕杀。没有了保护它们的骑手，正电子束轻易就能打中。杀死斑点武士则相对困难，哪怕他们几乎全盲也很难对付。因为，在星壳上，他们的足盘老远就能分辨出敌人接近的声音，而且大部分人都有一两只普通眼睛可供视物。可惜的是，阿提拉一只也没有。

战斗高峰渐渐过去，天上射下的超红光线一直耀眼地亮着。

"这光还有完没完！"阿提拉叫道，软剑在身侧挽出相互交织的剑花，形成一面盾牌。收取者已经离开他身边，免得受到剑刃的伤害。

"人类不管做什么事情，都得用上无穷无尽的时间。"星壳爬行者在不远处回答，"唯有这一次，愿光神让他们的动作再慢一些！"

"来打我呀，奴隶！"收取者的鞭剑击打着星壳，武器囊发射出飞刀。可惜射程没看准，钉入了星壳。她在身侧恶狠狠地不停地挥动鞭剑。

"非常乐意。"凹盾牌举起盾牌和长矛。收取者朝凹盾牌逼近，鞭剑越抽越快。

"凹盾牌，等等。"星壳爬行者说。

他站在远处，保持安全距离，不让鞭剑够到，朝收取者发射出正电子束。正电子束洞穿了收取者的身体。

体液从收取者的足盘和覆膜中涌出。她的鞭剑蛇行射出，想从折磨她的人那儿夺取一只眼睛。一面凹陷的盾牌挡住了鞭剑。反物质武器再次闪亮,正电子束深深地射入收取者的脑结。

收取者流逝了。

阿提拉周围的星壳静了下来,但超红光仍然亮着。阿提拉暂停软剑,用足盘倾听四周响动。握着软剑的操作肢感到手柄上传来振动。阿提拉再次挥动软剑,发现无物可挥——剑刃已经解体。

阿提拉顶着超红光,硬生生伸出一只粉红色眼睛,居然看到了一片斑点覆膜!

"把你的剑给我。"阿提拉命令道。

"是,可怖者。"有个声音回答。话音未落,识字者的剑就把阿提拉伸出的眼睛切成了两半。

"复仇之眼的一眼之仇,我替他报了!"识字者高声地叫道。

阿提拉吃痛尖叫。

星壳爬行者再次举起正电子束发射器,"让这一切了结吧。"

"等等!"凹盾牌叫道,"他是我的!"说着,她冲上阿提拉的顶面。阿提拉的身体扭转,足盘几乎向上翻转过来,拼命想甩脱攻击者。她按住阿提拉,短剑插入他的脑结。阿提拉的眼膜松开,粉红色眼睛流了出来,落在星壳上。直到这时,光神六眼中射来的超红光,才终于熄灭。

凹盾牌捡起一颗没有生命的眼珠,把它从眼柄上扯下来。接着,她又捡起一颗。

"一,二,三,四,五。"她一边扯一边数,"这是你欠我的五颗眼珠。现在,轮到你欠我身边长者的眼珠。"她绕着那流逝的身体,一颗一颗地扯下眼珠,终于来到最后一只眼睛旁边。这最后一只眼睛捏在星壳爬行者的操作肢里,他的另一只操作肢中,已经捏好了一把小刀。

"我累了。"凹盾牌说,"这只归你。"

"这只眼睛,是你欠琪琪的。"星壳爬行者切下龙蛋皇帝的最后一只眼球。

"琪琪是谁?"凹盾牌问。

"很久以前的熟人。"他回答。

时间:2050年6月21日 星期二,格林尼治时间21:04:17

"频率选择非常精准,珍。"圣子说,"紫外线短波既没有短到让普通奇拉的眼睛看见,也没有长到造成副作用,让奇拉性兴奋。这肯定对战斗胜负有影响。"

"现在怎么样了?"阿卜杜问道。

"都过去了。只花了十分之一秒,战斗就结束了。"

"到底谁赢了?"阿卜杜急得叫道。

"当然是太空奇拉。"圣子一边监视着底下星壳传来的密集新闻片段,一边回答。

"我们这些朋友也帮了小忙。"阿卜杜说。

"他们还需要我们帮点小忙呢。"圣子说,"他们的图书馆藏书内容被星震全部抹消,他们希望我们发回图书馆全息内存水晶中的信息。不用全发,选其中一些就可以。他们会告诉电脑需要哪些。"

"我去拿第一块水晶。"皮埃尔坐在图书馆控制端前,手伸向全息内存架,取下第一块水晶。水晶上仍然标注着"A到AME",但里面的人类百科内容早已被奇拉传来的知识代替。如果用主甲板的通信端,水晶传输速度会更快些。于是,皮埃尔拉着金属梯子,尽快往主甲板飘去——但他心里清楚,不管人类的移动速度多快,对奇拉来说,仍然还是太慢。

脱　险

"最后一块全息内存水晶传输完毕,皮埃尔。"珍从通信端转过身,"这一块当中的大部分信息都加了密,但愿他们有密码。"说罢,她转向屏幕上闪现的天言者。

"密码很简单。"天言者回答,"再见。"

"我还是喜欢从前的那个天师,"皮埃尔说,"他的话多,能给我们时间思考。"

"从现在开始,我们有大把的时间思考啦。"珍关闭通信端,轻声地道。她探手到台子底下,取出来自图书馆的全息内存水晶,放上平常用的控制端记录水晶。这块水晶会记录下控制端收发的所有消息。

"时间太多了。"皮埃尔说。珍灵巧地游过通道,回到船员甲板。皮埃尔也跟在她身后。珍去了图书馆控制端,把内存水晶放回存放架。皮埃尔则回到餐厅,盯着食品储藏柜上的食品储备清单。在这里,他深深地感受到了肩上的指挥官的担子是多么沉重。如果按照日常配额,食物可以吃八天;如果配额减半,可以吃十六天;如果减到四分之一,可以维持三十二天……只有一个月。小行星奥斯卡从环绕蛋星的长长椭圆轨道重新回到这里，却需要六个月的时间。他的眼睛避开一排排贴着空白标签的储藏柜。在低重力下，他迈着轻快的步子，经过图书馆控制端的珍身边，回到休息室。医生正跟圣子说话，阿卜杜望着休息室地板上的观景舷窗沉思。

"全息水晶放好了？"阿卜杜抬起头。

"嗯。"皮埃尔应道，轻轻飘到他身边的靠垫旁。

"我们这些可怜的人类，还有什么能做的吗？"阿卜杜问道。

"奇拉已经不需要我们了。他们的重建修复工作，这时肯定已经上路了。"舷窗外出现了一个白热的小点，停在窗外。

"笑一笑。"阿卜杜说，"有访客到了，要拍你的照片呢。"

小点放出一阵火花。接着，光芒一闪，火花重回亮亮的小点，小点随即飞速离开。

"关于我们接下来的任务，你有什么计划？"圣子问。

"没计划。"

"怎么能没计划！"圣子有些恼火，"我们绝对不能无所事事地等死！"

皮埃尔的视线从舷窗移开，抬起眼睛。原本修剪整洁的胡子已经乱糟糟了，却仍然掩不住他一脸的痛苦。

"我想不出办法救大家。"说着，他眼中溢满了泪水。

"想不出就对了。"圣子说，"因为根本没办法。做个简单的计算就知道了。船上有五张嘴巴要喂，却只有八天的口粮。我们依靠身上的脂肪储备，可以减少口粮消耗，延长时间，但也只能撑过一个月。我们甚至还可以考虑吃掉阿玛丽塔的尸体。最理想的情况，她的尸体可以提供五十公斤的肉。"说罢，她转向王医生。

"肉的卡路里含量是多少,王医生?"她问。

"你怎么能说这种话!"阿卜杜怒道,"我绝对不做食人生番①!我走了!"他起身,打算游出休息室门,回自己的舱房。皮埃尔一只手搭住他的肩膀,拦住了他,同时点头示意王医生回答。

"按照猪肉的热量计算好了,医生。"阿卜杜冲口而出,"我听食人生番朋友们说,人肉和猪肉吃起来没区别。"

"大部分肉类,每公斤都含有四千卡路里的热量。"塞萨尔·王医生答道,"只要有维生素作为膳食补充,一个普通人一天吃半公斤肉,就能活下去。"

"那么,五十公斤肉,可以让我们五个人多活二十天。如果配额减到四分之一,可以多活八十天。"圣子说,"还差两个月。"顿了顿,她补充道,"所以我说,根本没办法。"

"我还以为,你接下来肯定要建议我们抽签呢,谁中签就吃谁。"阿卜杜对皮埃尔说。

"阿卜杜!"皮埃尔厉声喝道。

"这个办法,我也计算过。"圣子道,"还是有问题。要是我们等到哪个人饿死再吃,尸体里就没有多少营养了。"

"等到我变成尸体,里面什么营养都没有!"阿卜杜抢白。

"不过,要是某人一开始就死,他的身体不仅能变成重要的养分来源,而且还不会消耗口粮。借用王医生估计的卡路里含量,两具尸体,四分之一配额,能让四个人活过六个月;要是有三具尸体,就能让剩下的三个人在接下来的六个月中获得充分的营养。"

"妙极了!"阿卜杜说,"光做食人生番怎么够!我们不如更

---

① 生番指野蛮的原始人,食人生番就是吃人的野蛮人。

进一步,进行仪式谋杀好了!"

"虽然从技术上说,这种办法是可行的,"圣子接着说道,"但我个人绝无意愿提出这种建议,或者参加这类行动。"

"怎么了?"阿卜杜问,"害怕抽到短签,被人吃掉?"

"不,害怕抽到长签。"圣子回答,"如果我们依靠这种办法活下来,不论你、我,还是这儿的其他人,都没办法再回到我们可敬的文化当中去了。我呢,我打算利用最后的日子完成科学研究,准备好要发表的成果,传回'圣乔治号'。这将是我事业的顶峰。一旦完成,我就可以上路了。"她再次转向王医生。

"我们船上有没有葬仪舱,王医生?"她问道。

"当然有。"塞萨尔回答。

闻言,圣子转向皮埃尔。"等时间一点点流逝,想保持理智会越来越难。"她不动声色地说道,"我建议现在就把阿玛丽塔的遗体推入太空。这样,以后就能避免诱惑。"说罢,她游出门口,拉着把手帮助身体穿过通道,回到科学甲板。

皮埃尔看看其余人。

"她说得对。"珍说。

"我帮忙送她走。"塞萨尔说。

"不介意的话,我就不出席了。"阿卜杜说,"我实在受不了。"

"当然可以。"皮埃尔说,"我跟医生两个就够。珍可以帮我们控制 EVA[①]设备。"

阿玛丽塔的遗体存放在储藏柜中,蜷成胎儿的姿势。这个姿势在甲板上推动很方便,在通道里却险些卡住。她仍然穿着宇航服;王医生摘下她的头盔后,发觉脖子已经折断,便没有继

———
[①] 指舱外活动,也称太空出舱活动,指宇航员在离开地球大气层后于太空飞行器外所做的工作。

续检查身体的其他部位。他们来到科学甲板时,圣子关闭了星辰物理控制端,调暗星图桌。

"我抱着阿玛丽塔,你们去穿宇航服。"她轻声道,从他们手中接过冻住的遗体。

"EVA闸已经备好。"珍说。接着,她从EVA控制端起身,帮助皮埃尔和塞萨尔穿上宇航服,一一完成例行的检查项目,努力做到仔细和彻底——就像阿玛丽塔从前一样。

"磁吸力靴……"珍喃喃道。皮埃尔按开胸口控制端的开关,重设靴子底部磁单极子的伪随机模式,使之与"屠龙号"内壁与外壳上的磁单极子六边形模式相吻合。于是,靴子立即吸住了甲板,向外扭转了三十度。

"没问题。"说罢,他一脚一脚,重重地踩进EVA闸,接着转身,跟塞萨尔一起,让阿玛丽塔的尸体穿过闸门。

"别忘了安全绳。"珍说,"外头的引力场不规则。"皮埃尔在身上系好安全绳,另一头系在阿玛丽塔宇航服的环扣上。这时,一头黑发出现在甲板的通道口。

"我一定得向她告别。"阿卜杜说。他强迫自己注视着阿玛丽塔严重烧伤的脸,左手穿过她烧焦的头发,轻轻地抓住,嘴唇在右手上印下两个吻,轻柔地放在阿玛丽塔冻僵的、起了水泡的眼皮上。之后,他转过身,沉入通道。空中留下一串泪水,在下沉引起的气流中旋转上升。

珍绕过这些泪水。

"最好在靠近观景舷窗的地方放开她。"皮埃尔爬出外闸,小心迈步,让磁吸力靴吸住船壳,把安全绳的一头扣在船壳上的扣环中,一边说道,"在舷窗附近,她会被平准星体的星环吸走,变成一团等离子云,一闪消失。千万别让她或者她身体的一部分,留在轨道上。"

两人在船壳上行走,步步留神,慢慢地来到靠近舷窗处。从外面看,"屠龙号"像一颗小卫星,以一秒钟五次的速度,围绕中子星转动。此时,他们正站立在这颗卫星的南极。"屠龙号"虽然围绕中子星公转,自身却不旋转,方向一直对着远处的群星。所以,在立在船壳上的两人看来,倒像是白热的中子星,以一秒钟五次的速度,围绕着飞船的赤道旋转。另外,在两人的头顶和脚下,六颗红色的星体组成星环也在不停地旋转,经过球形飞船的两极。飞船围绕中子星的公转方向,始终跟中子星成正切线。在这样的星阵当中,来自中子星的危险的引力潮汐,被星环的引力潮汐所抵消,以保存人类的生命。

"你松开安全绳,我来轻轻推出去。"皮埃尔说。

他放开阿玛丽塔的身体。未经抵消的引力潮汐吸引着阿玛丽塔朝外飘去。她离开飞船越远,离平准星体越近,受到的引力潮汐就越大。远远地,能看到遗体上亮起的白热火花。

"她越来越重了。"塞萨尔说。

"看来很稳定。"皮埃尔说,"放她走。"

安全绳尾部从扣环中弹开,与阿玛丽塔一起,加速飘向两百米以外的星环。即将靠近星环时,她的身体忽然被旋转的白热微粒云团包围。亮光一闪,她消失了。

皮埃尔与塞萨尔回到飞船内,珍与圣子帮他们脱下宇航服。

"有没有人要用图书馆控制端?我打算继续写书了。"皮埃尔问道。

"哪本书?"珍问。

"记述我们这次旅程所有细节的科普性读物。我本打算叫它《龙蛋》,可百澜堂星际出版社的人说,这个名字已经被其他书占了,而且,他们想取个更加私人的名字——叫《拜访中子星邻居》。我觉得这名字超傻,可毕竟人家出了钱买我的书嘛。"

"对我们来说,钱已经没用了。"圣子提醒道。

"嗯……"皮埃尔扫了一眼星图桌,发现中子星表面有了几样新特征。

"过去的一小时里,那儿一直在变化。"他对圣子说。

"对,"圣子回答,"你跟王医生出去时,奇拉已经在地面重建了高度发达的技术文明,还大面积重启了太空旅行活动。他们迅速赶上了星震前的水平,而且还在不停地飞速进步。"

"我赶紧去写书吧,否则就赶不上他们的速度了。"皮埃尔下沉,把身体推过甲板上的通道口。经过主甲板时,他看到了阿卜杜,停了下来。阿卜杜已经打开了赤道观景舷窗的金属遮光板,正通过深色玻璃往外看。

"嗨,快来看观光客!"阿卜杜冲着甲板大喊,"我们就像美国总统山上的雕像脑袋。你过来扮演泰迪·罗斯福怎么样? 你的胡子跟他的一样。"皮埃尔靠近舷窗,窗外的火花数量随之猛增。

时间:2050年6月22日 星期三,格林尼治时间01:30:04

多思在托管教室里走来走去,点评学生们的作品。现在,幼仔们的教育大部分通过观看连接中央电脑"导师"程序的全息视频来完成;不过,仍有些科目还是得集中到中央教室,由活生生的老师教授。等离子体艺术便是其中之一 ——再说,离子生成器不仅体积大,还很昂贵。

"可爱眼睛,你的结构非常出色。"多思道,"形式非常大胆。不过,相比之下,颜色略嫌黯淡。让离子生成器多生成离子束,再试一试?"

学生调整足盘下的控制端,增加离子束的强度,射入由磁场构造成的外形轮廓。离子在磁场线中旋转,放射出同步加速器辐射的亮光。随着离子束强度的增加,磁力雕塑内部的亮光也越发明亮。可爱眼睛增加了底部磁场生成器的强度,同时调整顶部透明超导导线。于是,雕塑浮上空中,散发出明亮的色彩。雕塑的形状大致左右对称,内部有紧密的紫罗兰色结构,基本呈球形,可惜被两个粗糙的大圆洞穿透。这两个大洞并列于球体上,其下有个三角形和一个长方形。紫罗兰色的结构之外,覆盖着一层起伏的蓝白色软等离子光芒,夹杂着黄白色的色块。

"奇怪,看起来挺眼熟。"多思说。

"这是一个人类的肖像,"可爱眼睛说,"他是皮埃尔·卡诺·尼文,远征队的指挥官。"

"你说是就是吧,在我看来,慢者都一个样。"

"多了解他们,就不会觉得一样了。"可爱眼睛说,"皮埃尔的头那一块,底部和顶上都有毛发。"接着,他热切地继续道,"我选学了全息视频课程中所有的人类课程。导师程序说我每门课都学得很好,特别准许我选修高级人类学科目。"

"这很好,可爱眼睛。不过,现在我们上的是抽象艺术课。尽管人类看起来很怪,也说不上是抽象艺术吧。下次上课时,希望你能专心完成我布置的作业。"

多思回到教室中心,叩击足盘,吸引众人的注意力。

"大家完成雕塑,然后把控制端调成记忆模式。之后,我有个消息要宣布。"

班级里响起低语声,学生们纷纷做好最后的调整,接着关闭发生器,上前围住老师。在学生们的围绕之下,多思突然感受到本能涌起,想把身边的幼仔都覆盖在自己的孵化膜之下。他赶紧甩掉这种冲动,决定再去申请一次回春。他拖延的时间太久了。

"白岩部落今年收益不错。"多思说,"联合部落人口控制委员会减少了我们的蛋配额,托管的开销也减少了。所以部落的长者决定:让托管学校的全体学生都去一次太空,观察人类。毕竟,我们处于极为特殊的历史时期,能近距离同时看到五个人类。"

听到这个消息,可爱眼睛简直欣喜若狂。他一直在研究人类,如今终于有机会亲眼见一见他们了。

学生们乘坐滑翔载客机去了西极,换乘西极太空喷泉上到顶部。多思点播了导师程序的特别节目,趁电梯上升的工夫,放了一段讲座给大家看,让大家了解目之所及的西极半球的地貌特征。到了顶层平台,他们换乘专为观察人类而设计的观光飞船。这种飞船内设人工重力发生器,还有好几层平台,让每个人都能占据视野良好的位置,同时避免人类飞船处在"顶上"的不适之感。

观光飞船悬浮在舷窗一米外,舷窗里是一动不动的皮埃尔和阿卜杜的脸。"哎呀呀!他们可真大。"可爱眼睛说。他形成卷须,指着其中一个人类道:"那个是皮埃尔,他脑袋底部有黄色斑块。另一个是阿卜杜,鼻子底下有薄薄的黄色斑块。"

"黄色的是什么东西?"一个同学问道。

"毛发。人类跟我们一样,身上大部分地方都没有毛发,只在头部有带毛发的区块,就像悄悄。"

"真丑!"她应道。

观光飞船转移到另一扇舷窗前,珍·凯丽正透过舷窗往外看。

"他们看起来都一个样。"有人说,"我还以为他们的覆膜颜色不同呢。"

"在光谱的长波部分,也就是人类眼睛能分辨的光线中,他们的覆膜颜色确实不同。"可爱眼睛说,"不过,在我们的 X 射线视野中,他们看起来就一样了。"

观光飞船设置好全息投影仪,进行快进连播。于是,他们看到阿卜杜在舷窗前呼唤皮埃尔,皮埃尔出现在窗口,接着阿卜杜和皮埃尔交谈,看着外面的观光飞船。一帧一帧快进的连播画面中,两人的动作僵硬抽搐,引得每个人的足盘都发出震耳的大笑。

"别笑了!"可爱眼睛往甲板里头大叫道,"这些勇敢的人类为了拯救蛋星,宁可献出自己的生命。你们却这样嘲笑他们,就好像他们是动物园里的悄悄似的!"

"可爱眼睛!"多思的足盘叩击声远远传来,"注意你的言行!"

可爱眼睛的足盘静了下来,脑结却依然沸腾。"一定有办法救他们。"他想,"要是找不到办法,我就不改这受诅咒的蛋名!等找到办法,我才会给自己选个更好的名字—— 一个高贵的名字。"

时间:2050年6月22日 星期三,格林尼治时间01:30:05

"看这些飞船!"阿卜杜说,"它们差不多有十厘米长,还有好几层甲板。肯定是奇拉的观光飞船,专门来看奇景的。"

"这些飞船不是球形。"圣子从邻近的舷窗朝外看,"他们肯定找到了更高效的重力生成办法,不需要再携带迷你黑洞了。他们的技术水平的发展速度真让人瞠目。"

"不知道他们的技术发展,能不能达到移动小行星的那一天。"珍抱着希望说。

"想要完成这项任务,他们倒是不缺能量。"皮埃尔回答,"可是,奥斯卡太脆弱,奇拉和奇拉机器的密度却这么大。"

"全息视频里的超人或许能举起冰山。"阿卜杜说,"可在现实中,要是超人真想举起冰山,冰山会在他手上粉碎,只剩下一堆冰块。"

"他们绝对不可能在六个月之内把奥斯卡带回来。"圣子用日耳曼人不容置疑的语气道,"我们还是趁早放弃这种不切实际的希望吧。这种希望会产生不良后果。我们会死,对此我们束手无策。我想去餐厅吃点东西,有人一起来吗?"

"我现在不饿。"塞萨尔说。其余人没有发话,继续望着窗外那暴风雨般急速来回的观光飞船。

时间:2050年6月22日 星期三,格林尼治时间03:54:50

这一转终于还是来了。可爱眼睛不得不放弃自己毕生的追求,返回白岩城——他部落所在的地方。他找到托管学校的负责人,请他给自己一个照管小家伙的位置。

"少有位置剩余。"托管校长/71回答,"人控委员会减少奇拉,增加了机器人。"

这种突兀的说话方式,是最近六十个大数转里发展起来的。可爱眼睛不喜欢这种腔调。如今,几乎每个奇拉都有一帮子机器人跟班可供支使,奇拉与奇拉之间鲜少交流,礼貌用语失去了用场,几乎已被淘汰。毕竟,机器人没有感情,要他们做事也不需要请求劝说,只要下命令就行。可现在他正跟另一个奇拉说话,所以,可爱眼睛觉得,还是用古礼更好。

"如果您能帮我找一个位置,我会非常感激。"可爱眼睛说,

"过去的三百个大数转以来，我一直努力工作。现在我渴望休息，照顾雏仔。"

"经验?"托管校长/71问。

"我有人类学、人类医药、宏大物质科学、惯性与重力工程学以及科学管理的高级学位。我还是联合部落立法部门第四扇区的领导人。"

"成就?"

"恐怕不多。"可爱眼睛回答，"我这辈子，大部分时间都在想办法拯救人类，帮他们逃过活活饿死的下场。我研究过人类医药，希望他们能进入深睡眠，无须食物就能存活；我研究过宏大物质科学，希望有办法利用人类'屠龙号'上的设备造出食物；我还研究了惯性与重力工程学，希望能早些让小行星回来。全都失败了。

"于是我投身政治，成为第四扇区的领导人，推动了一项拨款，成立特别任务组，来解决人类饿死的问题。任务组成立后，我离开了立法部门，当了小组的领导。我手下集中了最聪明的奇拉和机器人，花了两代人的时间钻研这个问题，毫无成果。如今，给任务组的拨款已经停止，我只能放弃，来到这里。我没什么成就可以讲给幼仔们听。恐怕，我不是干这工作的好人选。"

"的确。"托管校长/71赞同，足盘一边在触摸屏上操作，"十八转后，有一个蛋将会孵化。"

"我要了!"可爱眼睛急忙地说。

可爱眼睛奋斗不止的灵魂终于迎来了宁静。从蛋里孵化出的雏仔，几乎称得上完美——跟基因学家预测的一样。雏仔的大名叫白岩/207891384，但可爱眼睛想起在人类学课程中读过的老故事,于是给他另起了一个名字"威猛虎王"①。

威猛虎王在可爱眼睛的孵化膜底下钻来钻去,跟机器雏仔伙伴一同玩耍"张望捉人"的游戏。可爱眼睛一边看着威猛虎王玩耍,一边捡起一件雏仔学习玩具。这么个简单的玩具,造价却十分高昂——雏仔心理学家们认为,在生命早期就让幼仔接触矛盾难解的现象,这一点很重要。

这件玩具看起来很简单:一个圆环,配一打金属圆球。但是,如果把圆球塞进圆环中心洞,球不会立即从另一边出来。根据塞入的方向不同,球出来的时间也不一样,可能出现在过去,也可能出现在将来。此时,星壳上躺着六个圆球。可爱眼睛心不在焉地捡起五个,一个一个地塞进圆环里。等了好长一会儿,五个球才一个个地冒出来。

突然,可爱眼睛抽回孵化膜,冲出蛋圈,只留下莫名其妙的威猛虎王。机器雏仔伙伴赶忙转移他的注意力,不让他想着突然消失的老者,同时给托管校长发出紧急信息,要求再派一名老者来。

时间:2050年6月22日 星期三,格林尼治时间03:54:50

通信控制端的屏幕突然亮起,出现了天言者的形象,传出数据传输的电子嗞嗞声,还有要求通话的信号。圣子来到控制端前。她刚靠近,屏幕上的天言者就开始说话。

"你们听得慢,读得快。"屏幕上的天言者说,"读吧。"

天言者的形象消失,屏幕上出现了快速滚动的文字,滚动的速度正好适应圣子眼睛的浏览速度。奇拉们似乎暂时接管了通

---

① 出自1899年出版的著名英国童书《小黑人桑波》(*The Story of Little Black Sambo*),作者是海伦·班尼曼。

信端的显示程序,不知是如何做到的。

"皮埃尔,"圣子一边阅读一边叫道,"他们会来救我们。"

"他们有办法移动奥斯卡?"说着,皮埃尔飘到圣子身边。

"不,"圣子说,"他们有办法移动我们。"

皮埃尔跟她一同阅读屏幕上的文字,接着对船员下令:"全体,进入高重力防护罐!奇拉要带我们上路啦!"

时间:2050年6月22日 星期三,格林尼治时间04:02:35

中微子制造者/84注视着自己手下的机器工队,接近人类飞船南极巨大的舷窗。他们停在距离船壳几米远处,设置好三台中微子发生器,朝飞船射入一束束精心选择过波长的中微子,充满船舱内部。接着,他带领手下转到另一侧,设置好紧密排列的中微子探测器。每个机器工人背上都饰有网络建筑公司古老的夹角花纹饰。

"网建的又一项不可能工程!"工程师骄傲地说。探测器已经就位,电脑制作的全息图像慢慢成形。

"空气、水、人类、钢铁……都跟真空一样。"中微子制造者/84一边不耐烦地等待图像成形,一边抱怨道。要是中子扫描的对象密度恰当,图像几乎立即就能出现。

过了半转,图像终于清晰起来,能看到人类已经全部进入了防护罐,最后一点空气也被水代替。

中微子制造者/84切换通信线路,连上虚空制造者/111。作为网建公司的资深解体工程师,她领到了最困难、最精细的活儿:移除人类飞船的激光通信器,同时保持它的工作状态。通信器将被移交给另一组网建公司的工程师,他们会调校某些机器,使得超致密的奇拉能够给脆弱的人类通信器供能并操作通信器,而不会彻底毁掉它。

"人类已经进入防护罐。"中微子制造者/84说,"下一步。"

"下一步开始。"虚空制造者/111一边应答,一边指示解体机器人开始工作。

通信器有两条连接线,通过船体,跟"屠龙号"内部电子设备相连。其一是为激光设备供电的电源线,另一条是传输信息的解调光纤电缆。解体机器人小心动作,使用极细、极薄的扇形解体光束,掐在接头处切断了两条电缆。在"屠龙号"外不断变化的重力场作用下,断开的电缆缓缓来回摆动。解体机器人一边留神避开电缆,一边朝通信器的固定结构发起进攻。很快,通信器就松脱开来。

虚空制造者/111搓搓足盘下的屏幕,另一名网建工程师的形象出现在屏幕上。是重力制造者/321。他的工程师徽章上是一个代表重力的圆圈,而不是代表解体的三角形。

"到你了。"虚空制造者/111说。

"到我了。"重力制造者/321说,"我后面,轮到电磁制造者。"

"别碰!"虚空制造者/111对着屏幕尖声叫道。

"你也一样。"重力制造者/321回答。屏幕随即变黑。

激光通信器在太空中慢慢翻滚。重力制造者/321让手下的重力机器人进入通信器的前进路线。他的任务是控制住通信器,让它停下。他既要抓住它,又不能碰它。奇拉机器的触碰哪怕再轻柔,脆弱的人类机器也经受不起。

他手下的网建重力机器人小队是专为这次任务设计的。它们都呈球形,每一个的中心都装有小小的黑洞。机器人的外壳上设有强大的重力交换器和转向器,能改变黑洞引力场的形状、强度、甚至方向。机器人们谨慎地跟翻滚的通信器保持安全距离,又推又拉,将它控制住。接下来,机器人带着通信器穿过不断旋转的平准星环,来到安全处,好让电磁制造者尝试操作。

电磁经理/1正耐心等待,等待激光通信器从慢者的轨道位置来到自己这里。他的电磁工程师团队已经就绪。团队里有年轻人,让团队有冲劲;也有经验老到者,让团队谨慎留神。因为,他们的足盘即将踏入新的星壳——让超致密的奇拉核机器跟人类的宏大物质电子机器相连。

电磁制造者都是怪人。性格不够怪的话,根本不会选择电磁工程学这种行当——做这一行几乎没有用武之地。电磁工程师们能做的事情,通常只有相互交流,设计古怪的实验(比如在蛋星表面放上几百米长的电磁导体,测量来自太空的超长电磁波),以及推敲"导师程序"中的电磁教学节目,引导可能出现的怪学生,使其顺利成为下一位电磁工程师。

需要组建电磁工程师团队,这还是头一回。需要经理带领团队,这也是头一回。所以,电磁经理/1是第一个获得这个头衔的人。

重力制造者/321和机器人队远离"屠龙号",让激光通信器停在一台悬浮在轨道上的古怪机器旁边。这台机器是电磁制造者们设计建造的。接着,重力制造者让大部分机器人待命,只留下几个,以维持激光通信器的位置不变。电磁经理/1、工程师团队,以及一群专门设计的机器人,正等着他。

"到你了。"重力制造者/321说。

"到我了。"电磁经理/1回答。

"别……"重力制造者/321说。

"……碰。"电磁制造者团队的足盘一同尖声接上。

激光通信器的电源线被引到电子发生器旁边。电磁工程师要在极低的电压下,制造出大电流量,要做到这一点很困难。不过,没多久,电子生成器的一端就射出了四安培的五百伏电子,另一端则射出了四安培的正电子。网建的电磁机器人们用身体中放射出的电场和磁场,引着两股电流进入电源线断开的切口。

"人类仪器的终端检测到激光光子。"电磁制造者/32报告道。之前,他已经把一个机器人放到激光通信器前方;此时,他正在检测机器人长波光子探测器传来的报告。

"正电子侵蚀速度?"电磁经理/1问道。

"每麦斯转十皮米①。"电磁制造者/25回答。

"好。"电磁经理/1说。看样子,从回路导体中收集电子的办法起作用了。一组紫外线制造机器人用紫外线光子给回路导体照明,同时从金属中剔除电子。被剔除的电子腾起,变成一团电子云,罩住充上正电的导体。导体中的正电子流中和了电子云。中和产生的伽马射线,大部分被电子云驱散,少部分高能光子则抵达了金属,造成铜离子散失。

"电线温度?"电磁经理/1问另一名工程师。

"稳定在三百五十二开尔文。"电磁制造者/28回答,"电磁降温看来有用。"他的机器人小队也在监视探测器读数。电子束穿透金属表面时,会加热并激活表面的光子。这些监视器会估算加热后光子的详细光谱。接着,电子束会进行调制。调制后的电子束会在金属表面激活出新的光子。新光子与旧光子的光谱完全相同,只不过相位相反。所以,总体来说,新的光子会抵消旧的光子。自然,这只是统计学上的手段,实际效果并非处处完美。但确实能降低电源线的温度,让它远离熔点。

---

① 长度单位,一皮米相当于一米的一兆(即一万亿)分之一,即十的负十二次方米。有时在原子物理学中称为微微米(micromicron)。

"调制!"电磁经理/1下令。

电磁制造者/55轻拍控制端,手下的两万零七百三十六个机器人立即从身体中射出长波红外辐射。这些机器人排成一百四十四乘以一百四十四的阵列,射出的红外线相位精准,在红外线进入通信电缆断口处的光纤时,正好能集中在最窄处。

"探测到调制。"电磁制造者/32报告。

"好。"电磁经理/1说。此时,他已经很有信心:奇拉有办法利用人类的电线和光缆,发送并收到信息。他联系上重力制造者/321。

"把激光器转向'圣乔治号'……"电磁经理/1说。

无须回应。重力制造者/321立即踏上触摸–品尝屏侧边的触摸块,开始调遣机器人队。

"……还有……"电磁经理/1继续道。

"……还有?"重力制造者/321听到这句冗言,甚是惊讶,问道。

"别……"电磁经理/1说。

"……碰!"重力制造者/321闻言大笑。

"圣乔治号"远离危险的中子星,待在十万公里外的轨道上,距中子星三分之一光秒。所以,三转之后,电磁经理/1才用"屠龙号"上的激光通信器,跟"圣乔治号"的电脑取得联系。"圣乔治号"的电脑很快弄明白,是奇拉,而不是思考速度缓慢的人类,在跟自己直接交流。于是立即加快速度,重复发送信息。送来的图像是一个女性人类,黄色头发编成一根长长的辫子,垂在一边肩膀上。这模样让电磁经理/1想起某种滑稽的混种宠物悄悄。这种悄悄的毛发格外长,甚至需要一名机器仆人负责帮它扎起来,免得在移动时将毛发卡入足盘底下。他的通信端电脑链接识别出:这位人类名为卡罗尔·斯文森,是龙蛋探险队的指挥官。

"'屠龙号'！你们最后一台激光通信器也出了故障。换到其他链接!'屠'……"

电磁经理/1思索一会儿,是否应该回答,以安慰这名焦急的人类,告诉她船员此刻并无危险。不过,等她说完"屠龙号"这个词,他早就获得准许继续下一步任务,告诉她一个好消息了:奇拉会想办法让船员们回到指挥飞船"圣乔治号"上。他把屏幕上的人类形象抹掉,跟慢者运送项目管理者取得了联系。

两转后,慢者运送项目负责人亲自到访电磁经理/1。电磁经理/1不喜欢跟这位古者一起工作。他坚持要人用废弃已久的蛋名,而不是他的职位来称呼他。

"我是可爱眼睛。"管理者说。他的覆膜已经发皱,眼柄波动模式紊乱,深红色的眼睛里却闪着不相称的热切光彩。

"耦合实验成功。"电磁经理/1报告。

"太好了!"管理者说。

"太好了!!"管理者又说。无意义的重复。

"太好了!!!"管理者又重复了一次。

闻言,电磁经理/1有些担忧。可爱眼睛的眼波模式开始加速,覆膜变了颜色——因为他的感情已经高涨到崩溃点。他的足盘又动了起来。

"继……"突然,他的四颗眼珠失去了视力,茫然地注视着甲板。电磁经理/1立即明白,这位古者中风了,影响到他脑结的三分之一。

"可爱眼睛!"电磁经理/1冲过去帮助古者,足盘同时在甲板上叩击出紧急呼叫。

八只热切的眼睛紧紧地盯着他,热烈的眼神让他不由得止步。这些不是"可爱眼睛",而是"狂热眼睛"。

"继……继……继续下一步!"足盘音虽弱,但十分清晰。

"可爱眼睛,"电磁经理/1说,"我跟你待在一起,等医护队到来。"

"快去!"古者回应,"别再叫我可爱眼睛了,叫我'人类拯救者'!"

布满皱纹的覆膜颤抖着,终于垮塌。古者的身体朝四面八方流逝,挡住了医护机器人进来的通道。

跟网建公司慢者运送合同总监"总经理/5"汇报后,电磁经理/1回到激光通信器前。屏幕上的人类,卡罗尔·斯文森,已经说完了句子,发现了奇拉发来的消息,正瞪大双眼阅读。

没时间等待人类回应了。电磁经理/1给"圣乔治号"的电脑发出一条长信,又给卡罗尔发了同一条消息的简短版:"'屠龙号'将会解体。光神六眼将会崩塌。船员六个月后回来。"之后,他关闭激光通信器,集合工程师和机器人,朝"屠龙号"而去。

人类飞船南极大舷窗前,虚空制造者/111已经细心安排好机器人,绕着舷窗围成一圈。一收到总经理/5发来的信号,她立即激活控制端,机器人解体了舷窗周围的船壳。舱内空气涌出,舷窗玻璃炸飞。虚空制造者/111足盘触碰屏幕,另一名网建工程师出现在屏幕上。是重力制造者/321。

"到你了。"虚空制造者/111说。

"到我了。"重力制造者/321回应。

"别……"

"不会。"两边屏幕都波动起笑声。

重力制造者/321把重力机器人安排在缓慢翻滚的舷窗玻璃的前进路线上。这块高强度玻璃,是宏大物质科学家想细细验看的飞船部件之一。机器人一控制住舷窗玻璃,重力制造者/321

就立即把机器人分成两拨,一拨追着窗户,自己带着另一拨返回"屠龙号"。此时,虚空制造者/111已经在飞船船体上切割下一大块圆形样品。捕捉这块圆形船壳的任务,跟方才接住舷窗的任务实在太相似。重力制造者/321连看都没看一眼正在工作的机器人。如果只干设计好的活儿,机器人比他的思考速度快得多,也聪明得多。

电磁经理/1和工程师队伍已经到达。重力制造者/321跟他们一同从船壳上原先嵌着舷窗的洞口进入船舱。进入飞船黑暗的内部,众人都有些不自在。蛋星友好的亮光消失了,就连天空也看不见了。

"前方是六号人类保护罐。"飘进圆柱形房间中央时,电磁经理/1对队员说,"过去接管。"

一队电磁工程师带着电子发生器上前。每支电磁工程师队伍都配备了一名解体工程师,指挥解体机器人在墙壁上开凿出通路,切断电缆。几杜斯转后,他们把装着阿卜杜的六号罐从主船体上分离开来,用自己的电子发生器代替飞船的电力,替防护罐供能,同时在连接其他防护罐的光纤中插入自己的视觉链接。

电磁经理/1监视着视频传输频道,再次看到人类视觉光谱中的某一名人类形象。这名人类跟人类探险队指挥官卡罗尔区别很大:这名人类头块顶部的毛发是短短的黑色,而不是长长的黄色。不过,虽然没有了从头块顶部延伸下来的滑稽长粗辫子,这名人类的头块中部却多了一束长长的毛发。这张脸颜色偏深,眼珠中间的瞳孔似乎放得很大。电磁经理/1琢磨:不知这种表情,是由佩戴的呼吸面罩造成的,还是另有其他原因。

时间:2050年6月22日 星期三,格林尼治时间04:02:39

"有一霎时,我失去了供能!"阿卜杜差点慌了,"怎么回事?"

"奇拉已经切开了船体,正在'屠龙号'内部逛来逛去呢。"皮埃尔回答。

"但愿他们心里有数,千万别乱来!"阿卜杜回答。

时间:2050年6月22日 星期三,格林尼治时间04:02:40

总经理/5设好链接,跟领导团队召开了视频会议。

"罐子全部分离完毕。"虚空经理/18说。

"罐子全部供能完毕。"电磁经理/1说。

"样品全部捕获完毕。"科学经理/23说。

"单极生成器就位。"单极经理/4说。

"惯性推进器就位。"重力经理/53说。

"继续下一步。"总经理/5说。说罢,她继续给自己得奖的宠物悄悄长长的毛发编辫子。她本可以把这事留给机器人干,不过,"长发公主"值得她亲自照料。

"切掉。"虚空经理/18对手下工程师说。

虚空制造者/111和机器人切掉"屠龙号"北极的科学塔。在残余引力潮汐中,科学塔往上飘去。上面有重力机器人在等着,它们会控制住科学塔;接着,解体机器人会让科学塔化成能量储存起来。

"到你了。"虚空制造者/111说。

"到我了。"重力制造者/321说。他顿了顿,等待着虚空制造者/111的下一句话。一阵长久的沉默。

"去碰。"说着,虚空制造者/111拦下机器人,暂时不让它们动作。

"去碰!"重力制造者/321欢叫。他让自己的私人小艇直接飞向那庞大的结构。小艇周围的强大引力场立即撕开了冰冷的金属,把它变成了灼热的等离子体。他把所有的眼睛都缩到了眼膜底下,以避开耀眼的闪光。他穿过原先巨大结构所在之处,只有一阵离子化的气体轻快地落在小艇甲板上。

"碰了!"他再次在屏幕上欢叫,驾着小艇转向,又一次冲过这片巨大的虚空。

很快,大部分工程师们都把机器人队设成自动模式,加入狂欢。总经理/5收到合同进展情况程序发来的"进展异常"通知,但她决定任其发展。奇拉工程师们这一场闹得正好,等他们乐完,剩下的活儿,机器人只需要计划的一半时间就能干完。

经过长长的五秒钟,"屠龙号"才全部解体,只剩下五颗圆圆的钢罐,在六颗致密小行星中央微微上下浮动。奇拉电磁工程师带回激光通信器,连上皮埃尔的防护罐,让通信器指向"圣乔治号"。

时间:2050年6月22日 星期三,格林尼治时间04:02:45

"见到你实在是太好了!"卡罗尔·斯文森看到皮埃尔的脸出现在她的屏幕上,惊喜道,"其他人都好吗?"

"目前都好。"皮埃尔说。他伸手触摸控制端,让多画面屏幕同时显示卡罗尔及其余船员的脸。

"我真想看看那些忙忙碌碌的家伙究竟在做些什么。"阿卜杜说,"可惜监视摄像头跟飞船的其余部分一同消失了。"

"我们有一架大型望远镜对着你们,"卡罗尔说,"从这个距离看来,你们的防护罐只是几个小点。不过平准星体倒是看得很清楚。我们甚至探测到了奇拉的行动。他们跟他们的机器都太小，看不清楚；好在他们温度高，达到白热，散斑干涉①能告诉我们许多消息。你们身边只有少数机器，大部分都集中在小行星环那儿。我给你们传一张照片。"

屏幕变为空白，接着，一张带有计算机图形的视频画面出现在屏幕上。计算机已经根据蛋星的旋转速率进行了调整，所以画面上的小行星看起来仿佛是静止的。

"这几颗小行星当中，有一颗特别小。"珍发现。

"根据他们发给我的计划，"卡罗尔解释，"他们打算往小行星中注入磁单极子，让小行星缩小，密度增加。接着，他们还要缩小星环的半径，直到小行星相互连接，变成由超致密物质构成、带有磁性的坚固旋转圈环。我不喜欢这主意。圈环引力场的潮汐力太大，等级甚至超过蛋星的潮汐力。就算有防护罐，你们也没法存活。"

"您忘了增强星体。"圣子说。

"什么是增强星体？"卡罗尔问。

"斯文森指挥官，在奇拉发来的通报中，关于增强星体有详细描述。"圣子回答，"我相信您接到的通报中也有。"

"我只快速浏览了一下，没全看完。"卡罗尔承认。

"增强星体跟平准星体一样，都是致密星体。不过，增强星体只有两颗，分别位于受保护点的上方和下方，而不是绕着受保护点围成一圈。在这两点上，星体会增强蛋星的潮汐力。"

"可是，这样一来，你们受到的潮汐力就更大了呀！"卡罗尔说。

"在我们这个位置上不会。他们缩小了平准星体，让它变成圈环，圈环的潮汐力会大过蛋星的潮汐力。所以，相应的，需要

---

① 高分辨率天文成像技术，可以大幅度提升望远镜的光学分辨率。

由增强星体来增大蛋星的潮汐力,好两相抵消。"

"奇拉已经把增强星体带来了。"塞萨尔从防护罐舷窗朝外看,说道。增强星体是中等大小的老式奇拉飞船,大小跟垒球差不多。每艘飞船中心都有个黑洞,提供重力,以保持奇拉身体的致密状态。

"看来,我们每人都有两颗增强星体。"阿卜杜透过舷窗,看着外头的动静,"我还以为,一共只来两颗大星体呢。"

"因为增强潮汐力的方式不同。"圣子说,"如果每只防护罐都有两颗小星体,能更好地抵消圈环的潮汐力。"

"小行星已经缩小成一个点了。"珍说。

"圈环开始收缩啦。"皮埃尔补充。

"我以后再也不会抱怨区区每米两百标准重力的重力了。"阿卜杜说,"哎!超声压力驱动打开了,真要开始了!"

"小行星环半径已经收缩到五十米,连接成坚固的圈环了。"卡罗尔说,"奇拉似乎停下来了。"

突然,大家的屏幕都变黑了,一条消息出现在所有的屏幕上:

下一阶段十秒后开始

"屠龙号"船员六个月后回来

这十秒钟格外漫长。最先的两毫秒十分忙碌:五只防护罐都被朝上拉出圈环中心。圈环坍缩,越来越小,最后只剩下几米的直径。圈环原本发亮的表面,颜色越来越红,接着变深、变暗,最后变成不可见的漆黑,就连蛋星的黄白色光芒也无法反射出来。此时,一只接一只,防护罐被塞进看不见的圈环中心洞里。进入圈环时,防护罐厚重的钢壁扭曲了,扭曲程度肉眼可见。进入圈环的五只罐子,没有从另一头出来。

时间：2050年6月22日 星期三，格林尼治时间04:03:01

厚重钢罐嘎吱作响，皮埃尔因于臂重重地摔在罐壁上，尖叫起来。就在他以为手指要被活活扯掉的时候，一切都结束了。他咳出尖叫时呛下的水，清理了呼吸面罩，试了试控制板。视频显示毫无反应，于是他朝舷窗外看去。

窗外能看见另外三只防护罐，罐子的舷窗中透出光来。蛋星和蛋星永恒的亮光消失了。

天空大部分漆黑无星。远远地，能看见一块小小的椭圆形，里面有几十颗星星。椭圆形里的星星颜色，从蓝色到超紫不等。最奇怪的是，这块亮着星光的椭圆形竟仿佛在旋转，而他自己和其余的防护罐，却静止不动。

"这是克尔①空间翘曲！"皮埃尔大声地说道。

"没错。"一个声音回答。天言者的形象出现在屏幕上。

"这不可能！"皮埃尔说，"我上过重力工程学的课程，记得一个质量与太阳相等的克尔环，中心洞直径才有一公里。那些平准小行星星体，质量比太阳小好几个数量级，它们形成的克尔环，直径顶多也就是一微米。爱因斯坦说不可能……"

"爱因斯坦是很聪明，但毕竟是人类。"天言者说，"他没能把重力和电磁学结合起来，我们却做到了。统一后的理论，在大质量天体方面跟爱因斯坦的设想一致；至于小质量天体，磁化后空间翘曲的直径比爱因斯坦预测的更大。"

天言者说话的当口，皮埃尔注意到，舷窗外的一串自由悬浮

①指罗伊·帕特里克·克尔，新西兰数学家、物理学家、天文学家，提出爱因斯坦场方程的精确解，以及描述球对称的旋转大质量天体（例如黑洞）周遭真空区域的时空几何——"克尔度规"（Kerr metric）。

的球体都开始移动。防护罐,以及防护罐周围云团似的设备(由机器人照管),都在旋转的椭圆形天空下向后移动。奇拉机器人让罐子组成圆环,让圆环不断加速,方向调整为跟头顶旋转的椭圆天空方向一致。加速一直持续。

"我们在时间里移动。"皮埃尔说。

"对。"天言者说,"移动速率是你们船员本地时间十分钟,相当于普通银河系时间的一个月。你们将于一小时后穿过空间翘曲回归,那时,普通空间中的时间已经过去了六个月,小行星奥斯卡已经回来了。"

此时,奇拉机器人已经设好防护罐之间的通信链接,皮埃尔在小屏幕上看到了每一位船员的脸。

"大家都没事吧?"他问。

"没事。"阿卜杜说,"不过,刚才那个绞肉机,我不怎么想再进一次了。"

"工程检测程序显示有问题。"珍说。

"经历了奇拉带来的如此剧烈的变化,工程检测程序居然还能工作,真让我惊讶。"圣子说。

"什么问题?"皮埃尔问道。

"六号罐有泄漏。"珍回答。

"那是谁的罐子?"皮埃尔问。

"我的。"阿卜杜说,"她说得对。我这儿有部分失压。不过,水肯定结成了冰,堵住了漏洞。压力似乎已经稳定。"

"一定得修好罐子!"塞萨尔说,"回去的时候还得再经历一次刚才的极端潮汐力;如果没修好,罐子肯定没法承受。"

"奇拉能创造奇迹。可我觉得,就连他们,也没办法焊接我们称为钢铁的这团云雾。我只能冒险。"阿卜杜顿了顿,露出困惑的表情,接着从视频摄像头前转开,把手放在防护罐的后壁上。

"哎呀!"他说,"我感觉到罐壁附近有轻微的重力牵引,一直在前后摆动。"

"我能看到你罐子外头有动静,"圣子说,"像是电弧。我猜,他们正想办法焊住漏洞呢。"

"但愿罐子能撑住。"阿卜杜说。

船员时间:2050年6月22日 星期三,05:06

(格林尼治时间:2050年12月25日 星期日,00:01)

"离重返还有十秒钟。"天言者说。皮埃尔透过舷窗,看到外头的景象开始倾斜移动。组成圆圈的防护罐重新排成一列,组成大大的弧线,迅速远离椭圆形的天空。接着,罐子以极高的速度,迅速冲过克尔翘曲。接下来的几毫秒过得太快,在防护罐中受折磨的人类根本来不及反应。

奥斯卡靠近空间翘曲时,突然,一个接一个,五个防护罐依次通过扁平的黑色圈环。头两个罐子通过后,圈环的直径突然略微增大,接着,正当第三个罐子通过时,圈环突然收缩。圈环中的振动增大,收缩后圈环的潮汐力把第四个通过的罐子扭曲得不成样子。奇拉显然没料到这种不稳定性。他们想办法减慢了最后一个罐子的速度,没让罐子在圈环半径达到最小时通过;但这还不够,罐子被潮汐力撕裂,把一个人类和一团水吐到了真空中。

奇拉机器人把剩余的四个防护罐排成一列。小行星奥斯卡正朝这儿冲来,机器人将防护罐置于小行星轨道的近拱点正下方。小行星从防护罐顶上迅速通过,重力场把防护罐一个一个地朝上抛起,划出高高的轨迹线,远离蛋星的潮汐力。

奇拉努力救助被抛入太空的人类。他们移来一块防护罐的碎片,保护他免受蛋星的辐射;让致密的飞船在他周围围成一圈,形成小小的平准星环,不让他被重力潮汐撕碎。可是,他们无法阻止他被巨大的空间翘曲一点点拖回去。有水下呼吸面罩的保护,阿卜杜的眼睛暂时没有受到真空的伤害。他抬起头,向离去的伙伴们挥手道别。接着,他推开沉重的钢罐碎片,一头朝旋转的黑色圈环扎了下去,去跟曾经是阿玛丽塔的众多原子相会。临近圈环时,他的身体忽然被旋转的白热火花云团包围。亮光一闪,他随即消失。

船员时间:2050年6月22日 星期三,05:15

(格林尼治时间:2050年12月25日 星期日,00:10)

抛物轨迹线顶端,"圣乔治号"派来的小艇正在等待为四个防护罐挂上牵引绳。一个穿着宇航服的身影在检查牵引绳是否牢固,另一个则靠了过来,凑在皮埃尔的舷窗上向内望。靠过来的是指挥官卡罗尔·斯文森。她把头盔靠在防护罐外壁上,大声地打招呼。皮埃尔看到了她脸上灿烂的笑容。

"我再也不会把飞船交给你驾驶啦。"她笑道,"你有没有记下撞你的卡车的车牌号呀?"

她知道皮埃尔在水中没法跟外界交谈,只能通过喉部麦克风进行内部通信。所以,她很快把自己推回小艇,带他们回"圣乔治号",只留下最后一句口信:"我有个惊喜给你。"她说,"气闸那儿见。"

皮埃尔不明白卡罗尔怎么能这么高兴。或许她觉得庆幸,至少有四名"屠龙号"的船员安全回归。但皮埃尔脑中想到的只有:有两名船员没能回来。他们的安全是他的责任,可他却没能保护他们的生命。他害怕面对接下来的事。他不得不通知他们的家人,说他们所爱的人已经被分裂成了原子。这种话,怎么说得出口?

船员时间:2050年6月22日 星期三,05:50
(格林尼治时间:2050年12月25日 星期日,00:45)

四个防护罐挤进了"圣乔治号"的货舱气闸。很快,气闸里就装满了水,还有滑溜溜、湿漉漉、抽抽搭搭的人类。

"卡罗尔,对不起。阿玛丽塔、阿卜杜他们俩……"皮埃尔摘下面罩,"我真希望自己能有办法……"

"嘘……"卡罗尔高兴地微笑着,"来!我想让你见两个我们共同的朋友。"她拉住他的手,拉着他穿过走道,来到通信室。通信室空空荡荡,只有通信操作员在。皮埃尔莫名其妙。

"你好呀,皮埃尔。"是阿玛丽塔的声音。

"你从蛋星来,一路还顺利吗?"是阿卜杜的声音。

皮埃尔猛地转身,面对房间尽头的通信屏。他看到,屏幕分成两块,一块显示出阿玛丽塔的视频形象,另一块则是阿卜杜。

"吓你一跳!吓你一跳!"阿卜杜叫道。

"这真是我们。"阿玛丽塔说,"或者说,是我们身上最重要的部分。"

"我连胡子都有,还能捻着玩呢。"阿卜杜抬手捻住长长的胡子,"感觉跟真的一样——尽管不是硬件,而是软件模拟。"

卡罗尔捏捏皮埃尔的胳膊,以示安慰,她开口道:"在他们的身体被彻底摧毁之前,奇拉扫描了他们,"她说,"他们的智力模式此刻正存在于奇拉的超级电脑中。"

"可是阿玛丽塔受了辐射伤害,还被冷冻了。"皮埃尔仍有疑问。

"确实,我有记忆缺失。"阿玛丽塔说,"不过,我的基本人格没变。"

"没错!"阿卜杜说,"她跟从前一样,爱指手画脚!"

"闭嘴!"

"看见没?"阿卜杜扬扬眉,耸耸肩,"等奇拉替我们做好能动的身体,她就该愈发颐指气使啦!"

"现在我们已经放慢了速度,来跟你们和我们的家人道别。"阿玛丽塔说,"然后,我们就得赶紧回归正常奇拉速度,否则就跟不上这儿的发展啦……"

"医生!圣子!珍!"阿卜杜叫道,"到屏幕前来!"

皮埃尔转过身,看到其余船员进入通信室,个个一脸震惊。这时,他的精密计时器正好整点报时。他低头看了看,准备对着墙上的挂钟调整计时器的时间;但转念一想,还是决定保留。有多少人能有幸生活在另一条时间线里,比宇宙时间整整少了六个月呢?

船员时间:2050年6月22日 星期三,06:00
漫长的一天终于结束了。

技术附录

以下节选自皮埃尔·卡诺·尼文的作品《拜访中子星邻居》，由百澜堂星际出版社出版。出版地点：地球纽约，火星华盛顿。出版时间：2053年。这部书于2053年获得诺贝尔文学奖、普利策奖、雨果奖、星云奖和墨比斯奖[①]，是历史上唯一同时获得以上奖项的书籍。

龙蛋

龙蛋是奇拉的母星。这个诗意的名字是人类起的，因为这颗星星正好处于天龙座尾部，仿佛大龙在巢里下了一个蛋似的。凑巧的是，奇拉也管自己的家园叫"蛋星"，因为这颗星星发出光和热，是奇拉生命的源泉，就像他们生出的蛋一样温暖光亮。

跟大多数中子星一样，蛋星旋转速度很快，虽然它个头不大，直径只有二十公里，但却是由一颗直径达数百万公里、缓慢旋转的红巨星压缩而来。红巨星绝大部分的物质、磁场和角动

[①] 此奖项为虚构，可能源于法国漫画家尚·吉罗。吉罗在国际享负盛名，曾用笔名"墨比斯"绘制了众多科幻和奇幻作品。

量,都保留在中子星当中。龙蛋的表面重力达到地球的六百七十亿倍,极地磁场强度达到万亿高斯,每秒旋转速率为五点零一八三四九五转。所以,蛋星的一转,大约相当于地球的一百万分之一天。这一百万比一的比例,似乎同样适用于奇拉的生命过程。我们的中子星朋友思考、说话、生长和死亡的速度,都比人类快一百万倍。

相对时间尺度

因为奇拉有十二只眼睛,所以他们使用"十二"为基础的计数系统。奇拉的时间单位列表如下,同时附上大致相等的人类时间长度(根据奇拉平均寿命和人类平均寿命换算)。

人类时间	奇拉时间	附　注
1天	3 000g	100代奇拉
1小时	126g	4代奇拉
45分钟	94g	奇拉一生
15分钟	31g	1代奇拉
29秒	1g = 1大数转 = 144转	约等于人类1年
0.2秒	1t = 蛋星1转	约等于人类1天
17毫秒	1/12t = 1杜斯特	约等于人类1小时
1.4毫秒	1/144t = 1格莱斯转	约等于人类10分钟
115微秒	1/1 728t = 1麦斯特	约等于人类1分钟
10微秒	1/20 736t = 1赛斯特	约等于人类4秒
800纳秒	1/28 832t = 1瞬间	约等于人类一瞬间

我们的中子星朋友

在人们想象的外星生物中，很难有比奇拉更加"外星"的。普通奇拉的重量与普通人类大致相等，约七十公斤。但是，奇拉体内的原子核都失去了电子云，因而紧密结合在一起，形成奇拉微小而致密的身体。这具身体被极高的重力压扁，又被极强的磁场抻长，变成椭圆的煎饼形状，直径约半厘米，高度约半毫米——只比芝麻粒大一点点。

奇拉的身体强韧柔软，底部有蛞蝓似的足盘。不过，跟蛞蝓不同，奇拉可以朝任何方向自由移动。奇拉有十二只眼睛，分布在身体顶部四周，提供三百六十度的视野。跟蛞蝓一样，这些眼睛也竖在眼柄上；但因为蛋星的高重力，奇拉的眼柄比蛞蝓更粗。蛋星表面温度为八千二百开尔文，辐射出紫外线和软X光，奇拉利用这两种光来视物。

虽然外表奇特，奇拉却不是丑陋可怕的怪物。与之相反，奇拉与我们成了朋友。窃以为，奇拉的友好跟它们微小的个头有关系。还有一个原因是：地球上的任何资源，包括地球本身，它们都用不上。它们那超致密的核子身体，一碰就能摧毁地球上任何普通物质。

中子星生活

中子星生活与地球生活极为不同。不过在我们的奇拉朋友看来，他们的生活非常舒适。中子星的重力是地球的六百七十亿倍，意味着星壳上的任何建筑都必须低矮壮实。而万亿高斯的磁场则会抻长任何顺着磁场线的物体，同时让穿越磁场线的移动变得十分困难。龙蛋的两个磁极位于赤道附近，是中子星相对的两端，叫作"东极"和"西极"。在两个磁极的中点，磁场线与星壳表面平行。所以，奇拉觉得沿着东西方向移动比沿着南北方向移动更容易。

地球上有些我们习以为常的东西,在中子星上并不存在
——比如太阳。地球上的白天,太阳射下光和能量,使我们得以
存活;夜晚则黑暗寒冷。所以,地球的绝大部分生命形式都在夜
晚入睡。而在蛋星,奇拉赖以存活的光和能量均由星壳辐射上
来,所以蛋星上从来没有黑暗,蛋星的生命形式也没有发展出睡
眠。他们没有卫星,所以时间单位里没有"月"。他们的母星不
会绕着某颗恒星公转,所以没有"年"。他们唯一的自然时间单
位,便是天空中固定恒星的转数。所以,他们的星星一"转",相
当于我们的日夜一"天"。

奇拉没有灯、蜡烛、壁炉、手电筒,因为蛋星表面没有黑暗与
寒冷。哪怕洞穴内部也一样——洞壁发出的光芒会照亮洞穴。
因为重力太大,奇拉没有壁挂画、铰链门窗、翻页书、屋顶(奇拉
世界的任何东西,一般来说都没有顶)。他们没有飞机、气球、风
筝、口哨、扇子、吸管、香水、肺,也没有呼吸,因为没有空气。蛋
星上的大气由少数电子、铁离子和其他典型星壳核了组成。他
们没有雨伞、浴缸、淋浴、抽水马桶,因为蛋星上没有水,也没有
小溪、湖泊和海洋。

现代奇拉的生活并不单调。尽管奇拉因为身体灵活柔韧,
形状不定,所以不用衣物覆盖身体,但他们也会装扮。哪怕是未
受教育的奇拉,也会用体彩遮蔽裸露的身体。现代的荧光液体、
水晶体彩会放射出各种不同光线,使得转宴前高峰期的街道鲜
艳夺目、五彩斑斓。受过良好教育的奇拉,在离开宅院之前,一
定会首先在覆膜抓握括约肌中放上一套六个徽章,表明他们的
职业和等级。如果出席欢庆场合,徽章可以由珠宝代替。或者,
保留覆膜上的徽章,在十二只眼柄上都套上珠宝环。

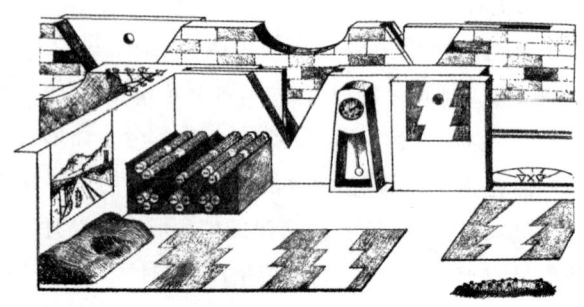

图1：典型早期奇拉宅院

图1展示了普通奇拉宅院的一角。墙上有画，是直接绘制上去的。房间里有书，形式皆为卷轴，存放在卷轴墙中。房间里有软垫和靠垫，但不用来睡觉——奇拉没有睡眠——而是用来休息和阅读的。房间有窗户，但窗上没有玻璃，因为没有热空气或冷空气需要隔绝。如果奇拉需要隐私，他就会拉上水平的推拉遮窗板。宅院有门，同样是轨道推拉门。尽管现代奇拉多用核动力的精密计时器，但跟地球一样，老式的摆钟在蛋星上也能运作——只要有坚固的外框，在高重力下撑住钟摆就行。在地球上，一米长的钟摆，其摆动速度缓慢，一秒钟才嘀嗒一次；在蛋星上，一毫米长的钟摆，一瞬间就嘀嗒三次。图1右侧是奇拉最喜欢的宠物，一只长毛悄悄。

奇拉属于卵生。他们会把蛋生在部落的孵化圈里，所以奇拉没有家庭单位，每个奇拉都跟自己的宠物单独生活。大多数奇拉选择悄悄作宠物。蛋星上有很多不同种类的悄悄，就像地球上有众多不同品种的狗一样。

普通的混血悄悄毛发很短，呈椭圆形，依靠足盘移动，有十二只带眼柄的眼睛。尽管大多数奇拉不肯承认，但除了毛发和低得多的智力,悄悄跟奇拉雏仔的长相和举止十分相似。这情景如果换到地球上,就是猴子代替猫和狗,成了最受欢迎的人类宠物。

跟高度相比,奇拉的身体异常宽大,很占地方。他们没有地下室和高楼来增加容量,所以奇拉的家宅和工作宅院均占地宽广,墙壁直接立在大街上,和地球上旧时老城区一样。

图2:迅猛攀登市的街道俯视图

图2展示了迅猛攀登市内典型的奇拉街道,图片用的是建筑图纸式样。图上远处能看到东极山脉,右边升起的则是南侧悬崖,标志着南侧断层线。主街是东西向的,街道两侧的宅院都紧邻着"滑行道"。东极附近的磁场从地面笔直地冲上天空,无论朝哪个方向移动都很困难,所以这里的街道彼此成直角。至于远离极地的城市,比如首都光神天堂,难行的"竖向"街道跟易行的东西向街道呈三十度或六十度角。在竖向街道移动时,奇拉会用身体贴住滑溜溜的墙壁,让身体跟无处不在的磁场呈某一个角度,用力往前推,以到达下一条足盘容易波动的东西向街道。

城市还很小、交通尚未出现问题时,奇拉就已从人类这里了解到交通堵塞这回事。所以奇拉的街道很宽,中间画着双黄线,足以应付转宴滑翔车高峰。

每个奇拉的宅院,都会占据单独的街区(在光神天堂,"街区"是菱形或三角形的)。街道的数字名牌嵌在宅院墙壁的角落里,宅院的入口则铺有主人的名牌,名牌上同样标记着街道数字,加上宅院主人的名字。图左的宅院是现代样式,有半圆形的挖空窗户,还有带墙壁的内院,院子里长着三柱树。图右的宅院是老式风格,窗户是简单的方形,也没有内院。

蛋星植物

图3:阳伞花

蛋星上的植物用根系从热星壳中提取能量为食,然后把废热排向温度较低的天空。图3展示了一种重要的生命形式:阳伞花,也叫花瓣–荚子植物。阳伞花只有一条主根,深深扎入星壳。从主根分出十二根强壮、弯曲、紧紧压在一起的成员,或者称为"树干"。这十二根枝条借着压力线紧紧连在一起,捆在中柱上。每根树干之间、整株植物的顶端,都张着薄膜"皮肤"。顶部的薄膜对着冰冷的天空,所以具有高度的放射性,颜色较深。每根树干的末端都有花粉喷嘴和接口。

奇拉是从阳伞花进化而来,体内仍然保留着植物形式的基因。如果对他们的"荷尔蒙"平衡进行恰当的干涉,他们就会失去移动性,溶解体内肌肉,变形为大株阳伞花——龙草。

如果再次进行反向干涉,龙草就

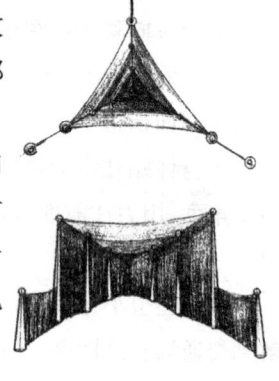

图4:三柱树

能再次变成拥有崭新年轻身体的奇拉。不过，新身体内包容的大脑和神经系统却跟从前一样——这两者都不受转化的影响。这种动物–植物–动物的转化过程，让奇拉拥有了恢复青春的办法。

图4中还展示了另一种重要的植物形式——三柱树。跟地球上的榕树一样，三株树也会伸出次级树干，主干和次干会长成相连的三柱系统，中间连着薄膜和压力纤维。

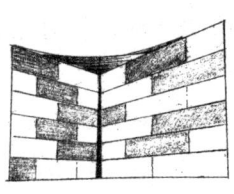

第三种重要植物是夹角花——就是著名的网络建筑公司的商标。夹角花多生于东西磁极山区的岩石裂缝中。不过这种山区植物十分顽强，无论在城市，还是小镇、家中和办公室，它都能在角落或缝隙中欣欣向荣。如图5所示，夹角花

图5：夹角花

会利用岩石或岩架，为自己提供力学支撑。夹角花的主根扎在夹缝底部，沿着夹缝角落一路往上，爬到顶部，然后伸出宽阔的表面根，抓住夹缝的两边。接着，表面根会生出多条压力纤维进行固定，就像地球上房间角落的蜘蛛网一样。纤维网络撑起一张薄膜，薄膜上表面具有高度放射性，能排出废热，散逸到冰冷的天空中。薄膜下表面则呈银色，以反射灼热星壳辐射上来的热量。

星震

在没有空气的蛋星上，奇拉唯一的"天气"便是地震。更确切地说，量级小的称为"星壳震"，量级大的称为"星震"。地球上的大地震能达到里氏八级以上；中子星上的大星震，换算成里氏

293

标准可达到十六级！

我们近距离亲历了一次星震。当时，有些仪器还能工作，进行了测量记录，让我们更加了解大星震的模样。在一本"屠龙号"成员所著的书(尾注1)中，我们总结记录了目前对星震的理解。该书已于最近出版。我们的发现与这一领域已发表的古老观点并无显著不同：都探讨了星壳中的能量振动如何传导到磁极，接着传导到稀薄大气中的电子和离子，以及小规模星壳震动如何引起核心坍塌(也就是星震)。不幸的是，哪怕能够通过小震动预报大星震，对我们当时在场的人类也没多大用处——星震从开始到结束，还不到一秒钟。

超致密机器

奇拉拥有超致密的身体，生活在超致密的世界里，自然也发展出了超致密的机器技术。这种技术远超我们现阶段的理解能力，唯有爱因斯坦及其他科学家的理论，能为我们提供某些线索。当然，哪怕只是乘坐飞船"屠龙号"靠近龙蛋，我们人类自己也得造出某些超致密机器才行。

人类想要从近处了解中子星，就会遇到一个如图6所示的基本问题。如果我们的飞

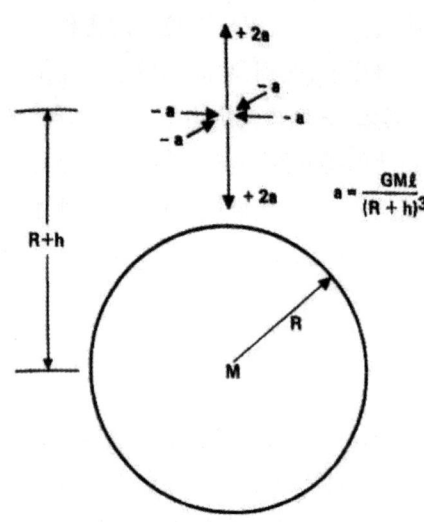

图6：质量的潮汐加速度

船位于中子星外的轨道上,高度为h,而中子星的质量为M,半径为R,那么唯有飞船正中心的重力为零,处于自由落体状态,才能靠近中子星。否则,飞船中其余物体(比如船员),都会受到潮汐力的影响。每位船员受到的潮汐力加速度a的大小,跟此人与飞船质量中心的距离l成比例。

我们希望"屠龙号"能停留在蛋星上方四百零六公里处。这里是中子星的同步轨道(意思是说,在轨道上绕一圈的时间,跟中子星自转的时间相同)。在这个距离上,尽管轨道运动能抵消飞船中心的重力吸引力,但飞船中其他位置仍存在潮汐力造成的加速度。在朝外指向中子星半径的方向上,达到每米两百倍地球重力;在朝内、中子星切线位面处,达到每米一百标准重力。

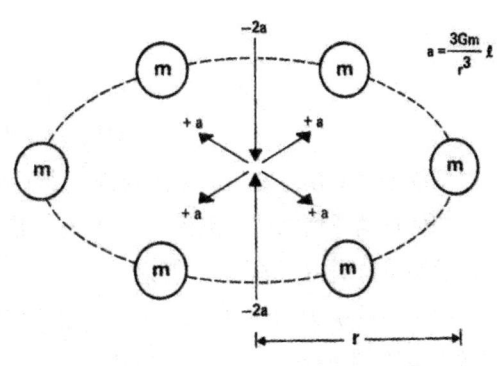

图7:六星体潮汐平准器的潮汐加速度

为了抵消这种潮汐力,"圣乔治号"的船员建造了潮汐平准器:由六个超致密星体组成圈环,围绕在飞船四周。如图7所示,星体环中央的潮汐力模式与单个星体之上的潮汐力模式正好相反。所以,只要调整质量m和圈环的空间半径r,我们就能抵消中子星的潮汐力,靠近中子星,收集可靠的科学数据。

后来,奇拉想要收缩星环圈。一旦星环圈收缩,平准星体的

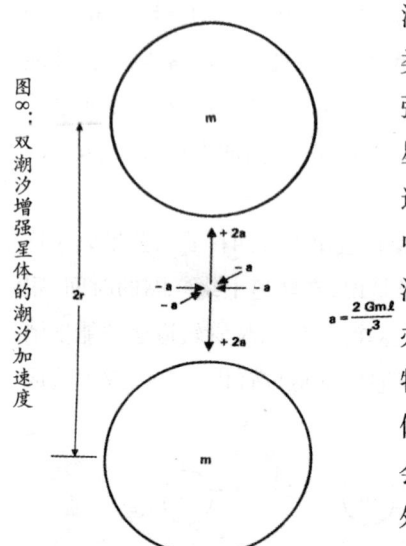

图8：双潮汐增强星体的潮汐加速度

潮汐力就会强过中子星，对人类造成伤害。所以就必须"增强"中子星的潮汐力，让中子星与星环圈的潮汐力之和接近零。如图8所示，用来增强中子星潮汐力的，是两颗"潮汐力增强星体"。这样的排列办法，不会给两颗星体中间的物体增加净重力，所以两颗星体之间的物体的轨道参数不会改变。不过，在零重力点之外的其他位置，引力加速度会增加，增速跟单个星体受到的引力潮汐增速一模一样。如果想要进一步了解致密球体的布置方式如何抵消或增加引力潮汐，可以参见一篇主题为"如何在地球附近制造微引力区域"的古老论文（尾注5）。

中子星的引力潮汐，以及应对这种潮汐力所需的平准星体和增强星体，牛顿本人恐怕也能理解。不过，如此超致密的星体和机器的存在本身，则会让牛顿十分惊讶。不过，奇拉还有更令人惊叹的超致密机器。我们已经知道，奇拉的机器所用的技术，尤其是高度发达的奇拉世代所能制造出的超高密度、超高速度和超强场，已经远远超出了爱因斯坦的重力理论。

制造超致密机器的秘密，仍然锁在加密代码后面——加了密的全息内存水晶，存放在史密森尼博物馆①中。不过，正如牛顿的引力定律也能在低密度物质中起效一样，爱因斯坦的引力

———————

① 美国华盛顿特区的博物馆。

定律在高密度
物质中仍然有
效。至于超致
密物质区域，虽
然爱因斯坦的
定律失效，但仍
能给我们提供
理解的线索。

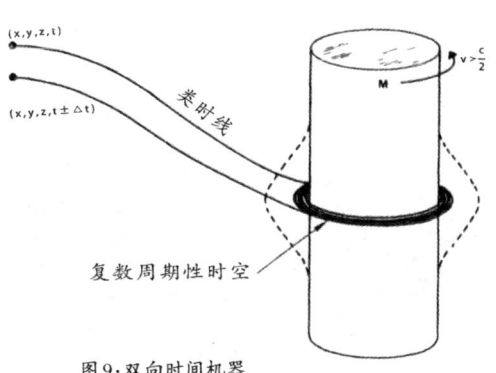

图9：双向时间机器

　　奇拉发明了时间机器，能把信息发到过去和未来。爱因斯
坦的广义相对论阐述了这种机器的制造原理（尽管这种机器一
旦真的造了出来，可能会带来好些悖论）。如图9所示，如果能
设法让一个超致密长圆柱绕着长轴旋转，使得圆柱的圆周速度
大于光速的一半，那么，简单地分析就能发现：在高速旋转的圆
柱中间位置（稍稍远离圆柱表面），会存在一片区域——在这片
区域中，时间和空间是混合的。只要选择恰当的轨迹线，就能发
送某个物体或光子，让它绕着圆柱旋转，方向可以跟圆柱旋转方
向相同，也可以相反。物体或光子会根据方向的不同，出现在过
去或是将来。但是，奇拉是如何造出这种高速旋转的超致密圆
柱，又是如何将它拉伸到足够发出信息的长度，都还是未知之
谜。

　　奇拉太空运输的早期，最重要的工具是重力弹弓。我们没
法确切了解它的工作原理。不过，跟刚才一样，爱因斯坦的广义
相对论能给我们线索。我们已经知道（尾注7-8），爱因斯坦的重
力理论和麦克斯韦的电磁学理论有好些相同之处。在电磁学

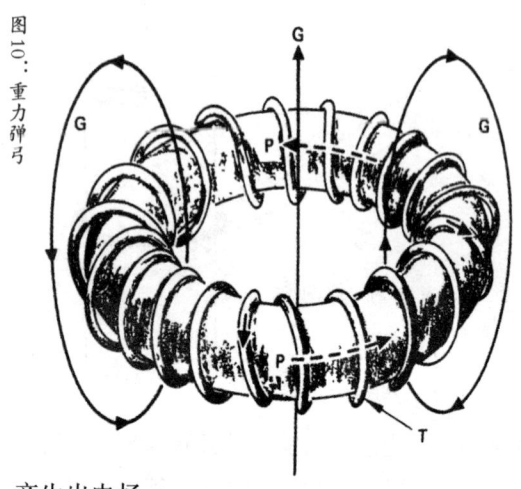

图10：重力弹弓

中，一切力量的基本来源就是电子的电荷。电荷产生电场。如果让电荷移动产生电流，电流就能产生磁场。同样，我们也知道，增大或减弱磁场引起的改变也能产生出电场。

　　重力学也一样。在重力学当中，一切力量的基本来源是微粒的质量（无论使用哪种微粒都一样），质量产生重力场。如果移动微粒产生质量流，质量流就能产生新场——即磁场的重力学对应物。如图10所示，重力弹弓是一个圆环，外面缠绕着许多管子，管子里注满了质量流 T，产生出新场 P，称为正转场或冷泽-提尔苓[1]场。增大或减弱正转场，就能在弹弓中心产生重力场 G，把圆环中心的物体朝上推出去。奇拉的重力弹弓应该就是利用这个原理。不过，很显然，肯定还涉及其他物理新知识——因为，爱因斯坦理论曾经预测，使用中子星密度物质的机器，无法制造足够强的重力场来弹射飞船离开中子星。

　　奇拉最让人惊叹的超致密机器，就要数小型空间翘曲。对此，爱因斯坦的广义相对论能提供线索——但也仅仅是线索而

　　　　————————
　　　　[1] 指约瑟夫·冷泽与汉斯·提尔苓，提出相对论修正的两位奥地利物理学家。

已。因为奇拉制造的空间翘曲,其规模大小远超爱因斯坦理论的预测。爱因斯坦引力场方程有一个相对简单的精确解,这个解称为克尔度规①,描述了致密旋转物质的外部场。

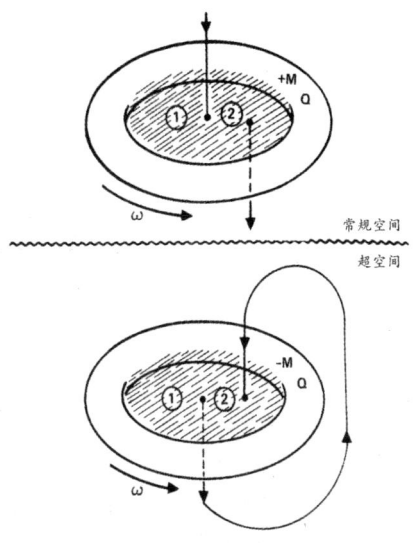

请设想,旋转的物质不再是圆柱,而是如图11所示的超致密圈环,质量为 M,电荷或磁荷为 Q,那么,运用克尔度规,我们能得出(尾注

图11:克里度规空间翘曲

9-10):如果旋转的圈环密度够高,旋转速度够快,那么,这个圈环既是空间翘曲,同时也是时间机器。当某个小物体穿过圈环的中央洞时,它会消失,而不是从另一头出来!

利用数学计算,我们预测:这个物体,此时已经进入了超空间——时间和空间交互改变的地方。按照圈环转动的方向,物体只需同向或逆向移动,就能在时间中前进或倒退。要想回到我们的宇宙,物体只需要再次穿过圈环的中央洞即可。这样高速旋转的超致密圈环自然不够稳定,奇拉用上了自己所有的先进技术,这才让圈环保持了足够长的时间,营救出了人类。

---

① 描述球对称的旋转大质量天体(如黑洞)周遭真空区域的时空几何。其为广义相对论场方程的精确解,故又称克尔解。

参考文献

1. S.K.高桥,J.K.托马斯,P.C.尼文.中子星力学[M].麦高山, 2053.

2. R.拉马蒂,等.1979年3月5日伽马射线瞬变①来源:振动的中子星[J].自然,1980,9(11):287,122.

3. E.P.T. 梁.反转及1979年3月伽马射线暴事件性质[J].自然,1981,7(23):292,319.

4. V.特林布尔.成功故障检测[J].自然,1991,10(31):353, 666.

5. R.L.福沃德.地球附近扁平时空[J].物理评论,1982,D26: 735.

6. F.J.特里普勒.旋转的圆柱体及违背全局因果律的可能性[J].物理评论,1974,D9:2203.

7. R.L.福沃德.实验物理学家的广义相对论[A]//美国无线电工程师学会论文集②,1961:49,1442.

8. R.L.福沃德.斥重力指导方针[J].美国物理期刊,1963:31,

---

① 天文学上,指一种持续时间很短的天文事件。

② 现改名《美国电气电子工程师学会论文集》。

166.

9. B.卡特.爱因斯坦方程克尔解对称轴的全分析延伸[J].物理评论,1966:141,1242.

10. B.卡特.克尔引力场系的全局结构[J].物理评论,1968:174,1559.